本書出版得到國家古籍整理出版專項經費資助

古典文學研究資料彙編

# 文選資料彙編

總論卷

中華書局

圖書在版編目(CIP)數據

文選資料彙編·總論卷/江慶柏,劉志偉主編. —北京:中華書局,2017.12
(古典文學研究資料彙編)
ISBN 978-7-101-12784-3

Ⅰ.文… Ⅱ.①江…②劉… Ⅲ.《文選》-研究資料
Ⅳ.I206.2

中國版本圖書館 CIP 數據核字(2017)第 205376 號

責任編輯:馬 婧

古典文學研究資料彙編
文選資料彙編·總論卷
江慶柏 劉志偉 主編
*
中華書局出版發行
(北京市豐臺區太平橋西里 38 號 100073)
http://www.zhbc.com.cn
E-mail:zhbc@zhbc.com.cn
北京瑞古冠中印刷廠印刷
*
850×1168 毫米 1/32 · 12½印張 · 2 插頁 · 292 千字
2017 年 12 月北京第 1 版 2017 年 12 月北京第 1 次印刷
印數:1-3000 册 定價:42.00 元

ISBN 978-7-101-12784-3

# 《文選資料彙編・總論卷》編委會

# 目録

紀　事

附録



引用書目



後　記

# 前言

由梁代昭明太子蕭統所主持編纂的《文選》，是現存第一部薈萃先秦迄於齊梁文學精華作品的總集。自隋唐至清代，《文選》流播的廣泛性幾乎可與五經、四史並駕。《文選》保存了七百餘篇詩文，許多名作賴之以傳，至今不磨；《文選》是衆多文人學習的典範，對後世的文學創作影響深遠；《文選》反映出編撰時代的文學、文化思想，兼有文學批評、文體論、修辭學等多方面價值；《文選》是總集之首，對後世總集編纂具有示範意義；《文選》保存了大量先唐時期的語言材料，具有重要的語言文字學價值；在一定歷史時期，《文選》也是士子科舉考試必讀的教科書，這一文化現象是研究教育史、科舉史所不能忽略的。……總之，《文選》一書思想文化蘊含豐富，深刻地影響了中華民族的精神建構與文化發展。

「文選學」肇始於隋唐之際，自蕭該、曹憲以下，注家輩出，而李善、五臣兩家獨盛於後世。有宋至清，「文選學」雖有顯隱，但一直延續不斷，在清代達到鼎盛，著述層出不窮。「文選學」涉及廣泛，成果豐富，舉凡文字、音韻、訓詁、目録、版本、校勘，以及考證、評點、辭章、續擬等方面，無不囊括，具有重要的學術價值。可以説，「文選學」之於中國文學、文化等傳統學術研究，深具範式意義。

近現代以來，《文選》和「文選學」雖然曾在特定的歷史時期受到較多批判和冷落，但相關研究並未間斷，個別名家亦有卓異於時代的研究巨著。而在思想學術的轉型過程中，「新文選學」也應運而生。二十世紀九十年代以來，「文選學」再度繁榮：中國文選學研究會的成立，國際「文選學」界的積極交流，大量「文選學」論著的發表，有力推動了「新文選學」更廣闊、深入的發展。當今的《文選》研究，既要吸納傳統「文選學」之精華，更要進一步發掘《文選》的精神意蘊，探究《文選》與「文選學」之於中國文學、文化的深微關係，這就必須充分佔有資料，以全面、整體之視野進行相關學術研究。

歷代關於《文選》和「文選學」的文獻資料浩如煙海，其中除各種《文選》版本以及「文選學」專著相對集中外，其他資料零星分布在四部典籍中，頗難備覽。清代余蕭客《文選紀聞》、汪師韓《文選理學權輿》、孫梅《四六叢話》、近代駱鴻凱《文選學》等書對前代資料雖有彙集，但均非資料專書，所集十分有限，其後此類書亦未見再出。故早在二十世紀九十年代初，爲適應「新文選學」的繁榮發展趨勢，俞紹初、許逸民兩位先生提出「文選學研究集成」叢書的構想，將集成整理「文選學」文獻資料作爲推動「新文選學」發展的基礎研究課題，而「文選資料彙編」是該課題的一個重要項目。但因資料查檢十分不易，人員組織也頗爲困難，這項工作一直未能完成。我們有感於此，在俞紹初、許逸民先生的開啓下，組織協調人力物力，通力合作，編纂了這部七卷本的資料彙編。

其中「總論」單獨成卷，編録涉及《文選》整體的資料，具體又分「統論」和「紀事」兩大類，前者爲評論性資料，後者爲歷史記載性資料。「分論」編録涉及《文選》所收具體作品的資料，包括「賦類卷」、「騷類卷」、「詩類卷」、「文類卷」（上、下卷）。此外，「序跋卷」（附「著録」）專收歷代《文選》版本及「文選學」著作的序言、跋語，附以歷代書目中有關《文選》版本與「文選學」著作的内容；「域外卷」採録古代日、朝等國的相關資料，體現「文選學」的國際化特色。

根據「文選學研究集成」叢書的整體構架，《文選資料彙編》將與已經出版的《中外學者文選學論集》、《中外學者文選學論著索引》和後續的一些課題項目如「文選會校」、「文選會注」等互相配合，互爲補充。在此整體構想下，我們對有關《文選》以及「文選學」的文獻資料進行集成整理，使各種資料各依門類，務求脈絡、層次清晰，避免雜亂無序、重複繁贅，力求能够清晰地顯示出「文選學」的流變史跡。在編纂中亦樹立主次、高下、優劣的取捨標準，既求全，亦求精，做到「精」與「全」的辯證統一。從而使兩千餘年的《文選》資料薈萃一編，便利學界、讀者，促進「文選學」以及唐前文史研究的發展。

在工作過程中，我們發現《文選資料彙編》只是《文選》與「文選學」文獻遺産整理的基礎，歷史上的《文選》與「文選學」爲我們留下極其豐富的文化遺産。《文選》版本方面，從隋唐時期的寫本、抄本至宋、元、明、清時期的刻本、活字本等等，衆多版本文獻價值皆彌足珍貴。「文選學」成果方面，專著有記載可考者逾二百種，存世者逾百種，其他包含零星資料的四部典籍則數以千計。故我們也借本彙編出版的機會，向學術界、出版界呼籲：更加重視《文選》文獻的整理，促進《文選》重要版本的出版流通，加强對「文選學」專著的點校整理，建構完善的「文選學」文獻資料平臺。

需要特别指出的是，本彙編原本就是俞紹初、許逸民兩位先生的構想，而在我們的編纂過程中，兩位先生始終關注此事，提出了許多重要的指導意見。可以説，没有兩位先生的關注指導，我們的工作就不可能開展，更不可能順利完成。劉躍進先生、傅剛先生也對本彙編頗爲關心。編纂過程中我們還得到了中國文選學研究會諸位會長、理事以及海内外專家學者的批評指導，在此一併致以深深的謝意。

中華書局慨允出版此部繁重的資料彙編，總經理徐俊先生、總編輯顧青先生、文學室主任俞國林先生對本書出版提供了大力支持，在此深表謝忱。責編馬婧先生對我們的彙編工作悉心關懷，在前期提供了大量的工作支持，她對本書的細緻審讀也使我們受益良多。我們甚是感激。

本彙編卷帙繁多，資料龐雜，且書成衆手，更因我們水平有限，錯漏之處在所難免，敬請讀者不吝批評指正。資料收集與學術研究有如積薪，永無止境，我們不會就此止步，希望將來能夠進一步予以完善。

編　者

二〇一三年六月六日

# 凡例

一、《文選資料彙編》系統輯録歷代有關《文選》及其研究的文獻資料。編纂體例主要依據《文選》研究資料的實際情况，並以整體呈現「文選學」的學術系統爲資料編纂的指導思想。

二、本彙編輯録一九一一年之前的資料，近現代的資料也酌情採擇重要者。由於時代越近，資料越繁雜，故一般詳古略今，有所别裁，古者求全，近者求精；爲切近原貌，優先録用較早流傳的文獻，如某條資料並存於《藝文類聚》和《太平御覽》，則採用前者，他皆類此。

三、本資料彙編分爲「總論卷」、「分論卷」、「序跋著録卷」和「域外卷」四大部分：

（一）「總論卷」爲涉及《文選》整體研究的文獻資料，分爲兩大部分：第一部分爲統論《文選》的資料，主要是對《文選》以及「文選學」整體研究的論述、評價資料，包括析論《文選》編者、選録標準、成書過程、編纂體例、纂集優劣正誤、文體分類、諸注家及其注釋研究、《文選》的流布與接受、「文選學」史研究等相關文獻資料；第二部分爲歷代「文選學」紀事，即有關《文選》的流傳、研習、傳抄、版刻、校勘、注釋以及有關「文選學」的歷史記載類資料。

（二）「分論卷」爲涉及《文選》所收各體文學之具體作品的研究資料，如作者評論，作品評論、疏解，相關考證如作時、本事、時代背景、作品真僞，與《文選》和「文選學」的關係，以及擬作、酬唱等。由於《文選》所收各體文學作品，賦、詩最多，研究資料最豐富，故專分「賦類卷」、「詩類卷」。又《文選》所收騷類作品雖僅十三篇，但因其地位崇高，相關資料衆多，故亦專設「騷類卷」。其他各類則分爲「文類一卷」、「文類二卷」。各相關分論卷中的資料，又分爲總論和分論：總論收録總體論述或較寬泛地涉及《文選》某一文體及其相關内容的資料，一些論及數篇作品而無法繫於單篇作品之下的資料，一般也收入總論部分；分論爲涉及具體作品的資料。

（三）「序跋著録卷」分爲兩大部分，「序跋」部分專收各類《文選》版本及「文選學」著作的序跋及其相關内容，「著録」部分則專收歷代目録對《文選》及「文選學」著作的著録資料。這兩部分也是「文選學」的重要研究資料，涉及《文選》及「文選學」著作的總體評價、《文選》版本的源流變化等方面。

（四）「域外卷」收録古代域外國家的《文選》研究資料。《文選》不僅在古代中國是普及讀物，也廣泛流傳於古代日、朝等國，故本彙編專設「域外卷」以顯示古代域外《文選》研究的概貌與成果。

四、李善、五臣等各家注釋以及其他衆多「文選學」專著中的資料，只輯録涉及《文選》全書或作品整體且比較重要的資料；「文選學」專著以及各種筆記、詩話、注疏等文獻中有關《文選》文字、音韻、校勘的資料十分龐雜、細碎，一般不予輯録；有關訓詁、名物、典實等資料，也擇要輯録；有關《文選》評點的資料尤爲繁雜，一般只輯録名家、名著中價值較高的評點資料；從便利學人、讀者考慮，重視零散資料，至於易得見的「文選學」專著，只擇要輯録。

五、資料以作者時代先後順序排列，一般逐條繫於作者之下，時代不明者，或依大體年代繫於其中，或附於各代資料之後；作者不明者，以「闕名」著録；同一作者的資料順序先本集，次其他著作，後列見於他書者；史書、類書、方志等文獻中的史料性資料以書名標目，史家的述贊評論如能確定作者，則仍以人名標目；重複資料一般只輯録較早或更重要者；一些關聯性較强的資料，則將後出者以附録形式輯録在初始條目之下，注明「附録」，以便檢尋。

六、注明資料出處，每條資料前注明篇章標題，資料後注明書名、卷數，書後附引用文獻版本；引文有省略則加省略號；資料彙編所採用的各種文獻，選擇通行可靠的整理本，如無，則採用古籍善本；標點依據近現代的標點本，原標點有誤者，徑行改正，無標點本的則自行標點。

七、今傳《文選》各種版本中，作品篇名及作者名下大多有注，對作家生平、作品背景所作述解，彌足珍貴，故多輯録。但其中亦不少舛錯之處，且往往有題曰「善注」，而實非李善注者，蓋因注文流傳久遠，又經删削合併，多失原貌，故除可確定爲李善、五臣注者，概以「闕名」標目，以示謹慎。

八、對輯録資料作簡單考釋和勘誤，如有必要，則加簡單按語説明；明顯錯誤徑行改正，不做過多考證；資料中的引文如與原文有出入，原則上不做校勘和更改；對避諱的處理依據文獻整理的通例。

九、有少數資料與不同分卷皆有關係，則不避重複，各卷均録。

# 總論卷編纂説明

《文選資料彙編·總論卷》的編纂除依據總的凡例外，尚須特别説明：

一、「統論」資料以作者名標目，「紀事」類資料出於史傳、輿地、方志等文獻的一般以書名標目，出於文集、筆記、碑傳、書牘等文獻的則仍以作者名標目。

二、「統論」資料以作者時代先後爲序，「紀事」資料則大體以所述相關的人物、事蹟先後爲序。

三、歷代詩文以《文選》與「文選學」爲典故或吟詠對象者甚多，本卷酌情收時代較早及有代表性者，泛論泛詠者不收。

四、書後附録蕭統的兩篇書信與劉孝綽、蕭綱所撰《昭明太子集序》，以及蕭統及所交游文人學士之傳略。

五、歷代序跋中頗多關於《文選》的議論文字，限於體例，將之編於「序跋卷」中，讀者欲考歷代對《文選》的評價，則除此編統論外，亦須注意「序跋卷」之資料。

# 統論

# 唐前

（南朝梁）蕭統

【文選序】式觀元始，眇覿玄風。冬穴夏巢之時，茹毛飲血之世，世質民淳，斯文未作。逮乎伏羲氏之王天下也，始畫八卦，造書契，以代結繩之政，由是文籍生焉。《易》曰：「觀乎天文，以察時變；觀乎人文，以化成天下。」文之時義遠矣哉！若夫椎輪爲大輅之始，大輅寧有椎輪之質；增冰爲積水所成，積水曾微增冰之凜。何哉？蓋踵其事而增華，變其本而加厲。物既有之，文亦宜然。隨時變改，難可詳悉。嘗試論之曰：《詩序》云：「詩有六義焉，一曰風，二曰賦，三曰比，四曰興，五曰雅，六曰頌。」至於今之作者，異乎古昔，古詩之體，今則全取賦名。荀、宋表之於前，賈、馬繼之於末。自茲以降，源流寔繁。述邑居則有「憑虚」、「亡是」之作，戒畋游則有《長楊》《羽獵》之製。若其紀一事，詠一物，風雲草木之興，魚蟲禽獸之流，推而廣之，不可勝載矣！又楚人屈原，含忠履潔，君匪從流，臣進逆耳，深思遠慮，遂放湘南。耿介之意既傷，壹鬱之懷靡愬。臨淵有懷沙之志，吟澤有憔悴之容。騷人之文，自茲而作。詩者，蓋志之所之也，情動於中而形於言。《關雎》《麟趾》，正始之道著；桑間濮上，亡國之音表。故風雅之道，粲然可觀。自炎漢中葉，厥塗漸異：退傅有「在鄒」之作，降將著「河梁」之篇；四言五言，區以別矣。又少則三字，多則九言，各體互興，分鑣並驅。頌者，所以游揚德業，褒讚成功。吉甫有「穆若」之談，季子有「至矣」之歎。舒布爲詩，既言如彼；總成爲頌，又亦若此。次則箴興於補闕，戒出於弼匡。論則析理精微，銘則序事清潤。美終則誄發，圖像則讚興。又詔誥教令之流，表奏牋記之列，書誓符檄之品，弔祭悲哀之作，答客指事之制，三言八字之文，篇辭引序，碑碣誌狀，衆制鋒起，源流間出。譬陶匏異器，並爲入耳之娛；黼黻不同，俱爲悅目之玩。作者之致，蓋云備矣！余監撫餘閑，居多暇日，歷觀文囿，泛覽辭林，未嘗不心游目想，移晷忘倦。自姬漢以來，眇焉悠邈，時更七代，數逾千祀。詞人才子，則名溢於縹囊；飛文染翰，則卷盈乎緗帙。自非略其蕪穢，集其清英，蓋欲兼功，太半難矣！若夫姬公之籍，孔父之書，與日月俱懸，鬼神爭奥，孝敬之准式，人倫之師友，豈可重以芟夷，加之剪截？老莊之作，管孟之流，蓋以立意爲宗，不以能文爲本，今之所撰，又以略諸。若賢人之美辭，忠臣之抗直，謀夫之話，辨士之端，冰釋泉涌，金相玉振，所謂坐狙丘，議稷下，仲連之却秦軍，食其之下齊國，留侯之發八難，曲逆之吐六奇，蓋乃事美一時，語流千載。概見墳籍，旁出子史，若斯之流，又亦繁博。雖傳之簡牘，而事異篇章，今之所集，亦所不取。至於記事之史，繫年之書，所以褒貶是非，紀別異同，方之篇翰，亦已不同。若其讚論之綜緝辭采，序述之錯比文華，事出於沈思，義歸乎翰藻，故與夫篇什，雜而集之。遠自周室，迄於聖代，都爲三十卷，名曰《文選》云耳。凡次文之體，各以彙聚。詩賦體既不一，又以類分；類分之中，各以時代相次。（清胡克家刻《文選》卷首）

# 唐五代

## （唐）歐陽詢

【藝文類聚序（節録）】以爲前輩綴集，各杼其意，《流别》《文選》，專取其文，《皇覽》《徧略》，直書其事，文義既殊，尋檢難一。爰詔撰其事且文，棄其浮雜，删其冗長，金箱玉印，比類相從，號曰《藝文類聚》，凡一百卷。（《藝文類聚》卷首）

## （唐）元兢

【古今詩人秀句序（節録）】晚代銓文者多矣。至如梁昭明太子蕭統與劉孝綽等，撰集《文選》，自謂畢乎天地，懸諸日月。然於取捨，非無舛謬。方因秀句，且以五言論之。至如王中書「霜氣下孟津」，及「游禽暮知返」，前篇則使氣飛動，後篇則緣情宛密，可謂五言之警策，六義之眉首。棄而不紀，未見其得。（《文鏡秘府論》南卷「集論」引《古今詩人秀句序》）

## （唐）李善

【上文選注表】臣善言：竊以道光九野，縟景緯以照臨；德載八埏，麗山川以錯峙。垂象之文斯著，含章之義聿宣。協人靈以取則，基化成而自遠。故羲繩之前，飛葛天之浩唱；媯簧之後，掞叢雲之奥詞。步驟分途，星躔殊建；球鍾愈暢，舞詠方滋。楚國詞人，御蘭芬於絶代；漢朝才子，綜鞶帨於遥年。虚玄流正始之音，氣質馳建安之體。長離北度，騰雅詠於圭陰；化龍東騖，煽風流於江左。爰逮有梁，宏材彌劭。昭明太子，業膺守器，譽貞問寢。居肅成而講藝，開博望以招賢。搴中葉之詞林，酌前修之筆海。周巡緜嶠，品盈尺之珍；楚望長瀾，搜徑寸之寶。故撰斯一集，名曰《文選》。後進英髦，咸資準的。伏惟陛下，經緯成德，文思垂風。則大居尊，耀三辰之珠璧；希聲應物，宣六代之雲英。孰可撮壤崇山，導涓宗海。臣蓬衡蕞品，樗散陋姿。汾河委筴，夙非成誦；崇山墜簡，未議澄心。握玩斯文，載移涼燠；有欣永日，實昧通津。故勉十舍之勞，寄三餘之暇，弋釣書部，願言注緝，合成六十卷，殺青甫就，輕用上聞。享帚自珍，緘石知謬。敢有塵於廣内，庶無遺於小説。謹詣闕奉進，伏願鴻慈，曲垂照覽。謹言。顯慶三年九月日上表。（清胡克家刻《文選》卷首）

## （唐）呂延祚

【進集注文選表】臣延祚言：臣受之於師曰：同文底績，是將大理。刊書啓中，有用廣化。實昭聖代，輒極鄙懷。臣延祚誠惶誠恐，頓首頓首！臣嘗覽古集，至梁昭明太子所撰《文選》三十卷，閱翫未已，吟讀無斁。風雅其來，不之能尚。則有遺詞激切，揆度其事，宅心隱微，晦滅其兆，飾物反諷，假時維情。非夫幽識，莫能洞究。往有李善，時謂宿儒，推而傳之，成六十卷。忽發章句，是徵載籍，述作之由，何嘗措翰？使復精覈注引，則陷於末學；質訪指趣，則巋然舊文。祇謂攪心，胡爲析理？臣懲其若是，志爲訓釋。乃求得衢州常山縣尉臣呂延濟、都水使者劉承祖男臣良、處士臣張銑、臣呂向、臣李周翰等，或藝術精遠，塵游不雜；或詞論穎曜，巖居自修。相與三復乃詞，周知秘旨，一貫於理，杳測澄懷，目無全文，心無留義，作者爲志，森乎可觀。記其所善，名曰《集注》。并具字音，復三十卷。其言約，其利博，後事元龜，爲學之師，豁若撤蒙，爛然見景，載謂激俗，誠惟便人。伏惟陛下，濬德乃文，嘉言必史，特發英藻，克光洪猷，有彰天心，是效臣節，敢有所隱。斯與同進，謹於朝堂拜表以聞。輕瀆冕旒，精爽震越。臣誠惶誠恐，頓首死罪！謹言。開元六年九月十日工部侍郎臣呂延祚上表。（奎章閣本六家注《文選》卷首）

## （唐）劉秩

左監門衛録事參軍劉秩論曰：「……洎乎晉、宋、齊、梁，遞相祖習，其風彌盛。舍學問，尚文章，小仁義，大放誕。談莊周、老聃之説，誦《楚詞》《文選》之言。六經九流，時曾閲目；百家三史，罕聞於耳。撮群鈔以爲學，總衆詩以爲資。謂善賦者廊廟之人，雕蟲者台鼎之器。下以此自負，上以此選材，上下相蒙，持此爲業，雖名重於當時，而不達於從政。……」（《通典》卷一七《選舉五·雜議論中》）

## （唐）殷璠

【河嶽英靈集序（節録）】序曰：梁昭明太子撰《文選》，後相效著述者十餘家，咸自稱盡善。高聽之士，或未全許。且大同至於天寶，把筆者近千人，除勢要及賄賂者，中間灼然可尚者，五分無二，豈得逢詩輒贊，往往盈帙？蓋身後立節，當無詭隨。其應詮揀不精，玉石相混，致令衆口銷鑠，爲知音所痛。夫文有神來、氣來、情來，有雅體、野體、鄙體、俗體。編紀者能審鑑諸體，委詳所來，方可定其優劣，論其取捨。至如曹、劉詩多直致，語少切對，或五字並側，或十字俱平，而逸價終存。然挈缾膚受之流，責古人不辨宫商，詞句質素，恥相師範。於是攻乎異端，妄爲穿鑿，理則不足，言常有餘，都無比興，但貴輕艷。雖滿篋笥，將何用之？自蕭氏以還，尤增矯飾。武德初，微波尚在。貞觀末，標格漸高。景雲中，頗通遠調。開元十五年後，聲律風骨始備矣。（《文苑英華》卷七一二）

**編者按**：此節文字據《河嶽英靈集》稍有改動。

## （唐）李頎

【送皇甫曾游襄陽山水兼謁韋太守（節録）】峴山枕襄陽，滔滔江漢長。山深卧龍宅，水浄斬蛟鄉。元凱《春秋》傳，昭明《文選》堂。風流滿今古，烟島思微茫。（《全唐詩》卷一三四）

## （唐）杜甫

【水閣朝霽奉簡雲安嚴明府（節録）】呼婢取酒壺，續兒誦《文選》。（《杜詩詳注》卷一四）

### 附録

#### （宋）趙彥材

公詩兩字每使《文選》，嘗示宗武曰：「熟精《文選》理。」今又曰：「續兒誦《文選》。」則於《文

選》爲精矣。（《九家集注杜詩》卷一三）

【宗武生日（節録）】詩是吾家事，人傳世上情。熟精《文選》理，休覓彩衣輕。（《杜詩詳注》卷一七）

## 附録

（宋）郭思

子美教其子曰：「熟茲《文選》理。」《文選》之尚，不愛奇乎！今人不爲詩則已，苟爲詩，則《文選》不可不熟也。《文選》是文章祖宗，自兩漢而下，至魏、晉、宋、齊，精者斯採，萃而成編，則爲文章者，焉得不尚《文選》也。唐時文弊，尚《文選》太甚。李衛公德裕云「家不蓄《文選》」，此蓋有激而説也。老杜於詩學，世以謂前無古人，後無來者。然觀其詩，大率宗法《文選》，摭其華髓，旁羅曲探，咀嚼爲我語。至老杜體格，無所不備，斯周詩以來，老杜所以爲獨步也。（《苕溪漁隱叢話》前集卷九引《瑶溪集》）

（宋）趙彦材

公詩嘗曰「續兒誦《文選》」，則「熟精《文選》理」者，所以責望於宗武也。公詩使字多出《文

選》，蓋亦前作之菁英爲不可遺也。公又曰「遞相祖述復先誰」，則公之詩法豈不以有據而後用邪！（《九家集注杜詩》卷三二）

（宋）葛立方

杜子美詩喜用《文選》語，故宗武亦習之不置，所謂「熟精《文選》理，休覓彩衣輕」，又云「呼婢取酒壺，續兒誦《文選》」是也。唐朝有《文選》學，而時君尤見重，分別本以賜金城，書絹素以屬裴行儉是也。《外史檮杌》載鄭奕嘗以《文選》教其子，其兄曰：「何不教讀《論語》，免學沈謝嘲風弄月，汙人行止。」鄭兄之言，蓋欲先德行而後文藝，亦不爲無理也。（《韻語陽秋》卷三）

（明）李詡

【杜用文選】葛常之《韻語陽秋》曰：「子美善用《文選》語，故宗武亦習之不置，所謂『熟精《文選》理，休覓彩衣輕』。又云『呼婢取酒壺，續兒誦《文選》』是也。」今試取校之，兩字連綿同者甚衆，三字四字以至五字而止，間一有焉，始知得于《文選》多矣。杜之源流所自，誠在于此，後之沈酣于杜者，則惟文信國公文山一人而已，其餘但拾殘唾，何足尚也。昔人言

「《文選》爛，秀才半」，蓋以《文選》作本領故耳。（《戒庵老人漫筆》卷七）

（明）王世貞

杜詩强力宏蓄，開闔排蕩，然不無利鈍，其於五古，自云「熟精《文選》理」。《選》體中，高者蘇李無論已，子建而下，如太沖、士衡、元亮、康樂、明遠、玄暉，皆清絶滔滔，芊綿流麗，而杜長篇曼衍拖沓，何於《選》體殊不類乎？恐自《壯游》《玉華宫》《夢李白》《前後出塞》《田父泥飲》《湯東靈湫》諸篇外，不可多得矣。惟七言歌行，跌宕夭矯，淋漓悲壯，令讀者飄飄欲仙，此爲絶唱。（《杜詩詳注》附編《諸家論杜》）

（清）盧元昌

公《贈畢曜詩》曰「流傳江鮑體」，又《水閣詩》曰「續兒誦《文選》」，此云「熟精《文選》理」，誠非泛語。《瑶溪集》云：「子美宗法《文選》，摭其英華，旁羅曲探，嚼爲吾語，又用以訓其子。」愚以世人徒拾其辭，未精其理，公曰精其理，直欲棄糟粕，取神明，即昭明「略蕪穢，集精英」意。（《杜詩闡》卷一四）

（清）黄子雲

昭明材本平庸，詩亦闇劣，觀其選本，多所未協。如機、雲兄弟，休文、安仁之徒，警策者絶少，而採録幾無遺漏；若文姬《悲憤》、太沖《嬌女》諸篇，反棄而不取。具識力者，自必有定論。故子美云：「熟精《文選》理。」「精」者，明察之謂；「理」有是是非非之别；其意蓋教人熟察而去就其是非也。苟無異同，曷不曰「《文選》句」而曰「《文選》理」乎？後來者聞子美有是言，不揆其義，盡皆目之爲禁臠，黑白於是乎混淆，而胸臆無所持循矣。（《野鴻詩的》）

（清）翁方綱

【杜詩精熟文選理理字説】自宋人嚴儀卿以禪喻詩，近日新城王氏宗之，於是有不涉理路之説，而獨無以處夫少陵「熟精《文選》理」之「理」字，且有以宋詩近於道學者爲宋詩病，因而上下古今之詩，以其凡涉於理路者，皆爲詩之病，僅僅不敢以此爲少陵病耳。然則孰是而孰非耶？曰：皆是也。客曰：然則白沙、定山之宗《擊壤》也，詩之正則耶？曰：非也。少陵所謂理者，非夫《擊壤》之流，爲白沙、定山者也。客曰：理有二歟？曰：理安得有二哉？顧所見何如耳。杜之言理也，蓋根極於六經矣。曰「斯文憂患餘，聖哲垂彖繫」，《易》之理也；曰「舜舉十六相，身尊道何高」，《書》之理也；曰「春官驗討論」，《禮》之理也；曰「天王狩太白」，《春秋》之理也。其他推闡事變、究極物則者，蓋不可以指屈。則夫大略椎輪之旨，沿波而討原者，非杜莫能證明也。然則何以別夫《擊壤》之開陳、莊者歟？曰：理之中通也，而理不外露，故俟讀者而後知之云爾。若白沙、定山之爲《擊壤》派也，則直言理耳，非詩之言理也。故曰「如玉如瑩，爰變丹青」，此善言文理者也。理者，治玉也，字從玉，從里聲，其在於人則肌理也，其在於樂則條理也。《易》曰「君子以言有物」，理之本也，又曰「言有序」，理之經也。天下未有舍理而言文者。且蕭氏之爲《選》也，首原夫孝敬之準式、人倫之師友，所謂事出於沉思者，惟杜詩之真實足以當之，而或僅以藻繢目之，不亦誣乎？自王新城究論唐賢三昧之所以然，學者漸由是得詩之正脈，而未免歧視理與詞爲二途者，則不善學者之過也。而矯之者又或直以理路爲詩，遂蹈白沙、定山一派，致啓詩人之呰謷，則又不足以發明六義之奧，而徒事於紛爭疑惑，皆所謂泥者也。必知此義，然後見少陵之貫徹上下，無所不該。學者稍偏於一隅，則皆不得其正，豈可以矜心躁氣求之哉？但憾不能熟精而已矣。

（《復初齋文集》卷一〇）

（唐）高仲武

【中興間氣集序（節録）】詩人之作，本諸於心。心有所感而形於言，言合典謨則列於風雅。暨乎梁昭明，載述已往撰集者數家，推其風流，正聲最備，其餘著録或未至焉。（《文苑英華》卷七一二）

（唐）李益

【送襄陽李尚書（節録）】天寒發梅柳，憶昔到襄州。樹暖然紅燭，江清展碧油。風煙臨峴首，雲水接昭丘。俗尚《春秋》學，詞稱《文選》樓。（《全唐詩》卷二八三）

（唐）白居易

【偶以拙詩數首，寄呈裴大尹侍郎，蒙以盛製四篇一時酬和，重投長句，美而謝之（節録）】投君之文甚荒蕪，數篇價直一束芻。報我之章何璀璨，纍纍四貫驪龍珠。《毛詩》三百篇後得，《文選》六十卷中無。一麇麗龜絶報賽，五鹿連拄難支梧。（《白居易集》卷三〇）

（唐）賈島

【論古今道理一貫】小手皆言《毛詩》並《文選》諸公之作是古道，與今不同，此不可與言也。詩教今古之道皆然。（《全唐五代詩格彙考·二南密旨》）

（唐）陸龜蒙

【襲美先輩以龜蒙所獻五百言既蒙見和，復示榮唱，至于千字，提獎之重，蔑有稱實，再抒鄙懷，用伸酬謝（節録）】歸來壼編上，得以含情窺。抗韻吟比雅，覃思念棿攡。因知昭明前，剖石呈清琪。又嗟昭明後，敗葉埋芳蕤。縱有月旦評，未能天下知。徒爲强貔豹，不免參狐狸。（《甫里先生文集》卷一）

（唐）齊己

【聞貫休下世】吾師詩匠者，真箇碧雲流。争得梁太子，更爲文選樓。錦江新冢樹，婺女舊山秋。欲去焚香禮，啼猿峽阻修。（《白蓮集》卷二）

## （唐）李匡乂

【非五臣】世人多謂李氏立意注《文選》，過爲迂繁，徒自騁學，且不解文意，遂相尚習五臣者，大誤也。所廣徵引，非李氏立意。蓋李氏不欲竊人之功，有舊注者，必逐每篇存之，仍題元注人之姓字，或有迂闊乖謬，猶不削去之。苟舊注未備，或興新意，必於舊注中稱臣善以分别。既存元注，例皆引據，李續之雅，宜殷勤也。代傳數本李氏《文選》，有初注成者，覆注者，有三注、四注者，當時旋被傳寫之。其絶筆之本，皆釋音訓義，注解甚多，余家幸而有焉。嘗將數本並校，不唯注之贍略有異，至於科段，互相不同，無似余家之本該備也。因此而量五臣者，方悟所注盡從李氏注中出。開元中進表，反非斥李氏，無乃欺心歟？且李氏未詳處，將欲下筆，宜明引憑證，細而觀之，無非率爾。今聊各舉其一端。至如《西都賦》説游獵云：「許少施巧，秦成力折。」李氏云：「許少、秦成未詳。」五臣云：「昔之捷人壯士，搏格猛獸。」施巧力折，固是捷壯，文中自解矣，豈假更言，況又不知二人所從出乎？又注「作我上都」云：「上都，西京也。」何太淺近忽易歟？必欲加李氏所未注，何不云「上都者，君上所居，人所都會」耶？況秦地厥田上上，居天下之上乎？又輕改前賢文旨，若李氏注云某字或作某字，便隨而改之。其有李氏不解，而自不曉，輒復移易。今不能繁駁，亦略指其所改字。曹植樂府云：「寒鱉炙熊蹯。」李氏云：「今之臘肉謂之寒，蓋韓國事饌尚此法。」復引《鹽鐵論》「羊淹雞寒」、劉熙《釋名》「韓羊韓雞」爲證寒與韓同。又李以上句云「膾鯉膗胎鰕」，因注「詩曰炰鱉膾鯉」。五臣兼見上句有「膾」，遂改寒鱉爲炰鱉，以就《毛詩》之句。又子建《七啓》云：「寒芳苓之巢龜，鱠四海之飛鱗。」五臣亦改「寒」爲「搴」。搴，取也，何以對下句之膾耶？況此篇全説修事之意，獨入此搴字，於理甚不安。上句既改寒爲搴，即下句亦宜改膾爲取。縱一聯稍通，亦與諸句不相承接。以此言之，明子建故用寒字，豈可改爲炰、搴耶？斯類篇篇有之，學者幸留意，乃知李氏絶筆之本，懸諸日月焉。方之五臣，猶虎狗鳳雞耳。其改字也，至有「翩翻」對「恍惚」，則獨改「翩翻」爲「翩翩」，與下句不相收。又李氏依舊本，不避國朝廟諱，五臣易而避之，宜矣。其有李本本作泉及年代字，五臣貴有異同，改其字却犯國諱，豈唯矛盾而已哉！（《資暇集》卷上）

**編者按**：余嘉錫《四庫提要辯證》認爲「李匡乂」當作「李匡文」。

## （唐）楊夔

【文選樓銘并序】文選樓者，梁昭明太子選文之地。時逾四代，年將五百，清風懿號，藹然不泯。況廣陵乃隋室故郡，遺事斯存，求之於今，陳跡盡滅，斯猶巍巍，久而益新，其不由以學而立道者，道則不朽，以文而經業者，業則不磨乎？弘農子經於是樓，提筆路絶，且慮夫不文不典者肆而處，乃泣以銘云：峨峨萬宇，匪歌則舞。美哉此樓，獨以文修。自由名貴，不以華致。雖超千古，靡有頽墜。孰堪其登，必精必誠。孰可以居，必賢必明。無聚優以爲娛，無習伎以稱榮，吾恐其素德，懷辱於冥冥。（《文苑英華》卷七八八）

## （五代）丘光庭

【五臣注】五臣者，不知何許人也。所注《文選》，頗謂乖疏，蓋以時有王張，遂乃盛行於代。將欲從首至末搴其蕭稂，則必溢帙盈箱，徒費牋翰。苟蔑而不語，則誤後學習。是用略舉綱條，餘可三隅反也。

**編者按**：丘氏所駁具體例證，文繁不録。（《兼明書》卷四）

# 宋代

## （宋）姚鉉

【唐文粹序（節録）】自微言絶響，聖道委地，屈平、宋玉之辭不陷於怨懟，則溺於譋惑。漢興，賈誼始以佐王之道、經世之文求用於文帝，絳、灌忌才，卒罹讒謫。其後公孫弘、董仲舒、晁錯咸以文進，或用或升，或黜或誅，至若嚴助、徐樂、吾丘壽王、司馬長卿輩，皆才之雄者也，終不得大用，但侍從優游而已。如劉向、司馬遷、楊子雲、東京二班、崔、蔡之徒，皆命世之才，垂後代之法，張大德業，浩然無際。至於魏晉，文風下衰，宋齊以降，益以澆薄。然其間鼓曹、劉之氣燄，聳潘、陸之風格，舒顔、謝之清麗，藹何、劉之婉雅，雖風興或缺，而篇翰可觀。至梁昭明太子統，始自楚《騷》，終於本朝，盡索歷代才士之文，築臺而選之，得三十卷，號曰《文選》，亦一家之奇書也。

（《唐文粹》卷首）

## （宋）晏殊

【答樞密范給事書（節録）】前代爲學，迭相師授，是以聖人之旨，無不坦明。近世業儒，怠於講肄，是以先王格訓，有所滯蒙。唐李善精於《文選》，爲之注解，因用教授，謂之「文選學」。皇朝太平興國中，詔館閣讎校《漢書》，安德裕取《西域傳》山川名號字之古者，改附近古集語。錢熙謂人曰：「予於此書，特經師授，皆有訓説，豈可胸臆塗竄，以合詞章？」則知《文選》《漢書》尚行教授，經墳大典可廢講乎？（《宋文鑑》卷一一二）

## （宋）孫復

【寄范天章書二（節録）】唐李善以梁昭明太子《文選》五臣注未盡，别爲注釋，且《文選》者，多晉宋齊梁間文人靡薄之作，雖李善注之，何足貴也？國家尚命鏤板，置諸太學，況我聖人之經乎？安可使其鬱而不章者哉！幸執事之深留意焉。（《孫明復小集》）

## （宋）王洙

【爾雅】公言《爾雅》、《文選》，待文士之秘學也，使人知之，必譏其所習淺末。至規橅裁取，不習或闕，嘗戲曰：「韓愈詩多用訓故，而反曰『《爾雅》注蟲魚，定非磊落人』，此人滅迹也。」（《王氏談録》）

**編者按**：《四庫提要》謂此書爲王洙子王欽臣録其父所言。

## （宋）王得臣

王羲之《蘭亭三日序》，世言昭明不以入《選》者，以其「天朗氣清」。或曰，《楚辭》「秋之爲氣也」、「天高而氣清」，似非清明之時。然「管絃絲竹」之病，語衍而複，爲逸少之累矣。（《麈史》卷中《論文》）

## 附録

### （宋）王觀國

【蹈襲（節録）】王羲之《蘭亭序》亦文之可喜者，而不入《文選》，或者謂《序》用「天朗氣清」，乃秋語非春致，又謂「絲竹管絃」爲重疊，故爲蕭統所不取。觀國詳《序》中語皆不悖理，顧當時蕭統掄訪未盡耳。前人雄麗之文，不在《選》者甚多，豈唯《蘭亭》而已哉！若據或者之謂，則《易傳》言「潤之以風雨」，不當以風爲潤矣。宋玉賦曰：「豈能料天地之高哉！」不當謂地爲高矣。《後漢》楊厚疏論「耳目不明」，不當謂耳爲明矣。或者之謂，不攻自破。（《學林》卷八）

（宋）吴曾

【右軍承漢書誤】王彦輔《麈史》與陳正敏《遯齋閒覽》皆云：「余季父虚中云：『王右軍《蘭亭記》，其文甚麗，但天朗氣清，自是秋景，以此不入《選》。』余亦謂絲竹管絃，語亦重複。」以上皆陳語，予考《漢書·張禹傳》云：「後堂理絲竹筦絃。」乃知右軍承《漢書》之誤。（《能改齋漫録》卷一〇）

（宋）王楙

【蘭亭不入選】《遯齋閒覽》云：「季父虚中謂王右軍《蘭亭序》，以『天朗氣清』自是秋景，以此不入《選》。余亦謂『絲竹筦絃』亦重複。」僕謂不然。「絲竹筦絃」，本出《前漢·張禹傳》；而「三春之季」、「天氣肅清」，見蔡邕《終南山賦》；「熙春寒往，微雨新晴，六合清朗」，見潘安仁《閒居賦》；「仲春令月，時和氣清」，見張平子《歸田賦》。安可謂春間無「天朗氣清」之時？右軍此筆，蓋直述一時真率之會趣耳。修禊之際，適值天宇澄霽，神高氣爽之時，右軍亦不可得而隱，非如今人綴緝文詞，强爲春間華麗之語以圖美觀。然則斯文之不入《選》，往往搜羅之不及，非固遺之也。僕後觀吴曾《漫録》，亦引《張禹傳》爲證，正與僕意合。

但謂右軍承《漢書》誤，此説爲謬耳，《漢書》之語豈誤邪！（《野客叢書》卷一）

**編者按**：《終南山賦》，《古文苑》題班固作。

（宋）葉大慶

王右軍《蘭亭序》不入《文選》，王勃《滕王閣記》不入《文粹》，世多疑之。《遯齋閒覽》謂：「『天朗氣清』，乃是秋景，『絲竹管絃』，語爲重複。」大慶竊謂自古以清明爲三月節，則是時天氣固清明矣。而《宣紀》神爵元年三月詔曰：「天氣清静，神魚舞河。」然則所謂「天朗氣清」何足爲病！《前漢·張禹傳》曰：「後堂理絲竹管絃。」而班固《東都賦》亦曰：「陳金石，布絲竹，鐘鼓鏗鎗，管絃曄煜。」既曰絲竹，又曰管絃，此蓋右軍承前人之誤，要未可以分寸之瑕而棄盈尺之夜光也。……然則二文之不入《選》《粹》，毋亦蕭統、姚鉉偶意見之不合，故去取之過苛歟！雖然，二子之文不入《選》《粹》而傳至於今，膾炙人口，良金美玉，自有定價，所謂瑕不掩瑜，未足韜其美也。（《考古質疑》卷五）

（元）韋居安

晁文元《隨因紀述》云：「晉右將軍王羲之，器宇詞翰，三者俱優，而所作會於蘭亭曲水序，有樂極悲來嗟悼之意。其語云：『固知一死生爲虚誕，齊彭殤爲妄作。』吾觀《文選》中但有王元長《曲水詩序》，而羲之序獨不收，且謂梁昭明太子深于内學，以羲之不達大觀之理，故不收之。余謂或者以『絲竹管絃』語重複，『天朗氣清』非上巳日景象，《文選》遂不收入。」今晁公議論如此，則知昭明未必以此八字之故。況「絲竹管絃」《前漢·張禹傳》已有之；輕清爲天，謂上巳日也。「天朗氣清」亦何害？姑以此備識者詳覽。（《梅磵詩話》卷上）

（明）袁宏道

【蘭亭記（節録）】羲之《蘭亭記》，於死生之際，感歎尤深。晉人文字，如此者不可多得。昭明《文選》獨遺此篇，而後世學語之流，遂致疑於「絲竹管絃」、「天朗氣清」之語，此等俱無關文理，不知於文何病？昭明，文人之腐者，觀其以《閑情賦》爲白璧微瑕，其陋可知。夫世果有不好色之人哉？若果有不好色之人，尼父亦不必借之以明不欺矣。（《袁宏道集箋校》卷一〇）

（清）閻若璩

蕭統《文選》偶遺王逸少《蘭亭序》，説者遂吹毛求疵，以爲昭明意若何，昭明豈真有是意？殆不足一笑。大抵世人愛奇，奇則欲博，博則初無所擇，而惟恐遺之也。（《尚書古文疏證》卷五

下）

**編者按**：歷代對《蘭亭序》不入《文選》的討論還有很多，可參考（宋）馬永卿《嬾真子》卷三、（宋）王阮《義豐集·蘭亭一首并序》、（宋）章如愚《群書考索》續集卷一八、（宋）張淏《雲谷雜紀》卷一、（宋）史繩祖《學齋佔畢》卷二、（宋）周密《齊東野語》卷一二、（元）吾衍《閒居録》、（元）陸友仁《研北雜志》卷上、（元）程棨《三柳軒雜識》、（明）楊慎《升庵集》卷五三、（明）田藝蘅《留青日札》卷一、（明）朱荃宰《文通》卷二三、（明）王嗣奭《管天筆記外編》卷下、（清）程正揆《讀書偶然録》卷二、（清）尤侗《艮齋雜説》卷八、（清）薛雪《一瓢詩話》、（清）徐文靖《管城碩記》卷一九、（清）錢泳《履園譚詩》、（清）喬松年《蘿藦亭札記》卷四等，兹不備録。

## （宋）蘇軾

【答劉沔都曹書（節録）】梁蕭統集《文選》，世以爲工。以軾觀之，拙於文而陋於識者，莫統若也。宋玉賦《高唐》《神女》，其初略陳所夢之因，如子虚、亡是公等相與問答，皆賦矣。而統謂之叙，此與兒童之見何異。李陵、蘇武贈別長安，而詩有「江漢」之語。及陵與武書，詞句儇淺，正齊梁間小兒所擬作，決非西漢文。而統不悟。劉子玄獨知之。（《蘇軾文集》卷四九）

**編者按**：蘇軾所稱劉子玄（知幾）語，見《史通·雜説》：「《李陵集》中有《與蘇武書》，辭采壯麗，音調流靡。觀其文體，不類西漢人，殆後來所爲，假稱陵作也。遷史缺而不載，良有以焉。」

【題文選】舟中讀《文選》，恨其編次無法，去取失當。齊、梁文章衰陋，而蕭統尤爲卑弱，《文選引》，斯可見矣。如李陵、蘇武五言，皆僞而不能去。觀《淵明集》，可喜者甚多，而獨取數首。以知其餘人忽遺者甚多矣。淵明《閑情賦》，正所謂《國風》好色而不淫，正使不及《周南》，與屈、宋所陳何異。而統乃譏之，此乃小兒强作解事者！　元豐七年六月十一日書。（同上書卷六七）

## 附録

（宋）葛勝仲

【書淵明集後三首（節録）】昭明太子指《閑情》一賦爲白璧微瑕，且謂亡作可也。審爾，則詩人之變風、楚人之《離騷》皆可删矣。晉孝武末塗沈湎酒色，何知非諷刺上耶？其序云：張衡作《定情賦》、蔡邕作《静情賦》，皆有助於諷諫，綴文之士奕代繼作。……其後如陸機之《閑懷》、袁淑之《整情》，皆佳筆也。謝惠連亦嘗作百許字，未就而卒，詞人深以爲恨。使淵明此賦果可無作，則《登徒》《長門》《高唐》《神女》等賦，統何爲著之於《選》耶？（《丹陽集》卷八）

（宋）王觀國

【閒情賦（節録）】梁昭明太子作《陶淵明文集序》曰：「白璧微瑕者，惟在《閒情》一賦。」「卒無諷諫，何必摇其筆端。」觀國熟味此賦，辭意宛雅，傷己之不遇，寄情于所願，其愛君憂國之心，惓惓不忘，蓋文之雄麗者也。此賦每寄情于所願者，若曰「我願立于朝，而其君不能用之」，是真譎諫者也。昭明責以無諷諫，則誤矣。然則讀此賦而不知其意者，以爲詠婦人耶？古以言美人、佳人，皆以比君子賢人。……《閒情賦》之寄意遠矣，以爲微瑕者，其不見知耶？（《學林》卷七）

（元）李治

東坡謂梁昭明不取淵明《閒情賦》，以爲小兒强解事。《閒情》一賦，雖可以見淵明所寓，然昭明不取，亦未足以損淵明之高致，東坡以昭明爲强解事，予以東坡爲强生事。（《敬齋古今黈》卷一）

（明）郭子章

陶彭澤《閑情賦》，蕭昭明云：「白璧微瑕，惟《閑情》一賦。」東坡曰：「淵明作《閑情賦》，所謂『《國風》好色而不淫』，正使不及《周南》，與屈、宋所陳何異。而統大譏之，此乃小兒强作解事者。」昭明責備之意，望陶以聖賢，而東坡止以屈、宋望陶，屈猶可言，宋則非陶所願學者。東坡一生不喜《文選》，故不喜昭明。（《豫章詩話》卷一）

（清）尤侗

【讀東坡志林（節録）】東坡極貶《文選》，謂李陵書及贈答五言，皆僞而不能辨。此論本劉子玄。予謂陵既生降，頽其家聲，即文章果出真手，豈足汙吾筆墨哉？京師之變，士大夫半汙僞命，猶借李陵爲口實，真不知世間羞恥事矣。司馬遷曲護少卿，《史記》尚不録其文，而昭明收之，陋矣。若齊梁小兒甘爲李陵優孟，又陵之不如者也。坡又謂淵明《閒情賦》所謂《國風》好色而不淫，正使不及《周南》，與屈、宋所陳何異。而統大譏之，此乃小兒强作解事者。予亡友湯卿謀嘗稱《閒情賦》賦之正，《後赤壁賦》賦之變，可爲賦法。予許爲知言。今觀坡語，益歎其合。……昭明既取巫語、洛神之事，而獨貶《閒情》，非但不知賦，且不知人矣。（《尤太史西堂全集·西堂雜組》一集卷八）

（清）趙紹祖

胡仔《苕溪漁隱叢話》引東坡云：「余讀《文選》，恨其編次無法，去取失當。今觀《淵明集》，可取者甚多，而獨取數首。淵明作《閒情賦》，所謂《國風》好色而不淫，而統大譏之，此乃小兒强作解事。」余謂古今篇什何限，豈可盡收？亦各從所愛爾。昭明不收《閒情》，亦未足爲《文選》病。且如《古文苑》後出，所載多《文選》所不及，平心觀之，恐未足以肩隨也。第既取《兩都》，則《兩京》《三都》可以從略，然猶曰以備地誌也。至「七」與「連珠」等，但取一以備體足矣。「符命」取《封禪》《典引》而并及《劇秦美新》，則真贅矣。（《消暑録》）

（清）陳沆

《閒情賦》，淵明之擬《騷》。從來擬《騷》之作，見於《楚辭集注》者，無非靈均之重儓，獨淵明此賦，比興雖同，而無一語之似，真得擬古之神。東坡云：「晉無文，惟淵明《歸去來辭》一篇而已。」予亦曰：「晉無文，惟淵明《閒情》一賦而已。」乃昭明謂爲白璧之瑕，不但與所選宋玉諸賦自相刺謬，且以閒情爲好色，則《離騷》美人香草，湘靈二姚，鴆鳥爲媒，亦將斥爲綺詞乎？《國風·關雎》亦當删汰乎？固哉昭明之爲詩，宜東坡一生不喜《文選》也。（《詩比興

箋》卷二）

（清）方濬頤

【陶淵明白璧微瑕辨】昭明《文選》不廢言情之作，《高唐》《神女》《登徒子好色》《洛神》四賦，皆甄録之，而獨於序《陶淵明集》，嚴其體例，謂白璧微瑕，惟在《閑情》一賦。試取讀焉，所云在衣爲領、在裳爲帶、在髮爲澤、在眉爲黛、在莞爲席、在絲爲履、在晝爲影、在夜爲燭、在竹爲扇、在木爲桐，無非托諸寓言，以寫其懷抱，華而不靡，莊而不佻，蓋亦《國風》《離騷》之遺意耳。且其序明曰將以抑流宕之邪心，諒有助於諷諫，閑情者，閑之使歸於正也，豈蕩以思慮之謂閑歟？較之子淵、子建四賦多荒唐之辭，有穢褻之語，兹則雅令修潔，懼以冒禮爲愆，似乎有過之無不及也。胡乃去此取彼，自相矛盾若是！遂使貞志不休，安道苦節之高人，身後忽遭謗議，而千載以下留爲口實，真若有瑕可指者。論古太苛，爲世人通病，而不謂昭明寬和容衆，引納才學之士，而躬操選政，亦蹈此弊。夫既賞其文章不群，獨超衆類，可以遺馳競，袪鄙吝，懦立而貪廉，尚何至太璞不完、白圭有玷也哉？竊願爲五柳先生一雪之。（《二知軒文存》卷一一）

陳衍

六朝間散體文之絶無僅有者，不過王右軍、陶靖節之作數篇。而右軍《蘭亭序》，昭明《文選》及後世諸選本皆不收，論者以爲篇中連用「絲竹管絃」四字，「絲竹」即「管絃」，爲重複。然此四字實本《漢書·張禹傳》。《傳》云「後堂理絲竹絃管」，前人已據而辯之。又引《莊子》「我無糧我無食」爲證矣。其實昭明《文選》多可訾議，佳篇遺漏者甚多，不足爲憑。其序《陶淵明集》，指其《閑情》一賦，以爲白璧微瑕，乃於《高唐》《神女》《好色》《洛神》諸賦，則無不選入。此何説哉！且題曰「閑情」，乃言防閑情之所至也，何所用其疵點乎？後世選家不選，殆自謂所選皆有關人心世道之文，合於立德立功之旨；乃歸有光《寒花葬誌》，自寫與妻婢調笑情狀，頗不莊雅，而姚惜抱選入《古文辭類纂》，曾滌生選入《經史百家雜鈔》，謂之何哉？豈知晉代承魏何晏、王衍諸人風尚，競務清談，大概老、莊宗旨，右軍雅志高尚，稱疾去郡，誓於父母墓前，與東土人士窮名山，泛滄海，優游無事，弋釣爲娱，宜其所言，於老莊玄旨，變本加厲矣。而此序臨河興感，「知一死生爲虚誕，齊彭殤爲妄作」，即仲尼樂行憂違，在川上而有「逝者如斯」之歎也。世人薰心富貴，顛倒得失，宜其不足以知此。昭明舍右軍而採顔延年、王元長二作，則偏重駢儷之故，與《平淮西碑》舍昌黎而取段文昌者，命意略同也。

（《石遺室論文三·三國六朝》）

**編者按**：後世關於蘇軾評價《閑情賦》的討論很多，還可參考（宋）惠洪《石門文字禪》卷二六、（宋）謝采伯《密齋筆記》卷三、（宋）俞文豹《吹劍録外集》、（元）牟巘《牟氏陵陽集》卷一六、（清）張自烈《箋注陶淵明集》卷五、（清）朱鶴齡《愚庵小集》卷八、（清）尤侗《西堂雜組》卷八、（清）邱嘉穗《東山草堂陶詩箋》卷五、（清）吴觀文《陶淵明集·陶淵明集序》批語、（清）鄒炳泰《午風堂叢談》卷七、（清）陳廷焯《白雨齋詞話足本校注》卷七、章太炎《菿漢閒話》、劉文典《三餘劄記》卷一等，兹不備録。

【書謝瞻詩】李善注《文選》，本末詳備，極可喜。所謂五臣者，真俚儒之荒陋者也。而世以爲勝善，亦謬矣。謝瞻《張子房詩》曰：「苛慝暴三殤。」此禮所謂上中下三殤。言暴秦無道，戮及孥稚也。而乃引「苛政猛於虎，吾父吾子吾夫皆死於是」。謂夫與父爲殤，此豈非俚儒之荒陋者乎？諸如此甚多，不足言，故不言。

【書文選後】五臣注《文選》，蓋荒陋愚儒也。今日讀嵇中散《琴賦》云：「間遼故音庳，絃長故徽鳴。」所謂庳者，猶今俗云敊聲也，兩手之間（編者按：《東坡志林》「手」作「絃」），遠則有敊，故云「間遼則音庳」。徽鳴者，今之所謂泛聲也，絃虚而不按，乃可泛，故云「絃長則徽鳴」也。五臣皆不曉，妄注。又云：「《廣陵》《止息》，《東武》《太山》。《飛龍》《鹿鳴》，《鵾雞》《游絃》。」中散作《廣陵散》，一名《止息》，特此一曲爾，而注云「八曲」。其他淺妄可笑者極多，以其不足道，故略之。聊舉此，使後之學者，勿憑此愚儒也。五臣既陋甚，至於蕭統，亦其流耳。宋玉《高唐神女賦》，自「玉曰唯唯」以前皆賦，而統謂之序，大可笑。相如賦首有子虛、烏有、亡是三人論難，豈亦序耶？其他謬陋不一，聊舉其一耳。（以上《蘇軾文集》卷六七）

## 附録

（宋）楊萬里

【和陸務觀見賀歸館之韻】君詩如精金，入手知價重。鑄作鼎及鼒，所向一一中。我如駑並驥，夷途不應共。難追紫蛇電，徒掣青絲鞚。折膠偶投漆，異榻豈同夢？不知清廟茅，可望明堂棟？平生憐坡老，高眼薄蕭統。渠若有猗那，心肯師晉宋。破琴聊再行，新笛正三弄。因君發狂言，湖山春已動。（《楊萬里集箋校》卷二七）

（宋）王觀國

【庳】《文選》嵇叔夜《琴賦》曰：「閒遼故音庳。」五臣注曰：「閒，音閑，庳，下也，言聲閑緩而相去遠，故音下也。」東坡曰：「庳，敓聲也，敓音獮。五臣不曉妄注。」觀國案：琴之有敓聲者，以琴面不平，或焦尾與嶽高低不相應，則阻絃而其聲敓，此琴之病聲也。嵇叔夜賦曰：「論其體勢，詳其風聲，氣和故響逸，張急故聲清，間遼故音庳，絃長故徽鳴。」此四句曰逸，曰清，曰庳，曰鳴，皆美聲也。蓋琴操弄中自有庳下聲，非病聲也，非病聲則非敓聲矣。「間」音去聲，謂徽間也，「間遼」者，徽之遠處，若十三徽外近焦尾處聲，以手取之，自然庳下，五臣音「間」爲「閑」，又誤矣。（《學林》卷五）

（宋）吕南公

【復傅濟道書（節録）】蕭統所集，繆多而是少。如王儉、任昉之作，秖以汙人耳目。（《灌園集》卷一二）

（宋）李廌

【文選樓】申轅應楚聘，鄒枚適梁苑。藩侯喜賓客，賢賢易鷹犬。黄綺游漢庭，羽翼繒繳遠。秦府十八公，攀附名益顯。昭明衆才子，文囿俾蒐選。高齋切浮雲，雉堞俯晴巘。尚應愧河間，筆削非大典。（《宋文鑑》卷二〇）

## （宋）趙夔

【東坡詩集注序（節録）】昔杜預注《春秋左傳》，顔籀注班固《漢書》，時人謂征南、秘書爲丘明、孟堅忠臣。又李善於梁宋之間開「文選學」，注六十卷，流傳於世，皆僕所喜而慕之者。此注東坡詩集所以作也。……今乃編寫刊行，願與學者共之。若乃事有遺誤，當俟博雅君子補而鐫之，庶俾先生之詩文與《左傳》《漢書》《文選》並傳無窮。（《蘇軾詩集》附録二）

## （宋）張戒

杜子美云「續兒誦《文選》」，又云「熟精《文選》理」，然則子美教子以《文選》歟？近時士大夫以蘇子瞻譏《文選》去取之謬，遂不復留意。殊不知《文選》雖昭明所集，非昭明所作。秦漢魏晉奇麗之文盡在，所失雖多，所得不少。作詩賦四六，此其大法，安可以昭明去取一失而忽之？子瞻文章從《戰國策》《陸宣公奏議》中來，長於議論，而欠宏麗，故雖揚雄亦薄之，云「好爲艱深之詞，以文淺易之説」。雄之説淺易則有矣，其文詞安可以爲艱深而非之也。韓退之文章豈減子瞻，而獨推揚雄云「雄死後作者不復生」，雄文章豈可非哉？《文選》中求議論則無，求奇麗之文則多矣。子美不獨教子，其作詩乃自《文選》中來，大抵宏麗語也。（《歲寒堂詩話》卷上）

## （宋）姚寬

李善《文選》，引證精博，五臣無足取也。惟注《北山移文》「植薪歌於延瀨」，李善云未詳，吕向云：「蘇門先生游于延瀨，見一人採薪，謂之曰：『子以終乎？』薪人曰：『吾聞聖人無懷，以道德爲心，何怪乎而爲哀也？』遂爲歌二章而去。」又不注所出。至注《解嘲》，李善引伯夷、太公爲二老，乃云：「只太公爲一老，不聞二老。」其繆如此。（《西溪叢語》卷下）

## 附録

### （宋）王楙

【二老歸周】《文選》載此文，翰注則曰：「太公歸文王而周業盛，是爲一老，不聞其二老。李善引伯夷與太公爲二老，誤矣。且伯夷去，絶周粟，死於首陽，奈何云歸周也？揚雄言『二老』亦用事之誤也。」僕謂翰未讀《孟子》及《史記》耳。《孟子》曰：「伯夷避紂，居北海之濱，聞文王作，興曰：『盍歸乎來，吾聞西伯善養老者。』太公避紂，居東海之濱，聞文王作，興曰：『盍歸乎來，吾聞西伯善養老者。』二老，天下之大老，而歸之，其子焉往？」伯夷、太公非二老乎？《史記》載：「伯夷、叔齊聞西伯善養老而歸之，及至，西伯卒，武王載文王木主而東伐紂，夷、齊諫焉。及平殷，天下宗周，夷、齊恥之，義不食周粟，餓死於首陽山。」則知伯夷始嘗歸周，不食周粟，餓死首陽，乃其後來耳，孰謂伯夷未嘗歸周也？李翰以爲揚雄用事之誤，自不深考。陶淵明引《孟子》此數語，謂出《尚書大傳》，知《孟子》引《逸書》之詞。（《野客叢書》卷八）

## （宋）王觀國

【甘泉賦（節録）】《前漢·藝文志》有揚雄賦十二篇，雄有文名，當時傳雄之賦者帙不一，故其用字不能無訛。至班固作史，蕭統編《文選》，各以其所得雄賦而集録之，故其賦用字有不同。（《學林》卷七）

## （宋）胡仔

《雪浪齋日記》云：「昔人有言：『《文選》爛，秀才半。』正爲《文選》中事多，可作本領爾。余謂欲知文章之要，當熟看《文選》。蓋《選》中自三代涉戰國、秦、漢、晉、魏、六朝以來文字皆有，在古則渾厚，在近則華麗也。」苕溪漁隱曰：「少陵《宗武生日詩》『熟精《文選》理』，蓋爲是也。」

（《苕溪漁隱叢話》後集卷二）

（宋）洪邁

【五臣注文選】東坡詆五臣注《文選》，以爲荒陋。予觀《選》中謝玄暉《和王融詩》云：「阽危賴宗衮，微管寄明牧。」正謂謝安、謝玄。安石於玄暉爲遠祖，以其爲相，故曰宗衮。而李周翰注云：「宗衮謂王導，導與融同宗，言晉國臨危，賴王導而破苻堅。牧謂謝玄，亦同破堅者。」夫以宗衮爲王導，固可笑，然猶以和王融之故，微爲有説。至以導爲與謝玄同破苻堅，乃是全不知有史策，而狂妄注書，所謂小兒强解事也。唯李善注得之。（《容齋隨筆》卷一）

（宋）吴棫

【類文】此書本千卷，或云梁昭明太子作《文選》時所集，今存止三十卷，本朝陶内翰穀所編。（《韻補・書目》）

（宋）陸游

國初尚《文選》，當時文人專意此書，故草必稱「王孫」，梅必稱「驛使」，月必稱「望舒」，山水必稱

「清暉」。至慶曆後，惡其陳腐，諸作者始一洗之。方其盛時，士子至爲之語曰：「《文選》爛，秀才半。」（《老學庵筆記》卷八）

附録

（清）陳弘緒

科舉之法行之逾久，而應舉者荒疏逾甚。因憶昔人有「《文選》爛，秀才半」之語，彼時之爲諸生者，較今懸絶乃爾。夫文之不能頓造於爛，雖老師宿學難之。爛矣，而僅得秀才之半，其所謂全者，又屬何等耶。（《寒夜録》卷上）

（宋）葉適

【對讀文選杜詩成四絶句】一從屈原《離騷》賦，便至杜甫短長吟。千載中間多作者，誰於海嶽算高深。

絶疑此老性坦率，無那評文兼世情。若比乃翁增上慢，諸賢何得更垂名。

江淹雜體意不淺，合彩和音列衆珍。揀出陶潛許前輩，添來庾信是新人。

草堂四松看摩空，瀼西千果交青紅。似須隱約住蜀道，可惜奔波離峽中。（《水心先生文集》卷八）

文字總集，各爲流别，始於摯虞，以簡代繁而已，未必有意。然聚之既多，則勢亦不能久傳；今其遠者，獨一《文選》尚存，以其少也。近世多者至數百千卷，今雖尚存，後必淪逸。獨吕氏《文鑑》去取最爲有意，止百五十卷，得繁簡之中，鮮遺落之憾。所可惜者，前世文字源流不能相接；若自本朝至渡江，則粲然矣。（《習學記言序目》卷三七）

## （宋）王楙

【文選注謬】《文選·蕭揚州薦士表》曰：「竊見王暕，字思晦，七葉重光，海内冠冕。」良注：「七葉，謂自王祥以下，至暕父曇首，凡七葉，冠冕不絶。」僕謂良不考究，妄爲之説，僕考暕正王覽之下，非祥下也；暕蓋儉之子，僧綽之孫，曇首之曾孫，注以暕父曇首，又謬也。祥、覽爲兄弟，自覽至曇首六世，至暕則九世矣。注謂祥至曇首七世，亦謬也。李善注謂：「暕，覽之下。」此説是矣，然謂覽生導，又非也。按《晉書》，覽生裁，裁生導。王筠亦曰：「未有七葉名德重光，爵位相繼如吾門者。」筠蓋與暕再從兄弟，皆曇首曾孫，所以俱有「七葉重光」之語。僕又考之，自導至褒，九世立傳，著在國史；自洽至肅，九世有集，行於晉、宋、隋、唐之間，自古名門濟美，鮮有如是之盛者。（《野客叢書》卷五）

## （宋）高似孫

【東坡論文選】《文選》編次無法，去取失當。齊梁文字衰陋，蕭統尤爲卑弱，如李陵五言皆僞，今日觀《淵明集》可喜者甚多，而獨取數篇，淵明作《閑情賦》，正所謂《國風》好色而不淫，正使不及《周南》，與屈宋所陳何異。而統大譏之，此小兒强解事也。予固不敢妄議，如《楚詞·九歌》，凡十有一，孰爲可取，孰爲可删？而《文選》僅取其半耳。至若李龍眠作《九歌圖》，則《國殤》《禮魂》便不能畫矣，然畫又非《文選》之比。（《緯略》卷一〇）

## （宋）章如愚

《文選》，梁昭明太子蕭統集子夏、屈原、宋玉、李斯及漢迄梁文人才士所著詩、賦、騷經、詔、册、令、教、表、書、啓、牋記、檄、難問、議論、序、頌、贊、銘、箴、策、碑志、行狀等爲三十卷，唐李善注析爲六十卷。善高宗時人，淹貫古今，不能屬辭，時號「書簏」，所注博引經史，釋事而忘其義。其子邕嘗補益之，與善注並行。其後吕延祚等有集注，仍三十卷。初李善不釋述作之意，故延祚與周翰等復爲集注。（《群書考索》前集卷一九《類書門》）

【總集】總集者，編類古今衆作爲一集也。《唐志》有摯虞《文章流别》、杜預《善文》、謝沈《名文》、孔逭一作造《文苑》、蕭統《文選》、蕭圓一作圖《文海》、姚鉉《文粹》、徐堅《文府》之類是也。《唐志》又有文史者，附見于總集之後，如劉勰《文心雕龍》、劉知幾《史通》、炙轂子《詩格》、鍾嶸《詩評》之類是也。夫《史通》《詩格》《詩評》皆所以考論前人得失是非，所不可廢也。如《文選》所集，李德裕惡其不根藝實，家遂不置。今觀《唐志》，惟《文選》之注釋最多，自蕭該、僧道淹、曹憲等爲之音，而李善又爲之注，善得之曹憲也，又公孫羅注六十卷。又所謂五臣注，劉良、呂延濟、張銑、呂向、李周翰也，開元六年呂延祚上之。康國安、許淹注者，孔利貞、卜長福之所續，卜隱之所擬，宋朝蘇易簡之所纂，何其慕者之紛紛也？蓋其間多識乎鳥獸草木之名，風土宮室之制而已。德裕不以文進，所見未免有所偏。（同上書續集卷一七《文章門·總集文集》）

【文選】蕭統去取未爲盡善，有李善之見而後可以辨《文選》之惑，有康國安之識而後可以駁《文選》之異。夫蕭統索古文士之作，築臺而選三十卷，自謂立見真而成功卓也。李善辨其惑，國安駁其異，是果何爲者耶？蓋統之用工雖勞，而統之所選則未善。其陋識拙文且莫逭東坡之誚，又安能使唐人家置《文選》哉？然則《辨惑》《駁異》，真足以起統廢疾，鍼統膏肓矣。且《毛詩大序》最戾經旨，自韓退之、歐陽永叔諸賢皆以爲非卜商所作，統特題曰卜子夏，何見也？宋玉《高唐》，賦之醜者，蓋亦司馬相如子虛、亡是公相答問之體，統不曰賦，而曰序，何意也？石季倫作《思歸引》，所以動淵明歸去來之興，《選》收其序而不載其詞，何義也？陸士衡作《豪士賦》，所以諷齊王矜功之心，《選》録其序而莫載其賦，何謂也？載《曲水詩》并二序，而蘭亭之記不入，何耶？述武帝二詔而漢之諸詔不收，又何耶？是猶曰去華摭實、汲長溺短，正統之所謂選者。然仲舒《三策》，得伊周格心之學，反黜之，可乎？劉向序《戰國》，有先秦典雅之製，不録之，可乎？相如《上林》引「盧橘夏熟」之語，概取之，可乎？子雲《甘泉》陳「玉樹青葱」之句，遽收之，可乎？是則工者未必選，選者未必工，安得東坡諸公不媒蘗其短。雖然，擬於卜隱之，續於孟利貞，注定於五臣，音纂於曹憲，是又鑽皮出羽者也。（同上書卷一八《文章門》）

（宋）謝采伯

隋末大亂，而儒學盛於貞觀。陸德明論譔甚多，曹憲《文選》之學授魏模、公孫羅、李善，顔師古注《漢書》，孔穎達《五經正義》，孔至氏族之學，張嗣宗經學授秦王，蕭德言裒次經史百氏帝王所以興衰者上之，僧許淹、馬嘉運棄墨從儒，並名家。唐初學者，學有根柢，至於元和間，文士輩出，華盛實衰矣。（《密齋筆記·續筆記》）

（宋）真德秀

自昔集録文章者衆矣，若杜預、摯虞諸家，往往湮没弗傳。今行於世者，惟梁昭明《文選》、姚鉉

《文粹》而已。繇今眡之，二書所録，果皆得源流之正乎？夫士之於學，所以窮理而致用也。文雖學之一事，要亦不外乎此。故今所輯以明義理、切世用爲主，其體本乎古，其指近乎經者，然後取焉，否則辭雖工亦不録。（《文章正宗綱目》）

## 附録

### （明）王雲鳳

【書德華文章正宗辯後（節録）】宋西山真氏集古人詩文作《文章正宗》，蓋爲專攻文詞者設，與昭明《文選》、姚鉉《文粹》用心無異。至其自序乃曰：「學者所以窮理而致用也，文雖學之一事，要亦不外乎此。故今所取以明義理、切世用爲主。」則以儒者體用之學濟其説，而未免岐而二之。（《明文海》卷二二一）

### （清）顧炎武

【孔子删詩（節録）】真希元《文章正宗》，其所選詩一掃千古之陋，歸之正旨，然病其以理爲宗，不得詩人之趣。且如《古詩十九首》，雖非一人之作，而漢代之風略具乎此。今以希元之所删者讀之，「不如飲美酒，被服紈與素」，何以異乎《唐詩·山有樞》之篇？「良人惟古歡，枉駕惠前綏」，蓋亦《邶詩》「雄雉于飛」之義。「牽牛織女」意仿《大東》，「兔絲女蘿」情同《車舝》。十九作中無甚優劣，必以坊淫正俗之旨嚴爲繩削，雖矯昭明之枉，恐失《國風》之義。六代浮華，固當芟落，使徐、庾不得爲人，陳、隋不得爲代，無乃太甚，豈非執理之過乎！（《日知録集釋》卷三）

（宋）張端義

《文選》，昭明太子之所作。昭明在梁時亦鬱鬱不樂，移此志于《文選》。考之集中，諸公負一世名者，皆不得其善終，班固、張華、郭璞、機、雲、嵇康、潘岳、謝靈運輩，嘗讀其詩，感愴之言，近似鬼語。屈原《離騷》，有《山鬼》《國殤》，良可哀哉。（《貴耳集》卷中）

（宋）唐士恥

【代翰林學士謝賜唐五臣注文選表】禁直九天，方負非才之愧；善文衆傳，遽叨榮賜之恩。示其斧藻之淵源，兼以蟲魚之訓詁。竊以漢嘉王景之績，賜以《禹貢》之圖；唐旌大亮之言，班之荀悦之《紀》。皆因人而示教，使勉學以加思。矧蕭梁帝子之英，極楚些詞源之邃。高艷盡窺於前作，殘膏遠丏於後來。開元之士五人，李善之注一變。儻曰雕龍之客，争先文豹之班。臣筆札尋常，言辭魯鈍，誤獲寶宸之眷，俾從玉禁之游。絶無黄絹之好辭，少稱白麻之明命。自顧才殊於八斗，焉能筆掃於千人。惟兹傑製以偉編，加以明言而衆見。俯矜愚分，簡在皇心。恭惟皇帝陛下，時御六龍，曲成萬物。念内制尤多於體裁，獨斯文稍具於條疏。示以規模，迪之種績。臣敢不悉心勉勵，仰德高深。若杜陵訓子之詩，務加精熟；誦曲禮拜君之賜，敢後服乘。

（《靈巖集》卷二）

【梁文選序】《文選》者，梁昭明太子統所集也。維統心明才通，好古不倦，凡百縑册，既輯既繹，載念辭華之作，由屈騷而下，浩若煙海，雜然並陳，遴擇之功弗加，則黑白甘苦，混爾一區，孰取孰舍，雖皓首窮年，曷克殫究。後學來者，何所矜式。是用極耳目之廣，盡權衡之公，選其尤殊，成一編之書，凡三十卷，詔諸不朽，不可無述也。二氣絪緼，太和保合，靈而人，秀而文。經綸乎事業，發揮乎天人。崇庳間陳，醇駁互見，未易一概言也。績學種文之士，儻將淹今古而觀之，則必有去取焉，有褒貶焉，有明而無厚也，有決而非同也。海納川涵，蓋所未暇。而採摘孔翠，拔擢犀象，吾亦於其善者而已。由屈平以來，更秦越漢，分裂之邦，離合之統，上下數百載，代不乏人，發于情性，見之事緒，揭爲世用，形諸筆舌者，不知其幾也。若大若小，或淺或深，博若摯虞，不過爲之《流别》而已，他未暇也。統也帝子之英，精懋墳典，博望名苑，聚書幾三萬卷，一時俊乂之流，網羅無遺，朝慮夕講，孜孜不忘，聚古作而耕獵焉。討論之力既加，薈萃之功益著，月異而歲不同，以成章告：曰賦，曰詩，曰騷，曰七，吟詠情性之作四焉；曰詔册，曰令，曰教，曰文，上之訓下四焉；曰表，曰上書，曰啓，曰彈事，曰牋，曰奏記，下之事上六焉；曰書，曰移，曰檄，曰對問，曰設論，敵以下一往一來者四焉；曰辭以陳意；曰序以述事；曰頌，曰贊，曰符命，以稱美；曰史論，曰史述，曰贊，以評議古昔；曰論，以析理精微；曰連珠，以駢儷對偶；曰箴，曰銘，以自儆；曰誄，曰哀，曰碑文，曰墓志，曰行狀，曰弔文，曰祭文，以厚終。始於班孟堅《兩都賦》，終於王僧達《祭顏光禄文》，凡三十有七種，而賦、詩之體不與焉。由梁而上，異篇名什，往往而在，統之志勤矣。艷高屈宋，香濃班馬，而今而後，吾知所從事矣。音則蕭該、僧道淹、公孫羅、許淹、曹憲，注則李善、公孫羅、吕延濟、劉良、張銑、吕向、李周翰，其訓義日以宣明。孟利貞、卜長福之《續文選》，卜隱之《擬文選》，瞠若乎其學步矣。徐堅《文府》，選云乎哉？韓愈以文鳴，而高許杜甫，實詩人之雄也，其訓子乃曰「熟精《文選》理」，則統也其可間諸選也，其可忽諸？（同上書卷三）

## （宋）劉克莊

如蕭德施之於《文選》者也，良由識見之得失，學問之高下，皆於是發焉，故纂輯之工，得以居譔製

之名。（《詩説・總説》）

## （宋）程公許

【池口昭明太子釣磯蜀僧住山相邀訪古和壁間韻】繫船池口汎灎游，老禪邀我半日留。岸莎堤柳度窈窕，初暑忽送風雨秋。蕭郎釣臺三間屋，萬頃煙波媚幽獨。長令千載好事人，貪爲淮山流遠目。芊芊蔓草迷長竿，臺城直作平野寬。那知萬古《文選》理，不盡詞源八節灘。英魂遠逝招不得，謫仙小杜底處覓。插天峭崒九芙蓉，試與憑高問物色。（《滄洲塵缶編》卷七）

## （宋）黄震

【文鑑注釋序（節録）】文辭不待注釋也，所待注釋者，人名地理若草木蟲魚，非所通識者耳。世之注《文選》，注杜詩，注蘇黄，其片言隻字，偶與古合，率穿鑿傅會，若謂古人必餖飣然後爲文，何哉？（《黄氏日抄》卷九〇）

## （宋）王應麟

李善注《文選》，詳且博矣，然猶有遺缺。嘗觀《楊荆州誄》「謂督勳勞」，不引《左氏》「謂督不忘」；「執友之心」不引《曲禮》「執友稱其仁」。

李善精於《文選》，爲注解，因以講授，謂之「文選學」。少陵有詩云「續兒誦《文選》」，又訓其子「熟精《文選》理」，蓋《選》學自成一家。江南進士試《天雞弄和風》詩，以《爾雅》「天雞」有二，問之主司。其精如此。故曰「《文選》爛，秀才半」。熙、豐之後，士以穿鑿談經，而《選》學廢矣。閻（若璩）按：《蕭至忠傳》：「嘗出太平公主第，遇宋璟，璟戲曰：『非所望于蕭傅。』」此用潘安仁《西征賦》語。司馬公作《通鑑》，改曰「非所望于蕭君也」，便是不知出《文選》。宋景文則自言手抄《文選》三過矣。（以上《困學紀聞》卷一七）

## （宋）徐鈞

【昭明太子】有德無年亦可矜，臙鵝興謗竟難明。當時雖不爲天子，《文選》猶傳萬世名。（《史詠詩集》卷下）

## （宋）鄭思肖

【文選閣圖】太子奢華能幾年，盡將春夢付荒煙。錯聽古調一兩拍，空嗅斯文數百篇。（《鄭思肖集·所南翁一百二十圖詩集》）

## （宋）林駉

【文選文粹文鑑（節録）】論漢魏以後之文，莫備於《文選》；論李唐之文，莫備於《文粹》；論聖宋之文，莫備於《文鑑》。噫，文之難評也尚矣！　相如《上林》之賦，劉勰稱其繁類成艷，爲辭賦之英特，而李白之序《大獵》，復謂窮壯極麗，何齷齪之甚。劉勰曰：「相如《上林》，繁類以成艷，孟堅賦《兩都》，明則以彩贍，張衡《二京》，迅發以宏富。」又李白序《大獵》曰：「相如、子雲，競誇詞賦，《子虛》《上林》《長楊》《羽獵》，既非諸侯述職之義，當時徒窮壯極麗，何齷齪之甚也。」其去取之不一如此，則《選》之所録漢賦，果安從哉？　韓昌黎《毛穎傳》，舊史鄙其譏戲不近人情，小宋復謂《送窮文》《毛穎傳》皆古人意思未到，可以名家，其抑揚之不一如此。則《粹》之所編唐集，果安適哉？《舊唐書》云：「愈作《毛穎傳》，譏戲不近人情，此文章之甚謬者矣。」又小宋云：「退之《送窮文》《進學解》《毛穎傳》，皆古人意思未到，可以名家矣。」范文正《岳陽樓記》，後山謂其累世以爲奇，尹師魯復謂傳奇體耳，其品藻之不相入如此，則《鑑》所論本朝之文，又何如哉？《後山詩話》云：「范文正公《岳陽樓記》用對語説時景，世以爲奇，尹師魯讀之曰：『傳奇體耳。』」《傳奇》，唐裴鉶所著小説也。　雖然，文章美惡，自有定論，去取當否，要終自見，吾平心論之，則曰「選」曰「粹」曰「鑑」之所集，有不難辨者，且蕭統盡索自古文士之作，築臺選之，始於楚騷，訖於江左，爲卷三十，名之曰《選》，且曰章表、記頌、詩賦、書論，亦各有體，苟失其體，雖工弗取，其用工多矣。姚鉉盡取唐人之文，拔其尤者，先後三變，無不編次，爲卷一百，命之曰《粹》，且曰擷英掇華，正以古雅，侈言蔓辭，率皆不取，其用心勞矣。夫以上下數千年間，騷人墨客，雄辭傑筆，有聲翰墨，無毫髮遺。是集也，或如松林竹徑，清陰邃密，下臨清流，瑩然可愛，使人蕭然忘塵埃之意，其清如此；或如園林華發，低紅昂紫，麗服靚粧，雜游其間，使人熙熙然神怡氣定，其和如此。然其間纂次之不公，品題之未當，尚不免前輩之議，則以「選」自名者，或有可删之文，以「粹」自命者，多有可疵之體，亦何取於勤且博哉？且王右軍之序《蘭亭》，「絲竹管絃」四言兩意，不免見黜，似矣；然劉向之序《戰國》，有先秦典雅之製，董子之策《賢良》，得伊周格心之學，而例黜之，可乎？王羲之《蘭亭序》不録，其中以「天朗氣清」非春氣，「絲竹管絃」四言兩意故也。又劉向《戰國策序》、董子《賢良策》亦並不載。屈原之作《離騷》，辭古意烈，有風雅體，特軋卷首，似矣；然子雲之《美新》，名教罪人，潘元茂之《九錫》，君子羞之，而概收之，可乎？《文選》卷首載《離騷》，子雲《美新》文、潘元茂《九錫文》皆在《選》中。不特此也，司馬長卿賦《上林》而引「盧橘夏熟」，班孟堅賦《西都》而言「玉樹青葱」，而亦取之耶？左太沖序《三都賦》云：「相如賦《上林》而言『盧橘夏熟』，揚雄賦《甘泉》而陳『玉樹青葱』，班固賦《西都》而嘆出比目，張衡賦《西京》而述以游海若，義則虚而無證，言則侈而非經。」蘇李河梁送別之詩，在長安而有江漢之語，《文選》載李陵送蘇武詩。宋玉《高唐》《神女》之賦，以一篇分而爲序，而亦録之耶？此統之去取不能逃後世之議也。且段文昌《平淮西碑》，録之誠善矣，韓昌黎之所作果不及乎？唐《舊史》云：「韓昌黎《淮西碑》多載裴度事，時先入蔡，李愬功第一，愬不平之，詔令刊去，命翰林段文昌撰。又《文粹》不載韓愈《淮西碑》，只載文昌《淮西碑》。李德裕《忠諫論》，録之誠善矣，韓愈諍臣之所作果不及乎？《文粹》只載李德裕《忠諫論》。不特此耳，王摩詰《老將行》，指天幸不敗爲衛青，李長吉《鴈門行》，以「黑雲壓城」而續以「甲光向日」之句，而俱取之，何也？韓柳之邃古，李杜之風雅，元白之雄深，而反雜以釋子蘭《飲馬長城窟》、道士吴筠《游仙》《步虚》，而不倫若是，何也？此鉉之編次，不能揜天下之公也。嗚呼，不有美玉，安别碔砆，不有先輩之《文鑑》，無以知《選》《粹》之謬。（《古今源流至論·前集》卷二）

## （宋）吴季子

【老莊管孟立意如何】出處：《文選》梁昭明太子序：「老莊之作，管孟之流，以立意爲宗，不以能文爲本。」

立説：後世文人有心於爲文，而其文益陋，如古人之爲文，未嘗有心於爲文，而自不能以不文。蕭統議老莊管孟四子之文，而謂其立意爲之，則是有心於爲矣。以文而待四子，且不可況，又謂之立意乎？其説陋矣。

批云：風之與水無意於相求，不期而相遭，而文生焉，此天下之至文也，此論似之。

論曰：有心於爲文，後世之陋也，以是而議古人，則滋陋矣。何則？文不可以有心爲也，而況於古人之文乎？古人未嘗有心於爲文也，而不能以不文者，何哉？蓋抱負於中而有餘，則洋溢於外而不自覺，固有未嘗規規然用其心，而自然脗合乎律度者矣。若曰雕琢胸襟、布置程準而可以爲文，則其文固不足觀矣。況可持此而議古人之文乎？老之簡也，莊之放也，夷吾之精確，而孟氏之辨博也，皆所謂洋溢於外者耳，夫豈用心之可到哉？後世以來，始有用心於爲文者矣，心益苦而文益陋，無足怪也。蕭統淺狹之見，乃謂莊、老、管、孟氏之書所以不可及者，以其立意之精到耳。噫！文而出於有意，固已不足爲文矣，而況老、莊、管、孟氏之書，又可以文論乎？有是哉，統之陋也！老、莊、管、孟立意如何，請試論之。聞唐人有言，文以意爲主，以氣爲輔，文之尚意也明矣，亦孰知夫無意於文者，乃天下之至文乎？今夫水之爲水，未嘗有文也，風一過之，則激而爲澎湃，蹙而爲淪漣，委蛇起伏，千態萬狀，而水之極觀備矣。此固天下之至文也。風之與水，曷嘗有意於其間哉。人而能知風行水上之文，然後可與論文矣。蓋嘗觀江左諸人，如顔、謝輩，苦心極力，常患不足以名家，而《歸去來》一辭，乃自柴桑翁肺腑中流出。唐之沈、宋，研揣聲律，愈趨愈下，而《盤谷》一序，昌黎子於杯酒談笑間得之，文其可以有意爲之乎。異哉，蕭統之論文也，其曰「立意爲宗」者，何其待古人之薄乎！自六經不作而諸子興，斯文也下衰矣，然其出而著書立言者，猶非有意於爲文也。今觀上下經之文，則寂寥簡淡，太羹玄酒之味也。觀内外篇之文，則宏放豪邁，天根月窟之游也。讀《牧民》《治國》之章，其恢偉巨麗，獨不如入猗、陶之室，而見其經理井井有條乎！讀居仁由義之訓，其淵源奥博，獨不如游洙泗之門，而親聆謦欬灑灑可聽乎！人知其爲文章之妙也，而不知其所以妙者，固非操觚弄翰，鎔意鑄辭，而習爲如是之文也。想夫柱下史之胸襟，寒潭秋月之平淡也；漆園吏之懷抱，剛風浩氣之横放也；仲之謀略，其甲兵之武庫歟；軻之學術，其金玉之淵海歟？充暢於中，則洋溢於外，殆亦不自知其爲文矣。而片言隻字，蓋有後世老師鉅儒不能髣髴其萬一者，此豈效規圖圓，模矩作方，如統之所謂立意者哉。嗚呼！文而以立意言，固文之下者耳，若老、莊、管、孟之書，又可但以爲文乎？雖然，拙於文而陋於識者，言之是非，何足深辨。若夫四子之人品則有不容無辨者焉。夫以聃之絶聖棄智，周之放言高論，往往蜉蝣天地，芻狗事物，而付之無何有之鄉，固不足以施之於天下，而切切然惟富强之是務者，又童子之所羞稱，其於孟氏果若是班乎？吾觀楊朱受學於聃，而爲我之説，軻斥之爲禽獸；仲之功業，亦以曾西之所不爲，則是三子者，固孟氏之罪人也，其又可以例觀乎？愚故併及之。謹論。（《論學繩尺》卷七）

# 元代

## （元）李治

開元間，吕延祚苦愛《文選》，以李善注解徵引載籍，陷于末學，述作之由，未嘗措翰，乃求得吕延濟、劉良、張銑、吕向、李周翰，再爲集注，然則凡善所援理，自不當參舉，今而夷考，重複者至居十七。殆有數百字前後不易一語者，辭勦兩費，果何益乎？延祚始嗤善注衹謂攬心，予竊嗤延祚徒知李善之攬心，而不知五臣之競攬也。（《敬齋古今黈》卷九）

皇甫士安《三都賦序》云：「二國之士各沐浴所聞，家自以爲我土樂，人自以爲我民良，皆非通方之論也。」張銑曰：「二國，吴、蜀也。沐浴，洗滌也。所聞，謂聞其美也。謂其所習穢濁，一聞美事，若洗滌其耳也。」此説大謬，「沐浴所聞」乃浸漬乎本國所聞之語也，吴、蜀之人沐浴所聞，不知中區之大，故家自以爲土樂，人自以爲民良，此甚易曉也，而銑説乃爾，不亦謬乎？大抵《文選》之注，往往反累本文。李善指明出處，中間雖有牴牾，亦足以發。而銑輩諸人，妄意箋釋，乖背指意，若是類者，甚可厭也。（同上書卷一〇）

## （元）胡祗遹

選擇前人文字亦窮理之一也。吕東萊《文鑑》甚不滿朱文公，意去取不當故也。且如梅聖俞《河豚詩》，歐陽公始爲稱賞曰：「只爲頭四句，河豚在吾目中。」朱文公以謂此詩乃似上人門户，罵人祖，罵人父，不見好處，蓋謂少温柔中和之氣，只見一片怒罵之氣耳。東坡《豆粥詩》，元遺山斷以爲非坡語，乃律賦歌括耳，亦選入《文鑑》。宋朝一代文章，只爲頭一篇《五鳳樓賦》已不足道。朱文公亦曰當時爲别尋不得，且教壓卷，本欲光國，適足以辱國。至於《文選》之首《兩都》，《文粹》之首《含元殿》，亦何足以取法！踵佻襲陋，在鉅儒猶不免，況餘人乎？漢唐之追紹三代，君德相業，聲明文物，豈在城郭、宫室、游獵、富庶而已耶！孔子之稱唐虞，後賢之稱三王，奚在游辭詩託，若是之淫靡耶！（《紫山大全集》卷二五《語録》）

## （元）方回

【西齋秋感二十首其一】齊梁陳隋詩，真可以不作。至如晉宋間，淵明可無學？盲統集《文選》，似以刖報璞。後生今寒蟬，焉識獨唳鶴。緬懷東籬間，用意極玄邈。筆勢所到處，足與二雅角。心期重華並，襟度大庭樸。瓶空無酒斟，肯受寄奴託。（《桐江續集》卷一一）

## （元）劉壎

古今類編，詩文如梁之《文選》，唐之《文粹》，宋之《文鑑》，雖篇帙浩博，可以考見累朝文字之盛，然俱無統紀。至近世真文忠公編類《文章正宗》，分爲四門，曰辭命，曰議論，曰叙事，曰歌詩，去取有法，始爲全書，足以垂訓不朽。……又如《文選》諸詩，乃昭明太子一時偶取入集，初非立體，而後世作詩者乃創立一名，曰此爲「《選》體」，尤非確論。（《隱居通議》卷一三《文章一·古今類編》）

## （元）白珽

唐有《文選》學，故一時文人多宗尚之，少陵亦教其子宗文、宗武熟讀《文選》。少陵詩多用《選》語，但善融化不覺耳。至如王勃諸人便不然，《滕王閣序》「層臺聳翠，上出重霄。飛閣流丹，下臨無地」，即王屮《頭陀寺碑文》「曾軒延袤，上出雲霓，飛閣逶迤，下臨無地」。「落霞與孤鶩齊飛，秋水共長天一色」，即庾子山《馬射賦》「落花與芝蓋齊飛，楊柳共春旗一色」。能拔足流俗，自成一家，韓、柳、李義山、李翺數公而已。（《湛淵静語》卷二）

## （元）徐明善

【齊子莘故家大雅集跋（節録）】自王跡熄而南國有《騷》，正統微而江南有《選》。厥後混一，爲唐宋，然祖《騷》宗《選》，到於今不異。則「故家」在《騷》《選》之域，宜也。尚論《騷》《選》之人，則屈與陶其最高乎？屈之《哀郢》，郢猶楚；陶之賦《歸》，世猶晉。粤若前代，則子朱子注《楚辭》，湯文清公箋陶詩，此「故家」之鉅子傳人，皜皜乎不可尚已。（《芳谷集》卷三）

## （元）張之翰

【登池州文選閣】我從江上路，來游郭西祠。沉沉殿之陽，傑閣高欲飛。扁以「文選」字，金碧生光輝。昭明坐中央，端若有所思。諸儒在其傍，敗册手自披。想當作《選》初，群籍總在兹。朝饑與暮校，有物陰扶持。秀山爲筆峰，清溪爲硯池。削除月露章，洗滌風花辭。文勝理亦勝，然後不棄遺。復得六家注，永爲百代師。此《選》古所重，此閣今何隳。區區一瓣香，恨不生同時。再拜神來臨，風雨鳴窻扉。（《西巖集》卷一）

## （元）虞集

【國朝風雅序（節録）】梁昭明著《文選》，其詩不必出於一時之作，一人之手，徒以文辭之善，惟意所取而已。然數百年間，篇籍散軼，幸有此可觀焉。而衰陋之習，或取此以爲學，則已微矣。（《道園學古録》卷三二）

## （元）賴良

昭明《文選》初集至一千餘卷，後去取不能十一，今所存者三十卷耳，三十卷中尚有可汰者。選之難精也如此。（《大雅集》卷首）

## （元）劉岳申

【贈劉孟懷采詩文序（節録）】梁蕭統集《文選》三十卷，其是非去取不謬者罕矣。吾嘗以爲其間有不能不傳者，雖不待統而亦傳，有不必傳者，不足傳者，而皆傳，則統力也，豈亦有幸不幸耶。（《申齋集》卷一）

# 明代

## （明）彭時

【文章辨體序（節録）】三代以下，名能文章者衆矣。其有補於世教，可與天地同悠久者，代不數人，人不數篇，可不精擇而慎傳之歟！今傳於世，若梁昭明《文選》《唐文粹》《宋文鑑》，固已號爲掇其英、拔其粹矣。然《文粹》《文鑑》，止録一代之作；《文選》雖兼備歷代，而去取欠精，識者猶有憾焉。（《文章辨體序説》）

## （明）吴訥

【文章辨體凡例（節録）】古文類集今世行者，惟梁昭明《文選》六十卷、姚鉉《唐文粹》一百卷、東萊《宋文鑑》一百五十卷、西山前後《文章正宗》四十四卷、蘇伯修《元文類》七十卷爲備。然《文粹》《文鑑》《文類》惟載一代之作。《文選》編次無序，如第一卷古賦以《兩都》爲首，而《離騷》反置於後，甚至揚雄《美新》、曹操《九錫文》亦皆收載，不足爲法。又：歷代制册詔誥，蓋皆

王言。《文選》《文章正宗》止書世代而已；至《文鑑》《文類》始列代言名氏。今依前例，悉皆不書。（同上）

## （明）王文禄

六朝浮豔，江左綺風，逸于竹林，放于塵柄，竟陵之招納，昭明之選編，亦文之一聚也。……夫文也者，否泰循環，生命世才，爲宰爲輔，提酌文衡。又生爲閏餘，爲導引，護留文譜。是故六經，文原也，子、史、集，文支也。是以析理丕六經，騁奇淆諸子，紀事括諸史，摛辭贍諸集。昭明《文選》，文統也，恢張經、子、史也。選文不法《文選》，豈文乎？……夫《文選》尚矣，莫及焉。選諸史之文，不可也；簡短不華之文删去，可也。劉氏《廣文選》選子、史之文，不可也；《續文選》未選，可也。遺隋文，不可也；補隋文，可也。《唐文粹》遺甚多也，《宋文鑑》取甚濫也，《元文類》識甚陋也，《皇明文衡》編甚泛也。（《文脈》卷一）

昭明《文選》，唐初最尚也。曰「《文選》爛，秀才半」。至宋廢之，文日卑矣。姚鉉《唐文粹》欲儗之，不能匹也。……且選文必須後代選之，若昭明《文選》，乃得前代之全。（同上書卷二）

（明）何良俊

五臣注《文選》，中間謬妄極多。如《思玄賦》云「歘神化而蟬蜕兮，朋精粹而爲徒」，蓋衡自寓也，言自己之神化若此。而吕向遂真以爲蟬之蜕脱去穢汙，而以精粹爲朋友徒侣，此正蘇長公所謂小兒强作解事者。（《四友齋叢説》卷三六《考文》）

（明）莫如忠

【答吕侍郎沃州（節録）】西山先生之意毋亦以爲文壞於六朝，故所選取正矯昭明《文選》之弊，舉其言之支而麗者盡削之，似已。然有《文選》所遺而《正宗》未盡入，有《文選》之不可盡非者而《正宗》削之，抑又何故？（《明文海》卷一五五）

（明）田藝蘅

昔人有言：「《文選》爛，秀才半。」蓋《選》中自三代涉戰國、秦、漢、晉、魏、六朝以來文字皆有，可作本領耳。在古則渾厚，在近則華麗也。嗟乎，今之能學舉子業者即謂之秀才，至于《文選》，則生平未始聞知其名，況能爛其書、析其義乎，雖謂之蠢才可也。

鄭奕以《文選》教子，其兄曰：「何不教他讀《孝經》《論語》，免學沈謝嘲風詠月，汙人行止。」嗟乎，今之學士大夫未嘗不讀《孝經》《論語》也，而乃嘲貨詠賂，汙自己之行止，不忠不孝，敗國亡家，又豈讀《文選》之罪乎！

《廣文選》誤如張協「結宇窮岡曲」，《文選》已收入《雜詩》，而此云《招隱》。魏文帝「置酒坐飛閣」，《文選》本江淹《雜體》，而此直云文帝《游宴》。如古辭「驅車上東門」、「冉冉孤生竹」、「昭昭素明月」之類率皆重出，不可枚舉。又文帝「堯任舜禹」一篇，本集八卷作《歌魏德》，十二卷又作《秋胡行》，重複可厭。甚至于《阮嗣宗碑》本嵇叔良撰，而誤作叔夜，乃曰「嵇康」。中山王撰《文木賦》，乃以「文」爲中山王名，而題云：「《木賦》，南宋人王微撰。」《詠賦》乃以「宋王微」作「宋玉」，而題作「微詠賦」，真小兒之作也，不直一笑。（以上《留青日札》卷五）

## （明）宗臣

【三報張範中（節録）】謂鳳麟之文而亡用可也，謂鳳麟之文而亡用，而不及牛馬也，即婦人孺子而笑之。《文選》者，鳳麟之迹也，而鄙之以爲不足讀，是謂鳳麟之不能耕駕，而鄙之者也，非忌則愚。李、何之則古以綴文，是李、何之所以爲天下重也。而乃誚其奔走奴僕之不暇，然則述黄虞姬孔而談仁義道德者，亦將爲奔走奴僕乎！甚哉，諸貴人之言之疵也！（《宗子相集》卷一四）

## （明）王世懋

六臣注《文選》，極鄙繆，無足道，乃至王導、謝玄同時而拒苻堅，諸如此類不少。惟李善注旁引諸家，句字必有援據，大資博雅。然亦有牽合古書，而不究章旨。如曹顏遠《思友人》詩「清陽未可俟」，善引《詩》以爲「『清揚婉兮』，人之眉目間也」，然於章法句法，通未體貼。其詩本言「霖潦」、「玄陰」，與歐陽子別句朔而思之甚，故曰「褰裳」，以應「潦」也，「清陽未可俟」，猶曰河清難俟耳。蓋以「清陽」反「霖潦」、「玄陰」也。其意自指「日出」，或即「青陽」而誤加三點，如上「褰裳」誤作「寒裳」字耳，何必泥《毛詩》「清揚」，令句不可解耶？又如「晨風」之訓爲「鳳」，而李陵「晨風」，自從風解。翠微者，山半也，古詩亦有別用者，豈可盡泥？（《藝圃擷餘》）

## （明）沈懋孝

【敘漢選鈔】漢文選輯之指，則昭明自序者爛爛稱備矣。自騷人宗本風雅，大昌厥詞，奇文奮飛，光啓兩京，窮變極妍，於何不有？于是班、揚、張、馬沿流而馳之，九變復貫，逾工彌麗，江左風流，霞輝虹燦，英人哲匠並出，此鏌金之中又有金焉，錦之中又有錦焉。天下之精心與斯文之絶熖，並注而交映，可謂奪五緯之寒芒，濯四溟之濤采，郁郁斌斌乎文哉，極此六百年之宇内矣。

昭明氏適生其時，六朝之末景，亦東姬之餘勝也。乃築金臺，集詞客，以副君之力、温文之品，合鄴架之儲，收東觀之緒，積精煉于數年，掄瑋撰于七代，明兩之離既照四方，參三之耀能羅萬象，故此時應有此書。此書既成，乃應獨有千古。彼「粹唐」、「鑑宋」，淳氣薄而異采漓，曾是何物，得驂方明而偶騄耳乎？彼誠有托見所長，即不得仰方孔公之綜六籍，夫何殊乎子長之接《世本》，孟堅之躅揚、劉也。士不生其時，獨言獨爲，烏乎成名？信然哉，信然哉！故《騷》以經稱，尊所自出，不忘始也。非漢之撰，乃漢之宗。《兩都》以下漢氏乃獨有其麗賦，《十九首》、蘇李以下漢氏乃獨有其古詩，《過秦》以下獨有其論，《出師》以下獨有其表，《逐客》以下獨有其書，《封禪》以下獨有其符瑞。其他《客難》《蜀檄》《七發》《連珠》者流，咸各自立規繩，不摹往匠。後者邈而莫追，前者曠若無始。《選》之必傳，此其故歟？補《選》者上載詔文，下采封疏，此兩端尤漢氏鉅製，亦自爲千古，而昭明顧弗備具，令補者乘瑕而入焉。則昭明序義固已略言之，必如此以責弗備，則管、孟、荀、韓、劉、吕、兩司馬之撰，可勝收耶？可雌黄進退耶？藻潤之義，益又無當爾。已進《九錫》，不録《後出師》，如素絢之逸而棄中之入也。收彈奏小文，不録晁、賈諸大議，如《曲儀》之詳而《周禮》之缺也。筆下眉前，當機取捨，適與不適，會有宜然。九京可作質，此無從譬，則東都名園，綺石琪林以爲池亭館榭之娱，亦何必移長河而轉太華乎？故《左》《國》，禮教典則之府也，其文武之遺乎？《國策》，謀議智辨之囿也，其管、商之變乎？

《史》《漢》，國紀册書之林也，其二祖之烈乎？而《選》者，翰墨光華之海也，其騷人之瀾乎？不經而經之精在焉，不史而史之英粹焉，不子而子之略通焉，蔚乎豹文，沃若朝采，懸黎、結緑、文犀、明璣，收之乎文房；干將、青萍、烏號、繁弱，儲之乎武庫。美矣富矣，觀止此矣！是爲來葉文集之冠，何疑焉。昌黎、杜陵始變兹軌。變不謂非也，而《選》之精美忽然墜地，嘗撫卷惜之。子瞻即多才，烏能測《選》之重溟哉？遂令昭明氏猥以淺陋蒙譏。一言駟追，云何能及。古人所以論之乎眉睫也。今者所選，安能盡追昔人，亦不泥其故轍，能爲昭明也者，乃能不爲昭明也者。

【選詩鈔序】余既選《選》文矣，復選《選》詩，合之稱《選鈔》焉。風雅平淡而典則，楚些耀煒而深華，沉涵之久，蘇李出焉，《十九首》嗣響，則穠雅之兩間，而格力乃渾渾無痕。自天開此一路，令魏晉下宗述到今，洋洋乎其風，故可尚也。後之爲律爲歌爲樂府諸作，即各有體，夫孰能舍《選》而自爲色乎？吾以謂今之近體歌行，姑無糟粕唐人，能自以其興會特詣《選》之絶境，令骨勁采飛，然後按班入局，而出摹鍘焉，斯又超唐而能唐也已。曹子建、謝宣城各據勝場，舍筏登岸，又學《選》者所宜獨創也。選則規其風力而易其象肖，律則依其聲采而奄有其風力，夫乃獻吉、于麟、元美諸君子之志也乎？來學者無以唐人口吻混而摹之，詩之道百年可振，或者其筌言也夫！（以上《長水先生文鈔·淇林館雜鈔》）

【選鈔副本序】往隆慶戊辰，余在館下，奉館師先生教，日讀《左傳》《國語》《史記》《國策》，而《漢書》《文選》者，必期誦數，爛然乃止。則又取《廣選》《補遺》並《選》而校鈔之，時有減益焉。萬曆庚辰，余在館，以原本寄兒子鍾，墨渝紙敝，已成舊物。今又十年許，再有減益，鈔一册付次子鉉，比之曹溪之衣，曲阜之履，將世以爲傳，意自珍之。近有吴中《纂注》，亦便持擕覽誦，如吾所鈔者，又其精繆選駟也。世嘗學《選》，取穠語儷詞。夫穠儷者，賦家相沿習耳，翻是其不佳處。若乃清英特存，渣滓盡汰，韞蓄渟泓，含有異采，不發顯於論議，而見大力於風骨，接續無痕，涵胎衆妙，玲玲振玉，落落轉珠，令人忭舞三歎，言之不及，此真天下之奇已！唐宋人以其局於穠儷也，變爲論議，長言繁稱，諧以俚調，足而暢之，幾隔仙凡矣。談者至欲請葭灰三斗，滌去從前腸胃中所入近代物，真知言之貫哉。年老讀他書，皆易厭，惟此讀之不可盡，餐沆瀣，吸瓊漿，直快吾之欲耳。昭明異代人，何必能首肯我也。

【文鈔自序（節録）】六代下並祖騷宗班，時時小以柱下、南華、貝葉出入洗刷之，而文益鮮妍耀燁，比於玉樹琪花，雅麗極矣。於此時也，又宜有昭明之《選》，洗穢芟蕪，割腴收采，明瑠紫貝，禁苑稱珍，特立文家一摹，是爲後葉文集之祖云。其於刪述文獻，主張斯道，貫串千古，似不逮遷、固之粗有發明。乃若清英圓妙，從古未睹，可稱東斗紫墟之瑋寶，此又一奇也。玄聖裁經，鴻筆立史，其英爽四飛者獨自爲文章家，夫豈相妨哉！（以上《長水先生文鈔》）

【選鈔序】昔在館下，嘗以劉梅國《廣選》、陳茶陵《補選》，並昭明所選爲一書，分類次之，名《漢選彙》，藏之家，就中擇其尤粹者爲《選鈔》，别自有序。其館中原本，在大子鍾所，後鈔一册付次子鉉，今所存者，以娱老眼，他日將付孫子收之。家有敝帚，享之千金，乃余之謂也乎？文章與時高下，天下學士大夫之風尚從之，古來文册寶重於時，亦繫其遭值何如。漢人珍《騷》，無人而不《騷》；唐人珍《選》，無人而不《選》；晉人珍《莊》，無人而不《莊》；宋人珍班《史》，又無人而不班《史》。我明初以韓歐再變尚左氏，又變尚《史記》，邯鄲之步，亦既倦矣，宜變矣。然則昭明氏者，其將出世登壇已夫！（《長水先生文鈔·石林蕢草》）

## （明）屠隆

【古今鉅文】夫文章者，河嶽英靈，人倫精采，日月齊光，草木含潤，金石可泐，斯文不磨，上帝愛之，鬼神妬之，匪小物矣。余嘗上下古今，英華良亦有數，稍分品類，摘取鴻士鉅文數十首，披襟讀之，心神怡曠。語宏放則《穆天子傳》，《莊子·逍遥篇》《庚桑楚》，《列子·黄帝》《天瑞》，《離騷·遠游》，宋玉《大言賦》，《淮南子·俶真訓》，司馬相如《大人賦》，《漢武帝外傳》，東方朔《十洲記》，張衡《思玄賦》，嵇康《養生論》，阮籍《大人先生傳》，劉伶《酒德頌》，木玄虚《海賦》，王子年《諸名山》，王簡棲《頭陀寺碑》，李太白《大鵬賦》，《南岳魏夫人傳》，蘇子瞻《赤壁賦》。語奇古則《周禮·考工記》,《禮記·檀弓》,秦惠王《詛楚文》,《韓非子·説難》,《離騷·天問》,《左傳》子産論實沈、臺駘,秦始皇琅琊臺刻石銘、之罘碑,司馬相如《封禪文》,揚雄《解難》,班固《封燕然山銘》。語悲壯則《史記·荆軻傳》《項羽世家》,司馬相如《長門賦》,李陵《遺蘇武書》,《離騷·惜往日》《悲回風》,鄒陽《獄中書》,邯鄲淳《曹娥碑》,陳琳《爲袁紹檄豫州》,鮑明遠《蕪城賦》,江淹《恨賦》,駱賓王《討武后檄》,《柳毅傳》,胡邦衡《論王倫封事》。語莊嚴則《左傳·吕相絶秦書》,《國語》周襄王對晉文請隧,司馬遷《三王策文》,班固《典引》,諸葛孔明《出師表》,張載《劍閣銘》,夏侯湛《東方朔畫贊》,韓昌黎《平淮西碑》,蘇子瞻《表忠觀碑》。語閒適則仲長統《樂志論》,張平子《歸田賦》,潘安仁《閒居賦》,范曄《龐公傳》,陶淵明《歸去來辭》,王羲之《蘭亭序》,皇甫松《大隱賦》,王東皋《無心子傳》及答馮子華處士、程道士二書,白樂天《醉吟先生傳》,陸龜蒙《甫里先生傳》。語綺麗則宋玉《高唐》《神女》二賦,《史記·司馬相如傳》,伶玄《趙飛燕外傳》,陳思王《洛神賦》,王子年《燕昭王》,謝莊《殷淑妃誄》《月賦》,宋之問《秋蓮賦》,元微之《連昌宫辭》。夫千萬禩作者佳篇不乏矣,而余取其會心者如此,譬之披沙揀金,往往見寶,饑可使飽,寒可使温,倦可使醒,憂可使喜,何必罷精神于汗牛充棟,兀兀經年,作書中老蠹魚乎?(《文章四題》)

## （明）車大任

【又答友人書（節録）】僕自幼閲《文選》一書，乃昭明太子開博望以招賢，酌前修之筆海，自兩漢、三國、六朝，代不數人，人不數首，而爲之分門別類，種種快心，雲蒸霧涌，玉振金相。故其自序有云：「陶匏異器，娛耳則同，黼黻殊章，悦目則一。」良不虚耳。然其篇帙浩煩，典故錯出，今人既不能作，亦不能讀，非不能讀也，不能作，雖讀如未讀也。左思之《三都賦》，十年始成，司馬相如《子虚賦》，百日始成，故又曰：「事出于沉思，義歸于翰藻。」今人讀未終篇，而倦焉思卧者，比比是已，乃欲以旦夕奏功，其作必不佳，其傳必不遠，譬之望洋大海，縱有如椽之筆，終傍人籬壁下作生活，其能自開一堂奥哉？嗟呼，此道難矣。多錢善賈，長袖善舞，自古記之，蓋可與深思好古者言，難與淺見寡聞者道耳。故僕以爲必熟讀《文選》一書，更歷寒暑、晝夜之勤，積之數年，方可下筆，今請勿輕置喙焉。（《明文海》卷一六一）

## （明）瞿九思

【贈姑孰戴月樵序（節録）】以余視《文選》，顧誠不知何如。余獨見千載以來，最信嚮梁昭明，於昭明所彙文輒名之曰《文選》，於昭明所彙詩類一字輒名之曰「選詩」，愛其辭，争慕效其體裁，設近似，輒名之曰「選體」，彼其意若將奉此爲大將軍旗鼓，非是即無以壹耳目，齊死生，以故昭明統與太史公遷、蘭臺令固遂中分宇宙。嗟嗟，何至是哉！余豈敢謂上下數千載間，獨昭明所選擇當是？然朝代以來業以最心嚮之，即是非非是，今不可如是矣。昭明何許人，蓋我里中人，今茂山畔太子驛地猶存，即昭明所産地也。《一統志》載昭明産吾里，而方今又獨最好愛《文選》，以故吾黨斐然成章，士居常典，文章率斌斌有先秦兩漢風格，而反以昭明故。（同上書卷二八四）

## （明）胡應麟

世率稱楚騷漢賦，昭明《文選》分騷、賦爲二，歷代因之，名義既殊，體裁亦別。然屈原諸作，當時皆謂之賦。《漢·藝文志》所列詩賦一種，凡百六家，千三百一十八篇，而無所謂騷者。首冠屈原賦二十五篇，序稱楚臣屈原離讒憂國，作賦以風，則二十五篇之目，即今《九歌》《九章》《天問》《遠游》等作，明矣。所謂《離騷》，自是諸賦一篇之名。太史傳原，末舉《離騷》而與《哀郢》等篇並列，其義可見。自荀卿、宋玉，指事詠物，别爲賦體。楊、馬而下，大演波流，屈氏諸作，遂俱係「離騷」爲名，實賦一體也。（《詩藪·雜編》卷一）

## （明）張萱

【柳子厚非國語】樓迂齋謂柳子厚文章皆學《國語》，却著《非國語》，是私其所自得而諱其所從來也。其天資刻薄如此。今世有一士人止能讀一部《文選》，其所撰述皆竊《文選》中糟粕以自衒，但對人輒排斥《文選》，是亦一子厚也。余謂即能作《文選》，便足佳，何以諱爲？第恐其不能爲《文選》耳。子厚之《非國語》，其文即可爲《國語》否耶？而奈何諱之！（《疑耀》卷二）

## （明）董其昌

【餐霞十草引（節録）】作者雖並尊兩司馬，而修詞之家，以文園爲宗極。觀其驅役萬象，濬發靈襟，體成經緯，考中宮商，信雕蟲之濫觴，爲月露之先導。自漢至唐，脈絡不斷；叢其勝會，《選》學具存。昌黎以經爲文，眉山以子爲文，近時哲匠王允寧、元美而下，以史爲文。於是詩賦之外，《選》學幾廢。蓋龍門登壇，而相如避舍矣！（《容臺文集》卷四）

作書與詩文同一關捩，大抵傳與不傳，在淡與不淡耳。極才人之致，可以無所不能，而淡之玄味，必繇天骨，非鑽仰之力、澄練之功所可强入。蕭氏《文選》正與淡相反者，故曰六朝之靡，又曰八代之衰，韓柳以前，此秘未睹。（《容臺别集》卷一《題跋》）

## （明）陳繼儒

【毛詩古音考序（節録）】往余喜梁昭明《文選》，而不解讀賦。聞洞庭山有蔡藍田翁，精熟《文選》者三十年矣，王元美兄弟聘之，教其諸孫及女雛。聞者掩口笑曰：「是翁訓蒙不識字。」而不知其所訓正古音也。元美公兄弟歿，余延蔡翁入泖橋寺爲沙彌師，且問曰：「讀《文選》而不解讀賦，可奈何？」蔡翁曰：「古之賦手，莫過司馬相如。陳皇后奉黄金百斤，爲文君取酒，相如賦《長門》，后得立幸。又賦《大人》，漢武飄飄有凌雲氣，如游天地之間。記者曰『每奏賦，帝未嘗不稱善也』。奏賦與奏樂同，鏗鏗鏘鏘，膈膈膊膊，無句不韻，無韻不諧，故能動摇人心，有手舞足蹈而莫知其所以然者。子讀賦如讀文，爲未得音聲通耳。」（《經籍考》）

## （明）王衡

【古文品外録序（節録）】陳子仲醇選《古文品外録》既成，以示王子。王子曰：「余不敏，讀古人書如隙中數鴻毛而已，持敗橐囊雲霧而已，品内之不知，焉論外乎？」陳子喟然嘆曰：「人莫不飲食也，鮮能知味也。先正樸重于古人之文，類論而不議。雌黄而去取之，自昭明《文選》始。昭明以降，選者莫煩于宋。然昭明以六朝選古文也，猶之乎六朝也；宋諸公之以宋選古文也，猶之乎宋也。要之乎世囿文、文囿識矣。非但自囿其識，遮耳而遮目之，抑且囿百世以下讀者之識。非但囿讀者之識，抑百世以前作者之神情笑貌、筋骸脈絡，種種生動之妙，亦囿焉，而不得出矣。（《明文海》卷二三二）

## （明）胡胤嘉

【文選小序】夫鳥鳴似語，蟲晝知書，含章鬱彩，共映同流。況有心之器，懷響可彈，意滿區中，思溢繫表。役染松烟，淋漓箋幅，罄心竭貌，誰欲無言。自歲歷綿邈，條流雜紛，楚艷漢侈，晉澀梁靡，風旨邈殊，興矚非一。然符彩光靈，賞趣同得。前驅者發其獨悟，踵武者落其陳筌。轉氣欲漓，削鋒漸穎。泛濫百代，得失可參。余休夏皋山，笈攜《文選》。昭明迄今，合有六部。機見異門，鑑裁別緒，偶爲區目，自成一帙。體不代存，人無專賞，割吾多愛，取其愜懷。用充俄頃，情寄纏綿，華燈閒夜，密語晨窗。心隕片言，色飛隻字，眉睫之前，百家騰躍。吟嘯之餘，積穢簸揚。千齡之影易徂，寸心之托常在。金石可靡，音徽不滅。若星有風雨之好，嗜多痂葅之癖。人各有心，盍從爾志，鳧鶴之頸，何必其齊。庶非理格，可與晤言者矣。（同上書卷二二七）

（明）汪廷訥

無如子曰：余嘗讀《文選》《文章正宗》二書，恨昭明獨重華蔚之詞，而邃論弘謨出於渾樸爾雅者，多置不録。乃西山以卓識進退古今，矯昭明之失，崇正詘靡，後學實嘉賴焉。然而海内文章家，猶頗有不爲首肯者。蓋劘采流華，自是人間世一種偉觀，若必盡掃而去之，夫豈可哉？兹有説理剌事燁燁明燦，而無裨聖學主術者；又有持論失中，而文特新麗奇瑰，極爲可愛者，詎忍棄其藻耶？即不然，亦以合二書之所未足，可也。（《文壇列俎評文·摛藻卷六》）

（明）顧大韶

【海虞文苑序（節録）】張子選卿以所纂《海虞文苑》示余。余謂之曰：昔者昭明之爲《文選》也，論世窮乎八代，取材極於九垓，囊括今古，包裹鴻細，然後鑑之以神識，裁之以體格，辨之以源流，審之以聲韻，才累理者必去，疵間醇者必削，其用物也弘矣，其持法也嚴矣，故能繼六經而垂世，並二曜以經天也。（《炳燭齋稿》）

## （明）陳山毓

【總集序】總集者，輯文人學士人所論著，撰而録之者也。蕭氏《文選》重，而諸家之撰録殆廢。然昭明識最下，獨貴綺麗，尚堆疊，詞賦如靈均諸什，疏議如誼、舒、錯、向，概多棄置，幸他書且存，故俾後世猶獲睹其梗概耳。而其所遺佚者，湮滅弗傳，遂不知凡幾也，可勝惜哉，可勝恨哉！蓋賦莫盛於西京，班氏之志千又三篇，即其《兩都賦》云「孝成之世，奏御者千有餘篇」是也。劉宋盛時，泰始之主及謝康樂皆嘗撰而録之，宋明集四十卷，謝集五十九卷，而蕭氏所抄才十餘卷耳。自來詞人奉蕭氏《選》如洛書天球，而古人鴻篇遂不可復睹也，惜哉！説者猶謂《禊序》之不見録，坐「絲竹管絃」四字，噫嘻，亦以誣矣，愚矣！右軍此序猶自古雅澹蕩，饒韻致，自昭明諸人意所不憙，何論四字也。故予嘗以爲《文選》一書，是古文詞一巨蠹也，亦一厄運也。（《陳靖質居士文集》卷五）

## （明）鄭鄤

【房長公示昭明文選遂足消夏慨然賦酬】此中如海外，幽意寒空知。更有孤清處，亦無陶柳詩。不見識字人，雜沓矜可兒。君來乍發覆，動我見獵思。示我昭明編，中有靈均辭。一時貧几富，千載函在兹。遂如得異寶，遂如逢故師。絶糧以爲嘗，讀此無朝飢。呻吟病三年，踴躍生肝脾。忽驚明鏡裏，白鬚添黑髭。陶然此何夕，身在故人時。（《岺陽草堂詩文集》詩集卷一八）

## （明）單思恭

【讀昭明文選】人未有選一書不肖其自運者，即不爾，亦未有不肖其一時風氣者。昭明之選，選昭明也，選齊梁也，詎選歷代乎哉？雖然，昭明亦何可厚非也，在善讀厥選耳。余最旨沈幼真之論曰：「世嘗學《選》，取穠語麗詞。夫穠麗者，賦家相沿習耳，翻是其不佳處。若乃清英特存，渣滓盡汰，韞蓄渟泓，含有異采，不發穎于議論，而見大力於風骨，接續無痕，涵胎衆妙，玲玲振玉，落落轉珠，令人忭舞三歎，言之不及，此真天下之奇已！」噫！□□□出，不獨爲昭明解嘲，抑且爲續《文選》人轉□□。（《甜雪齋集》文八之五）

## （明）陳衎

【選編序（節録）】自昭明《文選》行，文始有選。而《文選》所載專取鉅麗爲主，非鉅麗者，雖工不録，一時之習尚也。或疑《蘭亭序》不見收，以「天朗氣清」句累之。不知《蘭亭》韻骨沖微，別有一致，自不能兼入《選》中，非統不知其佳也。詔疏莫妙於漢，統之選者寥寥數章，豈未選者皆統之厭薄者乎？古人用心精純，各極其至，不有所捨則體不專，著述一也。後世有《文粹》《文鑑》之屬，繁雜過多，爲滙也，非選也。（《大江草堂二集》卷一二）

## （明）張溥

【梁昭明集題辭】梁武八男，唯豫章性殊，餘各有文武才略。昭明、簡文同母令德，文學友于，曹子桓兄弟弗如也。昭明夭薨，簡文叙其遺集，頌德十四。合之史傳，俱非虚美。《南史》所云，埋鵝啓釁，蕩舟寢疾，世疑其誣。於是論昭明者，斷以姚書爲質矣。昭明述作，《文選》最有名，後人見其選，即可知其志。集中諸篇，範金合土，雖天趣微損，而章程頗密，亦文家之善慮彼己者也。潯陽陶潛，宋之逸民，昭明既爲立傳，又特序之。以萬乘元良，恣論山澤，唐堯汾陽，子晉洛濱，若有同心。摘譏《閒情》，示戒麗淫，用申繩墨，游于方内，不得不然。然《洛神》放蕩，未嘗刪之，而偏訾此賦，於孔子存鄭衛，豈有當焉。二諦法身，解義詳析，即弘宣未及厥考，而清浄實出胸懷，識者以爲則賢乎爾。（《漢魏六朝百三家集題辭注》）

## （明）鄺露

【池陽謁梁昭明太子遺廟】文心瞻睿作，遺像肅宗工。雪日明春甸，藤花落古宫。蛇珠衡玉尺，鵷戟冠雲虹。璧禮崇賢會，長江直向東。十年工《選》體，二月謁昭明。鄴下驪珠貴，緱山鶴蓋輕。謳歌歸琬琰，俎豆肅蘭蘅。何代應劉輩，而非羈旅情。（《嶠雅》卷五）

（明）李長祥

【與董文友龔介眉書（節録）】古來之文選、詩選代有其人，皆代興代没，今傳之者惟昭明《文選》，又讀之者半，詆之者半。其詆之也，終讀之；其讀之也，終詆之。以彼其材如是，取材之如是，則其書之亦惟如是止矣，非選者之過。故王弇州謂使太史公在今日，亦不能成《史記》。二公之取材，較之昭明恐并不可得，然昭明以其材成昭明之書，二公以其材成二公之書，是在善成之，使人之讀之者，得以其故差等，於昭明則猶爲可也。（《天問閣文集》卷二）

# 清代

## （清）錢謙益

【葛端調編次諸家文集序（節録）】評騭之滋多也，論議之繁興也，自近代始也。而尤莫甚於越之孫氏，楚之鍾氏。孫之評《書》也，於《大禹謨》則譏其漸排矣；其評《詩》也，於《車攻》則譏其「選徒囂囂」，背於「有聞無聲」矣。尼父之删述，彼將操金椎以毃之。又何怪乎孟堅之史、昭明之《選》，詆訶如蒙僮而揮斥如徒隸乎？（《牧齋初學集》卷二九）

【復吴江潘力田書（節録）】今注詩者動以李善爲口實，善注《頭陀寺碑》，穿穴三藏，注《天台賦》，消釋三幡，至今法門老宿，未窺其奥。（《牧齋有學集》卷三九）

## （清）馮班

【正俗（節録）】仲尼删詩，上自文王《關雎》之事，下迄陳靈《株林》之刺，三百五篇，王道浹、人事備矣。於商惟有頌，虞夏僅存於《尚書》。語云：「吾説夏禮，杞不足徵；吾學殷禮，宋不足徵。」準是而言，直恐當時虞夏殷之文不如周詩之備，非略而不取也。梁昭明太子撰《文選》，辭賦始於屈、宋，歌詩起於荆卿《易水之歌》，權輿於姬孔已後，於理爲得。近代詩選必自上古，年祀綿邈，真贋相雜，或不雅馴。又書傳引逸詩多不過三數句，皆非全篇，三百五篇，既是仲尼所定，又不應掇其所棄。（《鈍吟雜録》卷三）

## （清）朱鶴齡

【與李太史論杜注書（節録）】漢魏以下，詩文之有注，昉於《文選》。《文選》而外，注杜詩者最多，亦最雜。蓋《文選》之注，張載、顔延之、沈約、薛綜、徐爰、劉淵林諸人經始之，又得李善會粹之，子邕復益之以義，故能傳述至今。……李善注《文選》，止考某事出某書，若其意義所在，貫穿聯絡，則俟索解人自得之，此正「引而不發」之旨。（《愚庵小集》卷一〇）

## （清）賀貽孫

杜子美詩云「熟精《文選》理」，而子瞻獨不喜《文選》。蓋子瞻文人也，其源出於《國策》《莊》《孟》，而助以晁、賈諸公之波瀾，所浸灌於古者深矣。《文選》之文，自秦、漢諸篇外，其餘皆不脱六朝浮靡，其爲子瞻唾棄，無足怪者。若子美則詩人也，詩以《騷》爲祖，以賦爲禰，以漢、魏諸古詩，蘇、李《十九首》，陶、謝、庾、鮑諸人爲嫡裔。子美詩中沉鬱頓挫，皆出於屈、宋，而助以漢、魏、六朝詩賦之波瀾。《文選》諸體悉備，縱選未盡善，而大略具矣。子美少年時，爛熟此書，而以清矯之才、雄邁之氣鞭策之，漸老漸熟，範我馳驅，遂爾獨成一體。雖未嘗襲《文選》語句，然其出脱變化，無非《文選》者。生平苦心在此一書，不忍棄其所自，故言之有味耳。今人以子美譽《文選》而亦譽之，以子瞻毁《文選》而亦毁之，毁譽皆在子美、子瞻，與己何與？又與《文選》何與哉？（《詩筏》）

（清）黄宗羲

【明文案序（節録）】前代古文之選，昭明《文選》《唐文粹》《宋文鑑》《元文類》爲最著，《文選》主於修辭，一知半解，文章家之有偏霸也。《文粹》擷菁擷華，亦《選》之鼓吹。《文鑑》主於政事，意不在文，故題有關係而文不稱者皆所不遺。《文類》則蘇天爵未成之書也，碑版連牘，删削有待。（《南雷文定前集》卷一）

（清）陸世儀

古文濫觴於魏晉，如《七啓》《七發》《連珠》之類，俱是天地間無用文字，如《文選》者，即不讀亦不

妨。（《陸桴亭思辨録輯要》卷五《格致類》）

## （清）方文

【西廟】昭明梁太子，嗜學稱文人。如何千載後，赫赫爲明神。相傳至秋浦，食魚美而珍。遂以貴名池，惠愛及斯民。斯民感其義，立廟湖之濱。廟貌甚弘敞，四山多松筠。水旱必祈禱，其餘亦咨詢。里社號土主，崇祀永不湮。我夙慕遐軌，今始出城闉。取道乾明寺，曲澗通江津。所愧羈旅中，藴藻難具陳。仰首若應識，臭味遥相親。當年注《文選》，佐佑有六臣。胡不列其旁，配享垂千春。（《嵞山集》再續集卷一）

## （清）劉廷鑾

【文選閣記】《文選》自周迄梁，世歷八朝，類兼衆體，詩書而後，典章備焉，不獨修詞之家奉爲軌則。然擇之良有弗精，是以蘇子瞻顯論其失，而儒者詆爲綺靡，過矣。漢魏以來，諸製作可概謂之繁縟耶？詞人訝其不録《蘭亭序》篇，謬矣，過江佳麗，删拾幾何，述作之旨，可盡臆斷耶？是書之傳，本昭明東宫所撰次，茂齡早彫，是正者寡，《選》之不足盡斯文也固宜。《揚州志》稱引《大業拾遺記》曰：「梁昭明文選樓，隋煬帝嘗登眺焉。相傳今城内太平橋北旌忠寺乃其址，舊名文選巷是也。」楊用修《病榻手吹》記集《文選》人名云：「昭明太子統聚文士劉孝威、庾肩吾、徐防、江伯操、孔敬通、惠子悦、徐陵、王囿、孔鑠、鮑至十人，謂之『高齋十學士』，共集《文選》，今襄陽有文選樓，池州有文選臺，未知何地爲的，但十人姓名，人多不知，故特著之。」楊但致疑於襄陽、池州，固絶不及揚州矣。今吾池郭西五里，昭明廟貌存焉，文選臺惟阤石在，古老曰：梁以降，祠墓在秀山。唐永泰中，始建斯廟。及入明朝，洪武、正統、天順、弘治、嘉靖，凡六七修，門寢壯麗。比諸閟宫，貌以沉水香肖之，自梁武、丁貴嬪、簡文、元帝、蔡妃、豫章、枝江諸王及諸侍從宫僚、釋寶誌、傅大士各肖一像，别從其寢，不同室而受藻蘋，不共牢而享牲醴。朝廷沿累代故事，歲遣内臣秋仲展廟惟虔，其神靈，雩禜必應，又嘗陰召米船救池饑饉。以昭明嗜食貴池魚，故内臣成祀而回者，舟載香鯽，貢於上以爲額。内臣好事者自肖飾其形，祔侍廟東西側，黠者則擾於有司，有司久而患之，池州縉紳請於上，罷遣内臣，歲命有司遵故事，秋仲祭謁如禮。其後八月十二日，郡人多戴面具，錐肱刺械，引頸貫刀，幡幢羽葆，窮極綺靡，號爲七聖二郎。其餘城社及一二百里外鄉曲叢祀土木偶莫不輿至，稽首昭明廟以迎神。是日，有司禱祝畢，導昭明像，鳳蓋華旗，輦御郡景德寺，若法駕然。十五日是其誕辰，景德寺故其外家地也。至十八日，有司以下送神如前儀。惟罷祀以後，香鯽不生。廟門達寢殿三里許，畫棟雕楹，飛甍傑宇，列衛長廊，深達重廡，齋祀有庖，展謁有室，丹艧赫然，翬張鱗次。文選閣貯《文選》鏤版，遠近薦馨無虛日，不啻武當、九子、普陀。宋世謂之九郎廟。九郎，昭明也，相傳昭明作《文選》於兹。廟後小丘，其花園地，唐石瓶一、罏一、宋敕封一、元牓書一。廟祝周姓，世居祠外，其來已久。宋守鍾世美碑一，碑陰，元同知張奉政載祀田甚詳，祝去其籍，猶有漫滅可稽者。嘉靖後，江西巨商私致禱，忽竊神元首以去，僧雖補其缺略，然非沉水香，廟貌亦自是頹不復振，半歸蓁莽間。不特一文選閣，宋敕藏周祝帷幕上，天啓七年燬焉。古老之言如此。元以來諸碑碣皆據《梁書》《南史》爲文，以昭明未嘗莅池，而池有昭明諸跡，如釣臺，如香鯽蕩，如隱山寺手書額，如花園，累累顯著，或即梁武未受禪所爲，誤以相屬；或諸王子勃、砮等之國所經，追先隱痛，立此遺跡，以寓招魂，此所謂求其説而不得者。然諸碑碣之言皆如此。鑾按：昭明引納才學之士，聚書東宫，史無專指，大抵如韋叡、任昉、徐勉、許懋、賀瑒、徐摛其人。若本傳所述劉孝綽、徐勉、周捨、陸襄者，特就議禮而言。《徐勉傳》所述，蕭宏、沈約、張充、王瑩、張稷、柳憕、王暕者，特就講《孝經》而言。《劉孝綽傳》所述，殷芸、陸倕、王筠、到洽者，特就樂賢堂管記而言。惟《南史·庾肩吾傳》：肩吾初爲晉安王國常侍，府在雍州，被命與劉孝威、江伯操、孔敬通、申子悦、徐防、徐摛、王囿、孔鑠、鮑至等十人鈔撰衆籍，號「高齋學士」，王爲皇太子，庾肩吾兼東宫通事舍人。晉安王，簡文也。雍州，襄陽也。用修著書，每取腹笥，將毋以晉安王後爲皇太子，訛而稱昭明太子乎？昭明最敬者，無如何胤，最愛者，無如劉孝綽，所賓禮者，諸傳連類而外，尚有明山賓、庾仲容、劉孝儀、劉孝陵、張纘、殷鈞、劉勰諸人。《文選》之成，未必不相咨定。然以昭明之學之筆，恒自討論篇籍，則撰輯是書亦其餘工。昭明生於襄陽，自孩提入石頭，未嘗復幸襄陽，襄陽必無文選樓。有之，是晉安王事也。昭明由襄陽、江州至秣陵，年三歲，立爲太子。其後居永福省，臨決庶事，出宫二十餘年，游幸不一而足。池州時稱石城，邑屬宣城，宣城實武帝初封梁國，國内郡史或止以畿甸視之，如鍾山講解之類，略而不别書。且王筠《哀册》有「昔游漳滏，賓從無聲」之句，劉孝綽《集序》有「晏游西園，祖道清洛」之句，豈區區國學玄圃足盡金華玄駟之輪哉？池州去京邑四百里，非襄陽比，池州文選臺庸詎無之？但後人以之貯鏤版，則易臺而名閣也亦宜。嘉魚入饌，不必臨池而餐。恐其先石城魚亦有貢，貢而被賞，遂賚貴池名封不可知。昭明以齊中興元年九月生，謂八月望誕者既非。丁貴嬪祖居襄陽沔北五里本傳「里」作「女」邨，寓劉惠明廡下，父道遷初爲歷陽太守，後位宣城太守，謂其外家在景德寺者，亦恍惚之辭。而七聖二郎在南宋杭州已見，無亦里中秋社，適逢其會，而牽合之耶？九郎之號甚俚，陸務觀入蜀來游斯廟，已著是稱，而不解其故。彼元碑疑爲泰山神次者，何誕且迂耶？石瓶今已習爲籤筒，瑩徹可愛，僧云本有二，而後失之。鑪甚巨，琢而黝，其質之爲陶、爲石不能辨，唐物奚疑。榜、碣則姓名燦列，祝周姓，食祠田而不供，春秋之典，虚若無人。初族姓繁，今食指不數屈。偶讀宋張邦基《墨莊漫録》曰：「池陽郭西英濟王祠，祀昭明太子也。其祝周氏，自唐開成年掌祠事至今，其子孫分八家，悉爲祝也。」然後知周祝系始於唐，豈非神之繇其祚，使歷代不易居耶？陸務觀所記，言僧而不言祝，爾時祝已不相關如今日耶？昭明自有不磨之性，在書傳，在丹青，在山川民社之間，亦奚以封敕爲耶？昭明既來游涉，則釣臺有徵。陸務觀據僧語云：秀山産鯉，金鱗朱尾。若然，鯉也，香鯽蕩何稱焉？訊之父老土人，皆云香鯽也。然則記游一時之筆，誠有不足徵信者耶？隱山手書元吴師道有記廟後花園，郡志相沿，豈盡誣且妄耶？以爲梁武相國事傳之昭明，理當有之。若諸王子兵戈搶攘，骨肉多殘，萬萬不暇爲昭明立遺跡。夫《文選》未必不成於池，然安知昭明之不嘗至池耶？昭明同母弟簡文著《太子别傳》二卷，記起居必詳；宋知池州趙彦博亦著《太子事實》二卷，記廟食于池，靈響必應。吾聞太子所至，似通德之門，類華陰之市，當群賢觴詠，記貴池景物必詳，惜皆佚不傳。鑾近得里人吴彦《文選》本，乃大德九年池州同知張伯顔所刊，余璉序曰：梁昭明享池祀，豈偶然哉？如有所爲者，知其有《文選》也。又曰：伯都司憲新《文選》之梓于燼，越十有三載，梓蹈災轍，張正卿復斯集云。然則元以前池州梓《文選》、貯《文選》，蓋與昭明之祀同沿于梁久矣，無惑乎其文選臺也。易臺而名閣，不知何年，吾因之。（《〔康熙〕杏花邨志》卷三）

**編者按**：高齋學士，《杏花邨志》作徐昉、孔爍，均誤。今據《南史》卷五〇《庾肩吾傳》改作徐防、孔鑠。另「江伯操」，《南史》作「江伯摇」，《玉臺新詠》亦録江伯摇詩，似當作「江伯摇」，然諸書多作「江伯操」，兹並不改，以存舊貌。

## （清）魏裔介

【唐文欣賞集序（節録）】昔昭明築《文選》之臺，姚氏謂爲一家之奇書，其所選《唐文粹》一百卷，以類相從，各分門目，雖自謂以古雅爲命，不以雕篆爲工，然亦沿《文選》之藻繪，其於詩書軌物，未盡洽也。（《兼濟堂文集》卷三）

## （清）侯方域

【與任王谷論文書（節録）】六朝《選》體之文，最不可恃。士雖多而將囂，或進或止，不按部伍，譬如用兵者調遣旗幟聲援，但須知此中尚有小小行陣，遥相照應，未必全無益。至於摧鋒陷敵，必更有牙隊健兒，銜枚而前。若徒恃此，鮮有不敗。（《壯悔堂文集》卷三）

## （清）黄宗會

【論杜詩注（節録）】自李善注《文選》，號稱博極群書，後遂轉相刻畫，賈其餘技，至取《凡將》甲乙而紛争辨訟之，濫觴極於諸家之注杜，陋尤不可勝言也。（《縮齋文集》）

## （清）尤侗

【蕭樓集序（節録）】昔昭明太子《文選》，如唐山夫人、甄后、昭君、文君、文姬之詩，徐淑之書，蘇蕙之回文，皆不録，所收者惟班婕妤《怨歌詩》、曹大家《東征賦》耳。抑何于婦人薄與！……鄧子孝威坐文選樓選詩，觀四方郵筒日至，而香奩彤管亦附以來，乃乘暇采爲《蕭樓集》。自此黄絹幼婦當與紅杏尚書、花影郎中争妍鬭麗，豈止緑肥紅瘦、柳帶同心豔吟千古哉？集成，幸持獻太子，太子見之，必曰：「嗟乎，使吾早從先生游，《閒情賦》可不删矣！」（《尤太史西堂全集·西堂雜組》三集卷三）

## （清）何琇

《文選》録潘勗《魏公九錫文》、阮籍《勸進晉王牋》，是奬篡也。（《樵香小記》卷下）

## （清）施閏章

【續宛雅序（節録）】《文選》所收，皆文詞之淵、岳，風雅之僑、肸也。

【緑曉堂詩序（節録）】《文選》聚千古文人於尺籍中，世目爲《選》體，後人廣之至再，卷帙滋繁，見

者滋少。（以上《施愚山集》卷三）

【登文選樓】廣陵精忠寺後有昭明太子像。游目憩精廬，陟閣復清迥。綺疏烏雀喧，層軒松檜冷。白雲緬逶迤，隔江矚峰影。生平薄黄屋，篇章性所秉。欣賞集群彦，朝讌達夕永。創獲矜校讎，散籍歸匠郢。梁社久丘墟，隋宫餘舊井。廢興更代謝，丹樓復華整。斯人既已邈，望古還引領。横流賤毫素，蘭芷雜萍梗。眇眇千春懷，淚下如修綆。（《學餘堂詩集》卷六）

（清）毛先舒

《文選》詩、賦須分代讀之。其分類者，昭明之陋耳，遂使風格升降混淆，註初學不少。（《詩辯坻》卷三）

（清）孫枝蔚

【詩志序（節録）】文之有選，自昭明始，遠自周室，迄乎本代，流惠唐人，功亦偉矣。而賢如李相，家無儲本，才如蘇氏，目爲小兒，豈不因其采華而忘實，以爲非志所關耶？（《溉堂文集》卷一）

（清）徐枋

今人文集，動以賦與詩居首，此遵《文選》例也，不知《文選》固辭家之書，其所重在辭賦耳，未可概

論。(《居易堂集·凡例十則》)

## (清)法若真

【西廟祭梁昭明太子文】康熙八載,秋八月十二日,余小子來自金陵,至於池。池人咸社祀昭明太子,謂十五其皇揆也。因渡皖江,不克潔羊豕,乃率爾爲文以祭之。文章同心,千古爲昭,揚厲無思,懼咈神聽。嗚呼! 天地處升沉而或變,文章歷治亂而莫易,豈天地之道不勝於文章,豈文章之理足勝乎天地? 天地者,氣爲之也。文章者,主乎氣而勝於氣者之所爲也。發天地而先見乎文章,故龜馬肩足蒙象于兩儀之始;分天地而後有文章,故六爻八卦紛錯而麗星辰華嶽之終。伏羲、神農所不足者,堯舜繼之;堯舜所不足者,禹湯文武周召繼之;禹湯文武周召所不足者,孔子、孟軻繼之;孔子、孟軻所不足者,一變于荀楊,再變于韓歐諸儒。其中晉魏梁宋之間,天地之道不可見,而文章之理迄於終,窮數百年剥復之幾,天不得不生太子以羽翼文章之道,天又不得不窮太子以帝王之位,而故處太子於文章之士,以挽天地之終,以開文章之始。此前有荀楊,後有韓歐諸家,所賴于太子之發明,以不墜一綫于兹者,亦岌岌乎其危之也。嗟乎,余少不喜晉魏以後之辭。初學揚雄,不能抉其幽而去之;讀蘇子,不能獲其縱横而去之;讀司馬,不能晰其條理而去之;讀柳子,不能破其堅辯而去之;讀韓愈,不能沁其神理,而反覆於諸子百家，上下於六經之典則，而復惘然，終無所益。丙戌秋，侍中祕，乃讀太子《文選》，樂其華矣，亦擬其所發也；游其美矣，亦恍乎其所著也；挹其洋洋矣，亦容與乎其所泛泛也，而猶未有所從也。徵之以先王之陳説，與諸君子賢者之發蒙。從容乎風雅之域，而翱翔乎山川、草木、君臣、父子、兄弟、正變之類；出入乎《詩》《書》，而潤澤乎《春秋》《易象》之繁，以及《變風》《小雅》之哀樂，而猶綴之升歌、管象，而播之金石，使五倫不載胥于喪亂，禮樂不盡壞于流亡。余乃撫卷而嘆曰：太子之功，其恢恢天地哉！所可異者，文章或見于一日，而其人不可得于聖君賢相之遭逢；其人不可見于一日，而其文章又傳天下，後世之聖君賢相而讀之，而復思見其人。即有其人矣，而用違其才，弗克行其所志，以或逆乎川岳降生之靈。嗟乎！此長沙之痛哭，而《離騷》所以繼《小雅》之悲憤而作也。向使太子承大統，南面稱孤，一時南北諸儒，盡致高位，孰法術，孰錢穀，孰六卿，孰外執事，遠佛教之邪説，遵文章之大經，以治天下，亦未必無上理。然太子雖有治世之才，而諸儒不盡撥亂反正之士，且一太子之賢而處家國難反之勢，恐大之不能及兩漢之風，小之拯南北之危，疑歸之于綱紀，太子亦必熟察之。俯仰古今，揣度國運，内求之堯舜有爲之姿與，外觀之諸臣輔佐之所學，而知梁家天下不過一片石頭，僅告悔過于祖宗，而故翻然與游談著作家采春華秋露之文，朝摘芙蓉，暮抵白沙，食池魚而嘆美，攀名山而徜徉。使天下文章之道大集于《文選》一書，亦使天下後世讀其書者，思見堯舜禹湯文武孔孟之道，庶幾其未墜也。太子固于辭帝王之日，而知天地之道可留于匹夫；太子固于登樓著書之日，而知文章之理不毁于俎豆。嗟乎！道勝于氣，而氣盡于理，天地之所以不窮，文章之所以不大變也。今日者，小子承乏兹土，以從事秋審之典，過池水之陽，邂逅太子之初度，而登降乎俎豆之光。大夫蹌蹌，士女穰穰，鍾鼓煌煌，羽毛揚揚，亦不知太子爲誰家之君王，而亦不知梁太子之文章，其何以至今日而終未淪亡。嗟乎！文章其可忽乎哉！（《〔康熙〕杏花邨志》卷一〇）

## （清）魏禧

【季子文集叙（節録）】（柳）子厚少好《文選》，所爲山水記，造語之奇，多從漢賦出。諸大篇即如《封建論》，層瀾疊嶂，峭曲衍邃，亦山水諸記展拓而成。（《魏叔子文集》卷八）

## （清）汪琬

【與參議施先生書（節録）】琬聞古之人，有詩文以序重者，有序以詩文重者，有詩文與序交相重者。……上而孔子之序《易》與《書》，降而訖于昭明太子之序《文選》也，此皆詩文與序交相重者也。（《堯峰文鈔》卷三三）

【跋李義山詩注（節録）】古之爲箋注者，莫不廣萃群説以成一家。自經傳而外，顔師古之注《漢書》也，實出於顔遠游，而後世不知遠游者，以其成於師古也。李善之注《文選》也，實集張載、顔延之、沈約、薛綜、徐爰、劉淵林諸家之長，而後世不稱述諸家者，以其會粹於善也。（同上書卷三九）

（清）葉燮

【選家説（節録）】古文辭賦之有選也，自梁昭明始。昭明之《選》，其去取雖或未盡當，後人有呰之者，然其出乎一己之見，初非有所附會。從實而不從名，而不以名假實。夫自周秦下逮蕭梁，操觚之家當以萬計，昭明不求諸人而求諸文，因文以見人，而人可屈指數，文亦可屈指數，後世亦未嘗譏其不備也。自後唐宋人亦皆有選，率就文言文，未嘗於文之外别有所鶩也。竊怪近今之選家則不然，名爲「文選」，而實則人選。文選一律也，人選則不一律也。或以趨附，或以希求，或以應酬交際，其選以人衡，何暇以文衡乎？不以文衡，於是文章多棄人，天下多棄文矣。……吾願選古之家，自不能效法聖人，其亦不失梁昭明之意，斯亦可矣。（《已畦文集》卷三）

（清）李顒

【答友求批文選（節録）】曩足下刻意爲己之學，言及詩文，若將浼焉。其所服膺，惟《居業》《傳習》二録。竊以爲志趣如此，將來所就必卓。離索日久，頃有人自珂里來者，傳足下近日工課，惟聲律是哦，詞翰是攻，僕猶疑未之信，而台翰忽至，求批所纂昭明《文選》，前後不類，令人愕然。是書連篇累牘，莫非雕蟲，中間有何可取？而足下嗜之若飴，愈令人難解。……僕非薄詩文，亦非厭人學詩文，實以足下質甚美，性甚淳，世味未染，天良未汩，既不弋名，又不謀利，亦何苦疲精役慮，爲此玩物喪志之習？縱習之而工，文如班、馬，詩如李、杜，亦何補於身心，何益於世道耶？（《二曲集》卷一六）

（清）吕留良

明季之文，莫盛於雲間；雲間之文，莫著於陳大樽。雖師承《文選》，規摹六朝，然其本質超然，不爲體調所汩没，且運用更見遒逸，此杜少陵自許「齊梁後塵」，所謂「轉益多師是汝師」也。今人貌爲漢魏、盛唐，乃真卑靡矣。（《吕晚邨先生論文彙鈔》）

（清）趙士麟

【文選樓】文選樓居郡治東，高齋學士校讎工。雖非經國千秋業，足挽頽波六代風。芍藥可方體制麗，海潮絶似藻思雄。珠簾畫棟都零落，卷帙還收鄴架中。（《讀書堂全集》卷三一）

## （清）朱彝尊

【書玉臺新詠後】昭明《文選》初成聞有千卷，既而略其蕪穢，集其清英，存三十卷，擇之可謂精矣。然入選之文，不無僞製。所録《古詩十九首》，以徐陵《玉臺新詠》勘之，枚乘詩居其八，至《驅車上東門行》，載《樂府·雜曲歌辭》，其餘六首，《玉臺》不録。就《文選》本第十五首而論，「生年不滿百，長懷千載憂。晝短而夜長，何不秉燭游」，則《西門行》古辭也。古辭：「夫爲樂，爲樂當及時。何能坐愁怫鬱，當復來兹。」而《文選》更之曰：「爲樂當及時，何能待來兹。」古辭：「貪財愛惜費，但爲後世嗤。」而《文選》更之曰：「愚者愛惜費，但爲後世嗤。」古辭：「自非仙人王子喬，計會壽命難與期。」而《文選》更之曰：「仙人王子喬，難可與等期。」裁翦長短句作五言，移易其前後，雜糅置《十九首》中，没枚乘等姓名，概題曰「古詩」，要之皆出文選樓中諸學士之手也。徐陵少仕于梁，爲昭明諸臣後進，不敢明言其非，乃别著一書，列枚乘姓名，還之作者，殆有微意焉。劉知幾疑李陵《答蘇武書》爲齊梁文士擬作，蘇子瞻疑陵、武贈答五言亦後人所擬，而統不能辨。非不能辨也，昭明優禮儒臣，容其作僞。今《文選》盛行，作僞者心不徒勞也已。或者以爲《文選》闕疑，《玉臺》實之以人，非是。當其時，昭明聚書三萬卷，大集群儒討論，豈不知五言始自枚乘，而序所云：「退傅有在鄒之作，降將有河梁之篇。四言五言，區以别矣。」注《文選》者遂謂河梁之别，五言此始，鍾嶸《詩品》亦云：「逮漢李陵，始著五言之目。」抑何謬歟？然則誦詩論世者，宜取《玉臺》並觀，毋偏信《文選》可爾。（《曝書亭集》卷五二）

## 附録

（清）倪思寬

朱竹垞《書玉臺新詠後》曰：「《文選》所録《古詩十九首》，以《玉臺新詠》勘之，枚乘詩居其八，昭明優禮儒臣，容其作僞，徐陵爲昭明諸臣後進，不敢明言其非，乃别著一書，還之作者。」愚案：竹垞此説似非。昭明大集群儒，討論斯事。劉孝威、庾肩吾、徐防、江伯操、孔敬通、惠子悦、徐陵、王囿、孔鑠、鮑至，名爲「高齋十學士」，徐雖輩行稍後，然同在學士之列，有討論之責。設以諸詩還之枚乘，直告同人，亦非甚難啓口之事，何至不敢明言，必待别著書以微寓其意？且其爲枚乘之詩果鑿鑿有據，即劉孝威、庾肩吾諸人，何故必欲同心作僞？此事之無可解者。昭明《文選》初成有千卷，既而略其蕪穢，集其清英，存三十卷，甄别可謂嚴矣，豈猶容儒臣作僞於其間？或謂《文選》闕疑，《玉臺》實之以人，非是。此言有理，讀者勿以《玉臺新詠》之故而轉疑《文選》，斯得之矣。（《二初齋讀書記》卷九）

（清）沈濤

竹垞謂《玉臺新詠》可勘《文選》之僞製。余謂今本《文選》誤字甚多，亦有賴是書以訂正者。如曹子建《七哀詩》云云是「客子妻」，《玉臺》「客子」作「宕子」，古「宕」、「蕩」通用，宕子妻即所謂蕩子婦也。陸士衡《前緩聲歌》云「游山聚靈族」，《玉臺》「游山」作「游仙」。陸士龍《爲顧彦先贈婦詩》云「佳麗良可美」，《玉臺》「良可美」作「良可羨」。劉休玄《擬行行重行行》詩「遥遥行遠之」，《玉臺》「行遠之」作「行遠岐」。細閲詩意，皆當從《玉臺》爲是，乃選本傳寫之誤。惟顔延之《秋胡詩》云「戒徒在昧旦」，《玉臺》「戒徒」作「戒途」。案：《選》注引《易歸藏》曰「君子戒車，小人戒徒」，自當作「徒」爲是。蓋淺人不識「戒徒」之義，妄改爲「途」耳。（《匏廬詩話》卷下）

（清）王士禛

千家注杜如五臣注《選》，須溪評杜如郭象注《莊》，此高識定論，虞山皆訾之，余所未解。（《王士禛全集·雜著之一八·分甘餘話》卷四）

問：「蕭《選》一書，唐人奉爲鴻寶。杜詩云：『熟精《文選》理。』請問其理安在？」

阮亭答：「唐人尚《文選》學，李善注《文選》最善，其學本于曹憲，此其昉也。杜詩云云，亦是爾時風氣。至韓退之出，則風氣大變矣。蘇子瞻極斥昭明，至以爲小兒强作解事，亦風氣遞嬗使然耳。然《文選》學終不可廢，而五言詩尤爲正始，猶方圓之規矩也。『理』字似不必深求其解。」

歷友答：「文之有選，自蕭維摩始也。彼其括綜百家，馳騁千載，彌綸天地，纏絡萬品；撮道藝之英華，搜群言之隱賾。義以彙舉，事以群分。所謂略其蕪穢，擷其精英；事出於沉思，義歸於翰藻。觀其自序，思過半矣。少陵所云熟精其理者，亦約略言之。蓋唐人猶有六朝餘習，故以《文選》爲論衡枕秘，舉世咸尚此編，非必如宋人所云理也。」

蕭亭答：「夫《文選》一書，數逾千祀，時更七朝。楚國詞人，御蘭芬於絶代；漢朝才子，綜鞶帨於遥年。虚元流正始之音，氣質馳建安之體。長離北度，騰雅詠于圭陰；化馬東騫，煽風流於江左。誠中葉之詞林，前修之筆海也。然而聲音之道，莫不有理，闡理敷詞，成於意興。嚴滄浪云：『南朝人尚詞而病於理，宋人尚理而病於意興，唐人尚意興而理在其中。』善讀者三復厥詞，周知秘旨，目無全牛，心無留義，體各不同，理實一致，采其精華，皆成本領。故楊載曰：『取材於《選》，效法於唐。』馬伯庸曰：『枕藉《騷》《選》，死生李、杜。』又昔人曰：『《文選》爛，秀才半。』皆少陵『熟精《文選》理』之義也。」（《師友詩傳録》）

**編者按**：《四庫提要》曰：「《師友詩傳録》一卷，國朝郎廷槐編。……郎録雖以士禎爲主，而亦兼質於平原張篤慶、鄒平張實居，故每一問而三答。其稱歷友者，篤慶之號；稱蕭亭者，實居之號也。篤慶於士禎爲中表，所著有《崑崙山房集》。實居於士禎爲婦兄，所著有《蕭亭詩集》。士禎皆嘗論次之。故三人所答或共明一義，或各明一義，大旨皆不甚相遠。」今將三人所論並録於此。

（清）宋犖

【石臼集序（節録）】昔謝康樂《擬鄴中諸詩》謂陳孔璋書記士，故言喪亂爲多。夫身遭喪亂，即王、徐、應、劉皆當言之，獨孔璋乎？然觀蕭氏《文選》，録鄴中詩頗多，而孔璋書箋兩檄外無聞焉，當由其文言不韻，或音多焦殺，故逸之耳。乃知孔璋以詩累喪亂，非以喪亂累其詩也。蓋貴池劉城有是言，予嘗賞之云爾。（《石臼集》卷首）

（清）李驎

【文選樓賦】維飛樓之嵯峨兮，突兀乎蕪城之東。下壓崑崙之青岡兮，上干斗牛之紫宫。棟岹嶢而棲雲兮，梁蜿蜒以盤龍。屈戍横波而回錯兮，罘罳却月而玲瓏。崇嶺北峙而落霞兮，長橋南卧而垂虹。西睇玉鉤之艷冶兮，東問瓊臺之鬱葱。憑軒檻而四望兮，盡羅列乎指顧之中。洵廣陵之勝地兮，緊帝子之遺蹤。憶天監之受命兮，先國本之是謀。惟元服之既加兮，聿子職之克修。念坐起之西嚮兮，何敬慎而鮮尤。候機務之代省兮，更寬和而寡仇。慮失入之殘民兮，日平反之是求。屏聲伎而弗御兮，進俊彦以共游。窺喜愠而靡形兮，早群望之能收。羌五經之徧誦兮，兼十行之並睇。問年未及就傅兮，疇能匹其夙慧。既掞藻於鏤管兮，更搜奇於金匱。句競絢於卿雲兮，字襲香於茝蕙。獵春苑之菁華兮，開宮體之綺麗。慨作者之蔚興兮，垂金石而難泯。思彙輯以並傳兮，後起而任乎斯文。引學士以參校兮，居兹樓以討論。爰上溯乎衰姬兮，聿遞及於先秦。涉西京之渾噩兮，衷東都之典醇。擷宋齊之新艷兮，挹晉魏之清芬。繄騷賦之並收兮，亦詩歌之靡遺。既論序之旁采兮，更銘贊之兼披。惟諸體之悉備兮，實衆美之所歸。或軒翥而威鳳翔兮，或神變而潛虬飛。或雍和而新鶯鳴兮，或哀激而斷猨悲。或芊綿而草春華兮，或蒼老而木秋垂。或震蕩而江屢波兮，或矗立而山不移。驚采絶艷，淵度溢思，辭掃宿霧，意抽新絲。譬樂縣乎兩階兮，等《車攻》乎九逵。既《韶濩》之偕作兮，亦驊騮之交馳。聿焕著於當時兮，用垂示乎來兹。洵藝苑之球琳兮，允詞林之鼓吹。睹斯樓之猶存兮，嗟彼美其何適。俯傾櫺而惆悵兮，瞻遺像而憯惻。風瑟瑟而動幄兮，塵泠泠而盈席。躋白日之蒼鼠兮，下青冥之逸翮。飛空庭之榆莢兮，秀頹垣之燕麥。幾展眺而慨傷兮，屢低徊而太息。覩姿容而若笑兮，何咨詢而終默。徒填膺而難通兮，欲陳辭而不得。情眷眷而忘歸兮，頻徙倚而日昃。思依依而弗見兮，聊寤歎以終夕。（《虬峰文集》卷一）

## （清）張謙宜

自《文選》盛行，字多增飾。假借如「檀欒」之爲「團圓」、「箾篸」之爲「蕭森」，又有歷來從便之字，如「鞦韆」之爲「秋千」、「邂逅」之爲「解后」，其類甚多。爲文但從通行正字，無妨其高古，若套俗情近於市井，雖通篇古字，何救於濫惡乎？（《絸齋論文》卷六《叢語》）

## （清）潘耒

【明文英華序（節録）】文之有選，自梁昭明始，綜攬八代千餘年，成書止三十卷，詩賦復居其半，爲文僅二百餘篇，可謂隘矣。又所取多駢辭儷句，偏於一體，非文章之極則。然其書流傳至今，家諷户誦，良以時代既遥，專家文集勢必散佚。惟掇其精英，裒爲一編，庶幾可久。觀夫漢、魏以還之文不見他書，獨賴《文選》以存者衆矣，謂非昭明之功不可也。（《遂初堂文集》卷六）

## （清）何焯

此書（《文選》）於詩賦已總其要。賦祖楚詞，别有專集，故騷列詩後，僅標舉大略。郊祀、樂府，自爲一體。事關制作，難復限以文章，遂從闕如。鮑、謝採録不遺，陶令獨爲隱逸之宗，則具諸本集。至於衆製，則嬴、劉二代，聊示椎輪，當求諸史集。建安以降，大同以前，衆論之所推服，時士之所鑽仰，蓋無遺憾焉。（《義門讀書記》卷四五）

## （清）王懋竑

【讀東坡集（節録）】昭明太子論《文選序》：「譬陶匏異器，並爲入耳之娱；黼黻不同，俱爲悦目之玩。」蓋其所尚如此，入耳悦目便爲極致，意義格力固不論也。自唐以後，學者尊奉如一辭。至東坡始嗤其陋，而朱子有言「學詩須學《選》詩」，又深有取焉。大抵《選》爲詞賦之祖，所載他文亦衹可資爲詞賦之用，於文章一道，固當别議之。東坡與朱子其意要不相悖也。（《讀書記疑》卷一六）

## （清）程夢星

【文選樓】古今文字浩望洋，會粹選擇從蕭梁。當前卷帙縱披覽，博望遜謝無丹黄。樓高百尺在何許？千秋過眼如風狂。身世惜同太子晉，早跨鶴背調笙簧。阿翁自得忽自失，青絲白馬來壽陽。長年老死復何益，簡文嗣位徒悲傷。湘東萬卷亦自喜，末路争救邦家亡。何如《選》書垂後世，朱甍碧瓦懷滄桑。小兒勉强作解事，後賢未易論低昂。熟精《文選》求理要，誰言不蓄

平泉莊。（《今有堂詩集·江峰集》）

（清）黄子雲

昔以目學，今以耳學。人曰《文選》我師也，我亦曰我師也；人曰梁、陳靡麗，不足學也，我亦曰不足學也。而不知《文選》之外，梁、陳之間，經天緯地者，正不乏人。（《野鴻詩的》）

（清）程廷祚

【與家魚門書（節録）】《文選》一書，乃詞章之津梁，未能忘情於詞章，流覽足矣，非中年以後所當專力者也。中年所急，惟在經學。經學者，學者所歸宿之地也。（《青溪集》卷九）

（清）厲鶚

【王右丞集箋注序（節録）】箋釋之學，自古爲難。注班書者，服虔、應劭、如淳、晉灼而外，無慮十餘家；至小顔新注，穿漏解駁，指其牴牾差謬，不少假借，自謂無復遺恨，而二劉兄弟父子旋起議之。注《文選》者，李善而外，如吕延濟、劉良、李周翰、張銑、吕向等，又加疏通，可稱該備；而邱光庭作《兼明書》，多是正其疏略。求如酈善長之於《水經》，劉孝標之於《世説》，歷世久

遠，無有索瘢摘垢者，蓋指未易屈焉。（《樊榭山房文集》卷二）

（清）周龍官

【一樓集序（節録）】古今著作之林衆矣，體有萬變，綜之理與法則未嘗不同。……少陵云「熟精《文選》理」，又云「老去漸於詩律細」，則知《文選》之傳以理，而工部之工在法，辭之贍麗其次焉者。（清黄達《一樓集》卷首）

（清）趙信

【李太白集輯注序（節録）】同里王君載庵輯注《太白詩文集》，詳引博據，考索綜核，殆仿李善注《文選》，不厭過於繁釀，即被書簏之名，亦所不顧。……嘗謂余曰：「李善注《文選》，有子邕以續其志。此書之釋事忘意，動有無窮之憾。」（《李太白全集》卷三六《附録》六）

（清）姚範

《兩都賦》序「班孟堅」注「范蔚宗《後漢書》」云云，按《西京賦》「庶欒大之貞固」，注云：「凡人姓名及事易知而别傳重見者，云見某篇，亦從省也。」然尋後諸注並不遵此例，而複出頗有之。以是知此書積時作注，檢校未盡，遂有不及刊落者。按此本亦有雜五臣注，疑善注本有闕佚，後人從彼書料取别行有誤收者耳。樹按此本斥汲古本也。（《援鶉堂筆記》卷三七）

## （清）全祖望

【叢書樓書目序（節録）】其在唐時，曹氏、李氏牢籠四部，稱爲博物之雄，《選》學之大宗也。《選》學大衰，士以經史之文相尚。（《全祖望集彙校集注·鮚埼亭集内編》卷三二）

## （清）袁枚

【答友人論文第二書（節録）】足下之答綿莊曰：「散文多適用，駢體多無用，《文選》不足學。」此又誤也。夫高文典册，用相如；飛書羽檄，用枚皋：文章家各適其用。若以經世而論，則紙上陳言，均爲無用。古之文，不知所謂散與駢也。（《小倉山房文集》卷一九）

唐以前，未有不熟精《文選》理者，不獨杜少陵也。韓、柳兩家文字，其濃厚處，俱從此出。宋人以八代爲衰，遂一筆抹搬，而詩文從此平弱矣。漢陽戴思任《題文選樓》云：「七步以來誰抗手，六經而外此傳書。」（《隨園詩話》卷七）

（清）梁玉繩

譬如《文選》，昭明所定，而諸名家别集固行於世，且有續《文選》者，有廣《文選》者，設不幸遇妄人取而混刻之，則失昭明之舊矣，好古之士重加釐訂，俾還其舊。（《史記志疑》卷二五）

（清）盧文弨

【卷目（節録）】唐以前人於古書卷目往往不敢輕改。……李善之注《文選》，雖析三十卷爲六十卷，而本卷首有標目，其析出之卷，則標目仍在前卷中。昔賢重於改作如此，可以爲後人之法。（《讀史札記》）

（清）王鳴盛

【唐進士試詩賦（節録）】德裕言：「臣祖天寶末以仕進無他岐，勉强隨計，一舉登第，自後家不置《文選》，蓋惡不根蓺實。」一見唐人重《文選》事。……即唐人重《文選》，亦一朝風尚，亦宜一及，今皆因事而見。（《蛾術編》卷七一《説制》九）

【文選體】《文選補遺》四十卷，宋陳仁子撰。仁子字同俌。廬陵趙文儀可序稱：同俌少閲《文選》，即恨其紕繆，以爲存《封禪書》，何如存《天人三策》，存《劇秦美新》，何如存更生《封事》，存《魏公九錫文》，何如存《蕃固諸賢論》，列《出師表》，不當删去後表，《九歌》不當止存《少司命》《山鬼》，《九章》不當止存《涉江》，漢詔令取武帝不取高、文，史論贊取班、范不取司馬遷，淵明詩家冠冕，十不存一二。此種的是宋元人議論，中有一段道理。但所謂《後出師表》者，乃宋元人爲之題目，據亮本傳，但有一表，《後表》乃在裴松之注。松之云：「此表亮集所無，出張儼《默記》。」然則昭明不收固當。抑其所取之未合，則不但如同俌所云而已。如任彦昇《宣德皇后令》，殷仲文《自解表》，繁休伯《與魏文帝牋》，阮嗣宗《爲鄭沖勸晉王牋》，阮元瑜《爲曹公作與孫權書》，此等文似皆可以不存，而蕭氏俱收入《文選》。陸機、陸雲，吴之世臣，不宜仕晉，潘岳品尤卑，世稱潘江陸海，然二子但有麗詞，苦無風骨，而《文選》取之亦頗多。蓋彼所謂略其蕪穢、集其清英者，原但論其文詞之美，而不論其事，亦不論其人也。《文選》之體固如此。鶴壽案：唐孟利貞有《續文選》十一卷，卜長福有《續文選》二十卷，卜隱之有《擬文選》三十卷，其體例當與昭明太子同，但取其文，不問其人也。宋末陳仁子本講學家，故以真德秀《文章正宗》之法，評論《文選》，則《封禪書》《劇秦美新》等篇，在所必删矣。至《後出師表》，題目雖由後人，文章固出孔明，所宜亟録也。（同上書卷八〇《説集》六）

## 四庫全書總目

【總集類叙（節録）】文集日興，散無統紀，於是總集作焉。一則網羅放佚，使零章殘什，並有所歸；一則删汰繁蕪，使莠稗咸除，菁華畢出。是固文章之衡鑑，著作之淵藪矣。……體例所成，以摯虞《流别》爲始。其書雖佚，其論尚散見《藝文類聚》中，蓋分體編録者也。《文選》而下，互有得失，至宋真德秀《文章正宗》始别出談理一派，而總集遂判兩途。

【文苑英華提要（節録）】梁昭明太子撰《文選》三十卷，迄于梁初。此書所録，則起於梁末，蓋即以上續《文選》。其分類編輯，體例亦略相同，而門目更爲繁碎，則後來文體日增，非舊目所能括也。（以上《四庫全書總目》卷一八六）

【古文雅正提要（節録）】考總集之傳，惟《文選》盛行於歷代，殘膏賸馥，沾溉無窮。然潘勗九錫之文，阮籍勸進之箋，名教有乖，而簡牘並列。君子恒譏焉，是雅而不正也。（同上書卷一九〇）

【詩原提要（節録）】是編以詩教起於《三百》，降而屈宋，則有王逸之章句，漢魏六朝，則有昭明之《文選》，三唐之詩則以明李攀龍之《詩選》爲能存唐聲，於是總輯諸家，裒爲五集。一集曰《毛詩》四卷，附以子夏之序；二集曰《楚詞》五卷，述王逸之章句；三集曰《選詩》五卷，四集曰《選賦》四卷，録昭明之所選；五集曰《唐詩》七卷，録攀龍之所選。音釋撰次，命曰《詩原》。每集皆有自序。夫《三百篇》列爲六經，豈容以後人總集僭續其後。王逸、蕭統已病不倫，乃更益以李攀龍，不亦異乎？（同上書卷一九四）

（清）朱景英

【唐詩别裁集箋注序（節録）】選本之有注，自李善注《文選》始，後之注家徵引群書，字箋句釋，率祖之。李善之言曰：「諸引文證，皆舉先以明後，以示作者必有祖述也。」其起例如此，論者舉其注《頭陀寺碑》一篇，三藏十二部，如缾瀉水，其諸《唐書》所稱「敷析淵洽」者乎？而世顧輕言注書，其敝也攟摭類書，竄易墳典，臆造耳食，撏撦割剥，極於時地，繆盭文義，乖反而不可究詰，尚瞯然曰：「吾祖李善。」顛矣。夫注選本與注專集，其體例亦自有别：注專集者，次第其人之出處歲月，尚論其生平，因以考見其著作，故人自爲書，而注亦自有其體；若選本薈萃衆作以成書，而注則不能依附諸家而各爲例，然亦有采擷舊注者，如李善於薛綜、劉淵林、郭璞、王逸、劉孝標諸注，必標名篇首，仍書「善曰」以别之，是也，而世何昧昧焉。（《畬經堂詩文集》文集卷四）

（清）阮葵生

俗云「《文選》爛，秀才半」，楊載曰「取材于《選》，效法于唐」，馬伯庸曰「枕藉《騷》《選》，死生李杜」，皆「熟精《文選》理」之義。宋景文小字「選哥」，嘗手抄《文選》三過。李善注《選》，其學本于其師曹憲。憲，江都人，隋秘書學士，嘗注《廣雅》，以《文選》授同郡魏模、公孫羅，江夏李善，于是其學大興，見《唐書·儒學傳》。其實五臣注荒陋特甚。楊升庵謂《文選》初成有千卷，後定爲三十卷，未知其説何本，理或有之耶？（《茶餘客話》卷一一）

（清）趙翼

【唐初三禮《漢書》《文選》之學（節録）】至梁昭明太子《文選》之學，亦自蕭該撰《音義》始。入唐則曹憲撰《文選音義》，最爲世所重，江淮間爲《選》學者悉本之。又有許淹、李善、公孫羅，相繼以《文選》教授，由是其學大行，淹、羅各撰《文選音義》行世，善撰《文選注解》六十卷，表上之，賜絹一百二十四。至今言《文選》者，以善本爲定。杜甫詩亦有「熟精《文選》理」之句，蓋此固詞學之祖也。（《廿二史劄記校證》卷二〇）

（清）錢大昕

【文選】李陵《答蘇武書》，東坡譏爲齊、梁人作。然劉知幾已言其文體不類西漢人，殆後來所爲，假稱陵作矣。予謂魏、晉人喜僞造文字。如王肅之《家語》、梅賾之《古文尚書》、汲郡之《紀年》，不一而足。此書當是魏、晉初高手爲之，齊、梁人不能辦也。太史公《報任安書》，不敢言漢待功臣之薄。此篇於韓、彭、周、魏、李廣諸人之枉，痛切言之，示誡後代。昭明採而録之，非無謂也。

梁世崇尚浮屠，一時名流時文，大半佞佛之作。昭明一概不取，唯録王簡栖《頭陀寺》一篇，以備斯體。簡栖名位素卑，不爲當時所重，而特取之，明非勝流所措意也。此等識見，遠出後世詞人之上。（《十駕齋養新録》卷一六）

## （清）沈初

【讀文選二首】謁帝承明旆已旋，回瞻城闕一潸然。鏤金小枕餘情在，名士傾城盡可憐。

江左文章第一家，生平山川恣豪華。赤亭東下嚴灘路，何似長年隱釣槎。（《蘭韻堂詩集》卷一）

## （清）吴省欽

【可垣遺吉州近刻《六臣注選賦疏解》，而以生雉先之，頃述此間士有書「摯見」作「雉見」者，笑題其後】堆案倥偬《選》學荒，巾箱那得及青箱。江淮舊侶啁嘲否，一語公然託贊皇。德裕自言不蓄《文選》。此書鏤板九經同，鬻市還應恕老馮道。難得廣都裴宅本，細燒官燭寫三通。宋槧六臣注有廣都北門裴宅印本。宋景文自言手抄《文選》三過。

李注從頭作鄭箋，升高不媿大夫賢。臨風漫嗅馨香起，繙過安仁《射雉》篇。

六摯沿謁到土流，秀才一半笑全休。宋諺「《文選》爛，秀才半」。投詩分少瓊琚響，爲把人文記吉州。（《白華前稿》卷五三）

（清）彭瑞世

【文選樓懷古】茸草荒碑過客愁，閑來登眺思攸攸。争傳帝子當年事，猶見蕭梁舊日樓。六代繁華同一夢，五臣箋注尚千秋。獨憐隋苑蒼涼甚，幾處煙蕪帶水流。（《江蘇詩徵》卷七六）

（清）席居中

【文選樓】樓外閑花滿樹開，淒涼惟聽鳥聲來。六朝事業悲流水，千古文章憶舊臺。斷簡殘編徒有跡，古碑頽壁止荒苔。人歸何處堪惆悵，今日猶誇帝子才。（同上書卷一五九）

（清）彭元瑞

【江南鄉試策問（節録）】問：總集成部，傳昉昭明，踵之《文粹》《文鑑》《文類》《文衡》，各具微意，盍請陳之。（《恩餘堂經進初稿》卷五）

問：《文選》一書，裒集美富，掞藻所宗。熟精《選》理之句，强作解事之譏，或輊或軒，究何定論？

瓜疇芋區，諸體咸備，部分凡幾，試爲詳臚。去取之例，具列序中，爲得爲失，可述而斷。晁氏謂採集之博，自楚迄梁，顧楚未可該西河，梁何以遺水部？《九歌》選六，《九章》選一，宛洛爲東都之作，江漢入河梁之篇，曹魏九錫之文，穆之追封之表，别裁載道，無乃未醇？善注之成兩世，吕氏之輯五臣，核厥精觕，詳其姓字。因而廣續者何人？僅存目録者誰氏？唐宋元明各有沿襲，問名論世，皆得約言。多士學古摛辭，誦習有素。若《典論》《文賦》之言，寸心千古，授簡之下，可共覘焉。（《恩餘堂策問存課》卷二·三四《文選》）

（清）姚鼐

漢世校書有辭賦略，其所列者甚當。昭明太子《文選》，分體碎雜，其立名多可笑者，後之編集者，或不知其陋而仍之。余今編辭賦，一以漢略爲法。古文不取六朝人，惡其靡也。獨辭賦則晉宋人猶有古人韻格存焉，惟齊梁以下，則辭益俳而氣益卑，故不録耳。（《古文辭類纂》「辭賦類目録叙」）

附録

（清）朱一新

問：《古文辭類纂》流别甚精，其斥蕭《選》爲破碎，允否？答：若姚氏斥蕭《選》爲破碎，是固有之。蕭《選》兼綜周秦以下之作，體制不同，有雄偉者，有嘽緩者，要莫不有濃餓之味。桐城所短，乃正在此，亦不必是丹非素也。（《無邪堂答問》卷二）

駱鴻凱

吴、姚二氏以《漢志·屈原賦》二十五篇，《宋玉賦》十六篇，淮南王群臣賦四十四篇皆列於賦家。《離騷》特二十五篇之一，《招魂》亦十六篇之一，《招隱士》亦四十四篇之一。昭明乃以騷名三家之賦；而又與賦别爲一體，疑有未當。不知賦出於騷，騷爲賦之祖，究可自爲一類。彦和析論文體，以《辨騷》與《詮賦》分篇，是亦别騷於賦矣。《隋·經籍志》集部特立「楚辭」一類，後世仍之，尤見推崇騷體，不與其他文辭同列之意。審是，可無疑於昭明之失當矣。《文選》賦列詩前，此其例啓於《漢志》，彦和所謂「六藝附庸，蔚爲大國」者是也。是又不得以之責昭明矣。章氏以昭明論文，惟拘形貌，而昧於文學之流别，斯言誠中其失。然夷考爾時劉氏《文心》，列體亦繁。世傳任昉《文章緣起》，縷舉八十五種，雜碎尤甚。任以專書辨析衆製，尚復如此，知昭明分體，亦因仍前規耳。《文心·詮賦篇》云：「夫京殿、苑獵、述行、序志，體國經野，義尚光大。至於草區禽族，庶品雜類，觸興致情，因變取會。」據此，是賦之分類，昭明仍前貫也。（《文選學·義例第二》）

（清）錢應時

【文選樓】當年絳帳樓頭住，拈得維摩一瓣香。自撰選音傳李杜，漫云作賦是蕭梁。原注：江都文選樓乃曹憲教授生徒之所，王觀賦「帝子去矣空文選之樓」，以樓屬昭明太子，誤矣。搜羅文字歸風雅，鈞弋詩書證典章。日莫憑欄惆悵久，斷碑零落卧斜陽。（《江蘇詩徵》卷三六）

（清）徐步雲

【文選樓】井幹百尺連雲起，繡闥朱甍照邗水。榜字何年署此樓？疑是蕭梁天監始。紛紛六代競才華，豔説蘭陵帝子家。一家父子皆文藻，坐擁江山意氣賒。青宮監撫情多暇，三萬卷書常插架。油幕風清玉軸繙，芸窗日暖金壺瀉。高齋學士幾人從，東觀西清異代同。巷口垂楊簾影緑，樓頭藜火暮雲紅。書成奏御歸春殿，萬本人間傳寫遍。銅龍寂寞悄無人，爲憶前星空記面。高臺已圮曲池湮，敗址頽垣付刼塵。千載何人解好事，頓教欄檻一時新。臨春結綺今何有，地上行人漫回首。古來萬事盡銷磨，唯有文章名不朽。平山堂下又春風，多少樓臺夕照中。不見龍蛇飛動處，衹今人説老仙翁。（《爨餘詩鈔》卷三）

## （清）段玉裁

【與陳仲魚書】仲魚足下：借閲《文選考異》，是非皆意必之談，其謂尤延之所增改，尤多不確，今略爲足下言之。《文賦》：「故踸踔於短垣，今各本作「韻」，尤延之作「垣」。放庸音以足曲。」李注：「《廣雅》曰：『踸踔，無常也。』云云。《國語》曰：『有短垣，君不踰。』」顧千里云：「袁本、茶陵本作『韻』，不著校語。注中『《國語》曰』九字二本亦無之，恐尤改未必是也。」愚按：延之即改字，亦當不過音同形異者耳，何敢突改正文「短韻」爲「短垣」？雖妄，不至此。其不可信一也。「《國語》曰」九字倘謂古本所無，故袁、茶陵本無之，然則竟是延之硬添此九字。雖妄，不至此。其不可信二也。改正文爲「垣」，而以《國語》「短垣」爲之注，雖天下大妄人，亦不至此。其不可信三也。考《國語》各本，皆作「君有短垣而自踰之」，果是延之僞注，則所引亦當同，不應乖異。其不可信四也。「踸踔」謂脚長短也，「短垣」可云蹢躅不進，不得施於「短韻」。其不可信五也。賦上文既云「或託言於短韻」，此不應又曰「於短韻」，是寫書者涉上文而誤耳。而尤本獨得之。其不可信六也。袁、茶陵二本殆其所據賦本作「短韻」，淺人因删此注九字，而千里不悟。其不可信七也。汲古閣正文作「韻」，而注有此九字，較勝於袁、茶陵本，而千里不悟。其不可信八也。錢牧翁爲吴梅村作文集序，用「踸踔短垣」。是其所據乃古本。其不可信九也。足下所得明仿宋刻《二陸集》作「短垣」。其不可信十也。據此十條，可知尤之被誣矣。尤自跋云：「李善淹貫該洽，號爲精詳。四明、贛上各嘗刊勒，往往裁節語句，可恨。」此注九字正所謂「裁節可恨」者也，而謂延之爲之乎？《蜀都賦》：「濱以潛、沫。」《蜀都賦》本作「濱」，與「演」别，千里不能正。劉淵林注曰：「《禹貢·梁州》云：『沲、潛既道。』有水從漢中沔陽縣南流至梓潼漢壽縣，入大穴，俗本無「大」字，千里不能正。通岡山下，西南潛出，今名伏水。俗本「伏」作「複」。舊説云《禹貢》潛水也。」千里云：「『漢中』二字不當有，『沔陽』當作『江陽』。」愚按：江陽者，今之直隸瀘州雒水入大江之處，即賦下文「浸以緜雒」。《水經》所謂「江又過江陽縣，南洛水。『洛』即『雒』。從三危山東過廣魏縣南，東南注之」者也。潛水在今重慶府入大江。重慶者，古之巴郡江州縣。重慶府上距瀘州約四百里。《水經》所謂「江至巴郡江州縣東，强水、涪水、漢水、白水、宕渠水五水合，南流注之」者也。酈注云：「宕渠水，即潛水渝水矣。」乃欲改「漢中沔陽」四字爲「江陽」二字，不知「江陽」者，雒水入江之處，非潛水自北而南發源之處也。倘云江陽至漢壽，則是由今瀘州逆流至今廣元縣，自南而北，水將何入乎？《水經》：「潛水出巴郡宕渠縣。」酈云：「潛水蓋漢水支分潛出，故受其稱耳。今爰有大穴，潛水入焉。通岡山下，西南潛出，謂之伏水，或以爲古之潛水。」引鄭玄曰：「漢别爲潛，其穴本小，水積成澤，流與漢合，大禹自導漢疏通，即爲西漢水也。故《書》曰『沱、潛既道』。」又《桓水篇》酈注曰：「自葭萌入於西漢，即《禹貢》之所謂潛水者也。自西漢溯流而届於晉壽界，沮、漾、枝津南歷罔穴，迤邐而接漢入漾，《書》所謂浮潛而逾沔矣。」又《漾水篇》酈注曰：「劉澄之云：有水自沔陽縣南至梓潼漢壽入大穴，暗通罔山。郭景純亦言是矣。罔山穴小，本不容水，水成大澤，而流與漢合。」酈三言「罔穴」，皆謂此潛水即西漢水也；罔山即今保寧府廣元縣神宣驛之龍洞背，其水穿穴而出，合嘉陵江者也。酈謂潛水本漢水支分潛出，此賦淵林注云「從漢中沔陽南流至漢壽」，即酈説所本。「漢中沔陽」本不誤，《永樂大典・水經注》：「劉澄之云『從阿陽縣南至梓潼漢壽』。」與淵林小異，要斷不可作「江陽」也。至若《郡國志・犍爲郡江陽縣》下云：「《蜀都賦》注云：即引淵林注也。『沱、潛既道，從縣南流至漢嘉縣入大穴，中通岡山下，因南潛出，今名復出水。』」此引淵林「潛水」注而「縣南」二字之上奪「漢中沔陽」四字，「漢壽」譌「漢嘉」，「西南」譌「因南」，「伏水」作「復出水」。夫江陽乃洛水入江之處，劉昭引《華陽國志》「江、雒會」不誤矣，而不審淵林謂潛水即宕渠水，在江州縣入江者，而引以證江陽入江之雒水，已爲巨謬，乃又據奪誤之「從縣南」三字，謂此水從江陽縣南至漢壽，用以改正淵林注之「從漢中沔陽至漢壽」，繆中生繆，於地理斷不可通矣。《漾水篇》酈注曰：葭萌城「劉備改曰漢壽，太康中又曰晉壽」。改「漢壽」作「晉壽」可也，但郭璞《爾雅音義》、劉澄之《永初山川記》亦作「漢壽」，則古人不拘也。《吴都賦》：「其竹則篔簹箖箊，桂箭射筒。」淵林注云：「射筒竹，細小通長，當作『通中』。長丈餘，亦無節，可以爲射筒。筒及由梧，皆出交趾九真。」「筒」上奪「射」字，千里因之生誤。千里不知奪一「射」字，以「射」字乙置「筒」字下，云：「『射筒』當作『筒射』，各本皆倒，『筒』句絕，『射』下屬。」「此但可以爲筒耳，非單名筒也。」愚按：正文以竹名類廁，竹名「射筒」無疑也。謂之射筒者，筒者通簫也，引申之，凡通中者曰「筒」，此竹長丈餘而無節，與上文「箭竹，細小勁實，可以爲箭，通竿無節」正同，故云「亦無節」。惟箭竹實中無節，此通中無節，通中而宜作矢，故謂之射筒。曰「可以爲射筒」者，竹名、矢名皆曰「射筒」，猶竹名、矢名皆曰「箭」也。千里乃云此竹可以爲筒，不知作何等筒？且「射」字何解乎？戴凱之《竹譜》曰：「射筒，薄肌而最長，節中貯箭，因以爲名。」「節中貯箭」不可通，未聞每矢爲一筒函之者，且淵林云「無節」，此云「有節」，與淵林注異，要亦以射筒爲竹名，不云可以爲筒也。又，《吴都賦》：「楠榴之木。」淵林注云：「楠榴，木之盤結者，其盤節文尤好，可以作器。建安所出最大長也。」千里云：「『楠』當作『南』，南榴，複二字爲一木名，與『枏』之別體作『楠』無涉。誤也。」愚按：不誤，特「枏」之俗耳。「榴」乃「瘤」之誤，俗間傳寫失之。枏瘤之木，猶今人云「癭木」也。癭木多枏樹所生，故曰「枏瘤」。四川癭木器物皆出於枏，想建安亦多此也。古有爲《楠榴枕賦》者，爲《楠榴枕銘》者，「瘤」皆誤「榴」。「瘤」者，腫也。「癭」者，頸瘤也。木之瘤，似人之贅疣。庾子山《枯樹賦》云「戴癭銜瘤」。淵林云「建安所出最大長」，謂其癭瘤最長大也。章樵云：「木結成癭瘤，大如栲栳車輪者，割之有文。」千里乃欲改「枏」爲「南」，合二字爲木名，肊爲之説。凡其考異，觸目多誤，而「漢中沔陽」一條，尤可徵其懵懵於地理，惟大雅鑑定之。玉裁白。（《經韻樓集》卷一二）

（清）朱琰

【武林晤錢松南林索余何義門校定《文選》本，因與談古今文體升降，成長短句一章，即書其後】文選爛，秀才半，前人之言豈河漢？後來文士卑六朝，輘贏轢劉追陶姚。那知高論起風雅，徒使落筆空枝條。華實自相因，根植可抒藻。巍巍文選臺，屹立不易倒。東坡解事薄小兒，恐亦耳食未深討。讀書種子得義門，河源本會尋崑崙。剬經緝史有餘力，乃復來闖曹劉藩。目中一字不輕放，欲使臨文絶影響。從兹論辨始見真，譬若片言折堂上。吟才今日傳湘靈，夜照太乙然藜青。十年好古有元本，肯誇明月遺秋螢。（《晚晴簃詩匯》卷九三）

（清）桂馥

【李善引書】李善所引《蒼頡篇》《三蒼》《聲類》《字林》諸書，多依隨《文選》俗字，非本書原文。如引《説文》「仿佛」作「髣髴」，「輭」作「轜」，「隤」作「頹」，「玓瓅」作「的皪」，此類不可悉舉。或據爲本書左證，則因誤而誤矣。（《札樸》卷七）

## （清）孫志祖

【文選舊注】汪韓門《文選理學權輿》以類别爲八門，其「舊注」一門列舊作注者凡二十三人，然如《吴都賦》之劉成、殷仲文，云二人皆注，所引未詳何本。案：賦「平仲君遷」，注引劉成説。劉成不知何代人，未見其爲賦注。至「鳴條律暢」注云「殷仲文所謂幽律是也」，則明指仲文《南州桓公九井詩》「爽籟警幽律」語，其非賦注甚明。又《南都賦》注「立唐祀乎堯山」，注引皇甫謐曰「堯始封於唐，今中山唐縣是也」，蓋李善采謐《帝王世紀》語，謐必不爲本賦作注也，然則舊注之可考者，但二十人而已。（《讀書脞録》續編卷四）

## （清）蕭説

【文選樓】千載樓頭翰墨香，風流帝子説蕭梁。五臣才藻餘芳草，六代英靈聚夕陽。詩筆雀臺追魏植，名山雞籠跨齊良。簡文事業飄零盡，豈若維摩著作長。（《淮海英靈集》乙集卷三）

## （清）章學誠

【詩教上（節録）】後世之文，其體皆備於戰國，何謂也？曰：子史衰而文集之體盛；著作衰而辭章之學興。文集者，辭章不專家，而萃聚文墨，以爲蛇龍之菹也。後賢承而不廢者，江河導其勢不容復遏也。經學不專家，而文集有經義；史學不專家，而文集有傳記；立言不專家，即諸子書也。而文集有論辨。後世之文集，舍經義與傳記、論辨之三體，其餘莫非辭章之屬也。而辭章實備於戰國，承其流而代變其體制焉。學者不知，而溯摯虞所裒之《流別》，摯虞有《文章流別集》。甚且以蕭梁《文選》，舉爲辭章之祖也，其亦不知古今流別之義矣。今即《文選》諸體，以徵戰國之賅備。摯虞《流別》，孔逭《文苑》，今俱不傳，故據《文選》。京都諸賦，蘇、張縱横六國，侈陳形勢之遺也。《上林》《羽獵》，安陵之從田，龍陽之同釣也；《客難》《解嘲》，屈原之《漁父》《卜居》，莊周之惠施問難也。韓非《儲説》，比事徵偶，《連珠》之所肇也。前人已有言及之者。而或以爲始於傅毅之徒，傅玄之言。非其質矣。孟子問齊王之大欲，歷舉輕煖肥甘，聲音采色，《七林》之所啓也；而或以爲創之枚乘，忘其祖矣。鄒陽辨謗於梁王，江淹陳辭於建平，蘇秦之自解忠信而獲罪也。《過秦》《王命》《六代》《辨亡》諸論，抑揚往復，詩人諷諭之旨，孟、荀所以稱述先王，儆時君也。屈原上稱帝嚳，中述湯、武，下道齊桓，亦是。淮南賓客，梁苑辭人，原、嘗、申、陵之盛舉也。東方、司馬，侍從於西京；徐、陳、應、劉，徵逐於鄴下，談天雕龍之奇觀也。遇有升沉，時有得失，畸才彙於末世，利禄萃其性靈，廊廟山林，江湖魏闕，曠世而相感，不知悲喜之何從，文人情深於《詩》《騷》，古今一也。

【詩教下（節録）】論文拘形貌之弊，至後世文集而極矣。蓋編次者之無識，亦緣不知古人之流別，作者之意指，不得不拘貌而論文也。集文雖始於建安，魏文撰徐、陳、應、劉文爲一集，此文集之始，摯虞《流別集》，猶其後也。而實盛於齊、梁之際；古學之不可復，蓋至齊梁而後蕩然矣。摯虞《流別集》乃是後人集前人。人自爲集，自齊之《王文憲集》始，而昭明《文選》又爲總集之盛矣。范、陳、晉、宋諸史所載，文人列傳，總其撰著，必云詩、賦、碑、箴、頌、誄若干篇，而未嘗云文集若干卷；則古人文字，散著篇籍，而不强以類分可知也。孫武之書，蓋有八十二篇矣，説詳外篇《校讎略》中《漢志兵書論》。而闔閭以謂「子之十三篇，吾既得而見」，是始《計》以下十三篇，當日別出獨行，而後世始合之明徵也。韓非之書，今存五十五篇矣。而秦王見其《五蠹》《孤憤》，恨不得與同時。是《五蠹》《孤憤》，當日別出獨行，而後世始合之明徵也。《吕氏春秋》自序，以爲良人問十二紀，是八覽六論，未嘗入序次也。董氏《清明》《玉杯》《竹林》之篇，班固與《繁露》並紀其篇名，是當日諸篇，未入《繁露》之書也。夫諸子專家之書，指無旁及，而篇次猶不可强繩以類例，況文集所裒，體制非一，命意各殊，不深求其意指之所出，而欲强以篇題形貌相拘哉！賦先於詩，騷別於賦，賦有問答發端，誤爲賦序，前人之議《文選》，猶其顯然者也。若夫《封禪》《美新》《典引》，皆頌也。稱符命以頌功德，而別類其體爲符命，則王子淵以聖主得賢臣而頌嘉會，亦當別類其體爲主臣矣。班固次韻，乃《漢書》之自序也。其云述《高帝紀》第一、述《陳項傳》第一者，所以自序撰書之本意，史遷有作於先，故己退居於述爾。今於史論之外，別出一體爲史述贊，則遷書自序，所謂作《五帝紀》第一、作《伯夷傳》第二者，又當別出一體爲史作贊矣。漢武詔策賢良，即策問也。今以出於帝制，遂於策問之外，別名曰詔。然則制策之對，當離諸策而別名爲表矣。賈誼《過秦》，蓋《賈子》之篇目也。今傳《賈氏新書》，首列《過秦》上下二篇，此爲後人所輯定，不足爲據。《漢志》，《賈誼》五十八篇，又賦七篇，此外別無論著，則《過秦》乃《賈子》篇目明矣。因陸機《辨亡》之論，規仿《過秦》，遂援左思「著論準《過秦》」之説，而標體爲論矣。左思著論之説，須活看，不可泥。魏文《典論》，蓋猶桓子《新論》、王充《論衡》之以論名書耳。《論文》，其篇目也。今與《六代》《辨亡》諸篇，同次於論；然則昭明自序所謂「老、莊之作，管、孟之流，立意爲宗，不以能文爲本」，其例不收諸子篇次者，豈以有取斯文，即可裁篇題論，而改子爲集乎？《七林》之文，皆設問也。今以枚生發問有七，而遂標爲七，則《九歌》《九章》《九辨》，亦可標爲九乎？《難蜀父老》，亦設問也。今以篇題爲難，而別爲難體，則《客難》當與同編，而《解嘲》當別爲嘲體，《賓戲》當別爲戲體矣。《文選》者，辭章之圭臬，集部之準繩，而淆亂蕪穢，不可殫詰；則古人流別，作者意指，流覽諸集，孰是深窺而有得者乎？集人之文，尚未得其意指，而自裒所著爲文集者，何紛紛耶？（以上《文史通義校注》卷一）

【葛板韓文書後（節録）】前人文集，非特校正爲難，即編次篇第，亦不易易。蓋不明著作之意及文字承用體裁，鮮有能得當者。世俗習而不察，集部目次，多是率意編類。如賦先於詩，詩賦先於衆體，乃是昭明《文選》一時陋例。而文人編集，遂爲千古典型，尤可異也。（《章氏遺書》卷一三《校讎通義》外篇）

【方志立三書議（節録）】凡欲經紀一方之文獻，必立三家之學，而始可以通古人之遺意也。仿紀傳正史之體而作志，仿律令典例之體而作掌故，仿《文選》《文苑》之體而作文徵。……或曰：選事仿於蕭梁，繼之《文苑英華》與《唐文粹》，其所由來久矣。今舉《文鑑》《文類》始演風詩之緒，何也？曰：《文選》《文苑》諸家，意在文藻，不徵實事也。《文鑑》始有意於政治，《文類》乃有意於故事，是後人相習久，而所見長於古人也。……或曰：《文選》諸體無所不備，今乃歸於風詩之流别，何謂也？曰：説詳《詩教》之篇矣，今復約略言之。《書》曰：「詩言志。」古無私門之著述，經子諸史，皆本古人之官守，詩則可以惟意所欲言。唐宋以前，文集之中無著述，文之不爲義解經學、傳記史學、論撰子學諸品者，古之始稱之爲文。其有義解、傳記、論撰諸體者，古人稱書不稱文也。蕭統《文選》合詩文而皆稱爲文者，見文集之與詩同一流别也。今仿《選》例而爲《文徵》，入選之文雖不一例，要皆自以其意爲言者，故附之於風詩也。（同上書卷一四《方志略例》一）

【與甄秀才論文選義例書】辱示《文選義例》，大有意思。非熟知此道甘苦，何以得此？第有少意商復。夫踵事增華，後來易爲力，括代總選，須以史例觀之。昭明草創，與馬遷略同。由六朝視兩漢略已，先秦略之略已。周則子夏《詩序》、屈子《離騷》而外，無他策焉，亦猶天漢視先秦略已，周之略之略已。五帝三王則本紀略載而外，不更詳焉。昭明兼八代，《史記》采三古，而又當創事，故例疏而文約。《文苑》《文鑑》，皆包括一代，《漢書》《唐書》，皆專紀一朝，而又藉前規，故條密而文詳。《文苑》之補載陳、隋，則續昭明之未備；《文鑑》之並收制科，則廣昭明之未登。亦猶班固《地志》之兼采《職方》《禹貢》，《隋書》諸志之補述梁、陳、周、齊。例以義起，斟酌損益，固無不可耳。夫一代文獻，史不盡詳，全恃大部總選，得載諸部文字，於律令之外，參互考校，可補二十一史之不逮。其事綦重，原與揣摩家評選文字不同，工拙繁簡，不可屑屑校量。讀書者但當采掇大意，以爲博古之功，斯有益耳。

【駁文選義例書再答】來書云：「得兄所論《文選》義例，甚以爲不然。文章一道，所該甚廣，史特其中一類耳。選家之例，繁博不倫，四部九流，何所不有？而兄概欲以史擬之，若馬若班，若表若志，斤斤焉以蕭、唐諸選削趾適履，求其一得符合，將毋陳大士初學時文，而家書悉裁爲八股式否？東西兩京文字，入《選》寥寥，而班、范兩史排纂，遂爲定本。惟李陵塞外一書，班史不載，便近齊梁小兒。果《選》裨史之不逮乎？抑史裨《選》之不逮乎？編年有綱目，紀傳有廿一史，歷朝事已昭如日星，而兄復思配以文選，連床架屋，豈風雲月露之辭，可以補柱下之藏耶？選事仿於六朝，而史體亦壞於是，選之無裨於史明矣。考鏡古今，論列得失，在乎卓犖之士，不循循株守章句，孺歌婦歎，均可觀采，豈皆與史等哉？昔人稱杜甫詩史，而楊萬里駁之，以爲《詩經》果可兼《尚書》否？兄觀書素卓犖，而今言猶似牽於訓詁然者，僕竊不喜。或有不然，速賜裁示。」惠書甚華而能辨，所賜於僕，豈淺鮮哉？然意旨似猶不甚相悉，而盛意不可虚，故敢以書報。文章一道，體制初不相沿，而原本各有所自。古人文字，其初繁然雜出，惟用所適，豈斤斤焉立一色目，而規規以求其一似哉？若云文事本博，史特於中占其一類，則類將不勝其繁。伯夷、屈原諸傳，夾叙夾議，而莊周、列子之書，又多假叙事以行文。兄以選例不可一概，則此等文字將何以畫分乎？經史子集，久列四庫，其原始亦非遠。試論六藝之初，則經目本無有也。大《易》非以聖人之書而尊之，一子書耳。《書》與《春秋》，兩史籍耳。《詩》三百篇，文集耳。《儀禮》《周官》，律令會典耳。自《易》藏太卜而外，其餘四者，均隸柱下之籍。而後人取以考證古今得失之林，未聞沾沾取其若綱目紀傳者，而專爲史類。其他體近繁博，遽不得與於是選也。《詩》亡而後《春秋》作，《詩》類今之文選耳，而亦得與史相終始，何哉？土風殊異，人事興衰，紀傳所不及詳，編年所不能録，而參互考驗，其合於是中者，如《鴟梟》之於《金縢》，《乘舟》之於《左傳》之類；其出於是外者，如《七月》追述周先，《商頌》兼及異代之類，豈非文章史事，固相終始者與？兩京文字入《選》甚少，不敵班、范所收，使當年早有如選《文苑》

其人，裁爲大部盛典，則兩漢事跡，吾知更赫赫如昨日矣。史體壞於六朝，自是風氣日下，非關《文選》。昭明所收過略，乃可恨耳。所云不循循株守章句，不必列文於史中，顧斤斤畫文於史外，其見尚可謂之卓犖否？楊萬里不通太史觀風之意，故駁「詩史」之説，以兄之卓見而惑之，何哉？（以上同上書卷一五《方志略例》二）

【和州文徵叙録（節録）】自孔逭《文苑》、蕭統《文選》而後，唐有《文粹》，宋有《文鑑》，皆括代選文，廣搜衆體，然其命意發凡，仍未脱才子論文之習，經生帖括之風，其於史事，未甚親切也。至於元人《文類》，則習久而漸覺其非。故其撰輯文辭，每存史意，序例亦既明言之矣。……又古人云：「誦其詩，讀其書，不知其人可乎？」作者生平大節，及其所著書名，似宜存李善《文選注》例，稍爲疏證。（《章氏遺書外編》卷一八）

【又答朱少白書（節録）】昔爲先師别傳，載《文鳥賦》，稍有删易字句。邵先生以書來問，謂《史》《漢》載楊、馬諸賦，從無改易之例，因問出何典故。惟時兒子率以《文選》諸賦恐原從《史》《漢》録出，未必即是班馬原文爲對。其實亦不必如此説也。楚狂接輿之歌，《論語》略而《莊子》詳，則詩賦韻語，古人不妨隨意改易之明證矣。

【修湖北通志駁陳熷議（節録）】駁議曰：……於《文徵》則猥取正史全傳。考《文徵》叙例自云仿《文選》《文粹》，而昭明之書，止有史論、史述贊二類，未嘗録取全傳。《文苑英華》所録傳者，如

《毛穎傳》《梓人傳》之類，皆游戲之作，與正史列傳迥乎不侔。至宋以後，乃有將《左》《國》《史》《漢》叙事節入文鈔者，降經史爲總集，昔人譏之久矣。作者如此，豈非自亂其例乎？……（編者按：以上爲陳熷駁議，以下爲章學誠所答。）志既犁正傳例，以見別裁去取之不苟矣，又慮見人物表者，以謂安得人皆家藏全史，於是全録史傳，入於《文徵》，備人查考，立例亦可謂精矣。《文徵》云者，言求之於志而不得，惟此可以備徵求也。本非《文選》一例，所以云仿《文選》《文粹》云云者，言鈔集見成之文，非纂録亦非撰著之書云爾。該員執殺「文選」二字，欲將今日世界全同六朝，反謂作者自亂其例，不自知其文理尚未通也。夫《文選》《文粹》《文鑑》《文類》，乃總集之大宗，若論與史相輔，則《文鑑》《文類》實勝《文選》《文粹》。蓋蕭《選》、姚《粹》，義主文彩，吕《鑑》資於治理，蘇《類》通乎掌故，前人亦已言之。該員何所見解，而以宋人之例謂非耶？……夫總集始於六朝，實輯諸家之別集而成書，故別集所有，則總集亦有，別集所無，總集自然無之。非《文選》《文粹》不載傳也，彼時文人集中無傳體也。宋元以後，文集多傳，則總集因別集而收之。（以上《章氏遺書補遺》）

## （清）孫梅

【四六叢話·凡例（節録）】《選》實駢儷之淵府，《騷》乃詞賦之羽翼。杜少陵云：「熟精《文選》

理。」王孝伯云：「熟讀《離騷》，便成名士。」是知六朝、唐人詞筆迥絶者，無不以《選》《騷》爲命脈也。是編以二者建爲篇首，欲志今體者探本窮源、旁搜遠紹之意。（《四六叢話》卷首）

【四六叢話·選二】文之爲言，合天人以炳耀；《選》之爲道，從精義以入神。《選》而不文，非他山之瑜瑾；文而非《選》，豈麗制之淵林？若乃懸衡百代，揚榷群言，進退師於一心，總持及乎千載，吾於昭明氏見之矣。夫一言以知畯蔑，知人難矣，未若知言之難也；後世必有子雲，知言難矣，未若知文之尤難也。更二難以課最，包載籍以爲程，著述以來，僅有斯作。夫陶冶墳素者本於學，筦攝人文者係乎才。《南華》非出僻書，《左》《史》焉知問遠？少見多怪，膚受淺中，學不博者，固未足以論文。又或識鮮通變，質本下中，辨鼎得贗，買璞誤鼠，才不高者，亦無以枋《選》。同時俊彦，希望苑於青冥；千古斯文，感高樓之風雨。撲厥所長，大體有五：曰通識。五經紛綸，而通釋訓詁者有《爾雅》；諸史肹蠁，而通述紀傳者有《史記》。《選》之爲書，上始姬宗，下迄梁代，千餘年間，藝文備矣。質文升降之故，風雅正變之由，雲間日下，接跡於簡編；漢妾楚臣，連衡於辭翰。其長一也。曰博綜。自昔文家，尤多派别。《文志》表江左之盛，《典論》詮鄴下之賢。《選》之所收，或人登一二首，或集載數十篇。詩筆不必兼長，淄澠不必盡合。《詠懷》《擬古》，以富有争奇；玄虚、簡棲，以單行示貴。其長二也。曰辨體。風水遭而斐亹作，心聲發而典要存。敬禮工爲小文，長卿長於典册。體之不圖，文於何有？分區别類，既備之於篇；溯委窮源，復辨之於序。勿爲翰林主人所嗤，匪供兔園册子之用。其長三也。曰伐材。文字英華，散在四部。窺豹則已陋，祭獺則無工。惟沈博絶麗之文，多左右采獲之助。「王孫」、「驛使」，雅故相仍；「天雞」、「蹲鴟」，繽紛入用。是猶陸海探珍，鄧林擷秀也。其長四也。曰熔範。文筆之富，浩如淵海；斷制之精，運於鑪錘。使漢京以往，弭抑而受裁；正始以還，激昂而競響。雖《禊序》不收，少卿僞作，各有指歸，非爲謬妄。謂小兒强解事，此論未公；變學究爲秀才，其功實倍。其長五也。有唐而後，家置一編。杜陵有言，熟精斯理。引伸觸類，門户滋多。孟利貞、卜長富撰《續文選》若干卷，卜隱之撰《擬文選》若干卷。齊、晉列附庸之盟，規矩存高曾之舊。又姚鉉《文粹》、吕祖謙《文鑑》，兹非其支流遺裔歟？此廣續家也。李善廣釋事類，子邕别標義藴，五臣又爲輯注，合善本爲六臣注。援毛、鄭蟲魚之勤，達向、郭筌蹄之表，固屬蕭氏之功臣，抑亦百家之肴饌。此注釋家也。監庫鏤板而後，景文手寫之餘，發哲匠之巧心，係前修之緒論，丹鉛所在，不可廢也。此評論家也。余既有《叢話》之役，以爲四六者，應用之文章；《文選》者，駢體之統紀。《選》學不亡，則詞宗輩出。名川三百，譬穴導以先河；靈芝九莖，及青春而晞露。摭拾陳編，建爲篇首。考金臺之遺址，辨玉樹之殊名。徵騶虞之名官，識《擊壤》之應樂。談柄方升，咫聞非鮮。叙《選》第一。（同上書卷一）

彦和則探幽索隱，窮形盡狀。五十篇内，歷代之精華備矣。其時昭明太子纂輯《文選》，爲詞宗標

準。彦和此書，實總括大凡，妙抉其心。二書宜相輔而行者也。（同上書卷三一）

## 附録

（清）阮元

【四六叢話後序（節録）】夫以子若彼，以史若此，方之篇翰，實有不同。惟楚國多才，靈均特起，賦繼孫卿之後，詞開宋玉之先，隱耀深華，驚采絶豔。故聖經賢傳，六藝於此分途；文苑詞林，萬世咸歸圍範矣。洎夫賈生、枚叔，並轡漢初；相如、子雲，聯鑣西蜀。中興以後，文雅尤多。孟堅、季長之倫，平子、敬通之輩，綜兩京文賦，諸家莫不洞穴經史，鑽研六書，耀采騰文，駢音麗字。故雕蟲繡帨，擬經者雖改修途；月露風雲，變本者妄執笑柄也。建安七子，才調輩興；二祖陳王，亦儲盛藻。握徑寸之靈珠，享千金於荆玉。至於三張、二陸、太沖、景純之徒，派雖弱於當塗，音尚聞夫正始焉。文通、希範，並具才思；彦升、休文，肇開聲韻。輕重之和，擬諸金石，短長之節，雜以《咸》《韶》。蓋時會使然，故元音盡泄也。孝穆振采於江南，子山遷聲於河北。昭明勒選，六代範此規模；彦和著書，千古傳兹科律。……凡此評文之語，勒成講藝之書。四駢六儷，觀其會通；七曜五雲，考其沈博。而且體分十八，已括蕭、劉；序首二篇，特標《騷》《選》。比青麗白，卿雲增黼黼之輝；刻羽流商，天籟遏笙簧之響。使非胸羅萬卷，安能具此襟期？（同上書卷首）

（清）洪亮吉

李善《文選注》，成於唐顯慶三年，而《三都賦》皆標題云「劉淵林注」，恐係後人追改。《蜀都賦》注引《管子》曰「四民雜處」，即改「民」作「人」，豈其避太宗諱，而不避高祖諱者乎？

李善注《文選》，雖止究音訓，然亦間正文義，如江淹《恨賦》「或有孤臣危涕，孽子墜心」，善注云：「心當云危，涕當云墜，江氏好奇，故互文以見義耳。」然實亦不然。《漢書·揚雄傳》「猋泣雷厲」，既可云「猋泣」，即可云「危涕」，字書亦云：「猋，疾也。」又昔人云「心膽俱墜」，則「墜心」亦無不可。蓋江氏雖好奇，而亦無礙義訓也。

揚州舊城有文選樓，士人相傳，以爲梁昭明撰《文選》之處，不知非也。昭明未嘗至揚州，蓋實隋曹憲注《文選》之樓。李善即憲弟子，亦州人也。余曾有詩正之曰：「隋唐開選學，曹李足名家。一代人材盛，兹樓歲月賒。户通金屈戌，城傍玉鉤斜。借問今時彦，何人擅五車？」（以上《北江詩話》卷四）

李善注《文選》極該博，然間亦有遺前而引後者，如卷三十八樂府陸機《猛虎行》注，「人實難」本

《春秋》，是楚巫臣語，乃不引《左傳》，而引王粲《答蔡子篤詩》。《君子有所思行》，注「肉食」亦不引《左傳》曹劌，而引《説苑》東郭氏與晉獻公之答問。《吴趨行》「灼灼其華」當引《詩》毛傳，而反引《廣雅》，豈善注亦厭陳而好新耶？餘皆可類推。（《曉讀書齋雜録》二録卷下）

## （清）闕名

黄涪翁曰「不知三代以上更讀何書」，真慧人語。僕始閲蕭《選》，竊反其語，謂不知漢、魏、六朝以下更作何語。及見唐人詩集，乃知尚有如許文字，却又思向未見漢、魏、六朝詩，不得不作涪翁設想。（《静居緒言》）

## （清）張雲璈

【注例説】李氏之注《文選》自有其例，不明其例，則李注之次第不可得而知也，凡五臣注闌入李氏者，不可得而知也。且非五臣注而闌入李氏者，更不可得而知也。例者何？如：諸引文證，皆舉先以明後，以示作者必有祖述也，或引後以明前，示不敢專也。又如：同卷再見者，則云已見上文，其他卷再見者，云已見某篇，務從省也。舊注並於篇首題其姓名，有乖謬乃具釋，必稱善以别之，不攘人以爲己有也。其引《詩》如自引則稱《毛詩》，若舊注所引則止云《詩》，蓋劉淵林、張孟陽諸人之注引《詩》未必是《毛詩》，觀《魏都賦》「牒牒坰野」注可見也。引《漢書》如太子報桓榮書之在《榮傳》，谷永與王譚書之在《永傳》之類，不稱班、范二史也。音釋多在注末，而不在正文下，凡音在正文下者，皆非李氏舊也。稱「然」則必單用「然」字，此通注中悉如此，其有「則」字者，後人誤增也。凡此皆李氏注一定之例。其後輾轉合併，遞相羼雜，往往舛錯，幾不可讀，顯慶奏上之本，無復廬山真面目矣。何義門、陳少章據袁本、茶陵本，雖句櫛字比，僅得十之四五。近鄱陽胡果泉中丞據宋淳熙尤延之貴池重鋟本，參以袁、茶之校而互訂之，成《考異》十卷，反覆詳論李氏之舊，雖未能盡復，然已思過半矣。胡氏言《文選》之異起於五臣，然有五臣而不與善注合併，即合併矣，而未經合併者具在，即任其異而弗考，無不可也。今世所存僅袁、茶及尤延之本，或沿前而有訛，或改舊而成誤，割裂删削，殊非崇賢舊觀。是李氏之注一厄於五臣之合併，再厄於尤氏之增删。故五臣而闌入李氏者猶可考，有非五臣而闌入李氏者無從考正也。惟一準乎注例，尋流而溯源，或不致迷途之難返云爾。（《選學膠言》卷一）

（清）陳鱣

【文選詩題説】近日試士詩題多出《文選》句。有某學使試蘇州府屬諸生，以「東琴不隻彈」爲題，場中謬然，謂「琴」字有誤，使者茫無應也。或改李義山詩云「錦瑟無端作七弦」，一時傳爲笑語。按《文選》盧子諒《覽古詩》云：「西缶終雙擊，東瑟不隻彈。」李善注：「西缶、東瑟，已見《西征賦》。」宋本及元張伯顔重刊本皆如此。復考《西征賦》云：「恥東瑟之偏鼓，提西缶而接刃。」李善注引《史記》「趙王與秦王會于澠池，秦王請奏瑟，趙王鼓瑟」云云，則作「東瑟」無疑。惟五臣注本《覽古詩》作「東琴」，然吕延濟亦引《史記》「秦王請奏瑟，趙王鼓瑟」之文，下云「實鼓瑟而言琴者，文之失矣」，是濟已改正作「瑟」，故宋時合刻六臣注於詩本文作「瑟」，注云：「五臣作琴。」自明毛氏汲古閣刻李善注《文選》，反將詩及注並改作「琴」，與《西征賦》不照，殊爲疏失，以致後人承誤。甚矣，書之不可不校也！楊文公《談苑》載淮南張佖知舉進士，試「天雞弄和風」詩，佖但以《文選》中詩句出題，未曾詳究。有進士白試官云：「《爾雅》天雞有二，未知孰是。」佖大驚，不能對，亟取《爾雅》檢《釋蟲》有「螒，天雞」，《釋鳥》有「鶾，天雞」。江東士人深于學問有如此者。又《能改齋漫録》載袁州自國初以來解額以三十人爲率，仁宗時查拱之郎中知郡，秋試進士，以「黄華如散金」爲詩題，舉子多以秋景賦之，惟六人不失詩意，由是只解六人，後遂爲額。無名子嘲之曰：「錯認黄華作鞠華。」此二條與近事正相類。「天雞」句見謝靈運《湖中瞻眺詩》，李善注引《釋鳥》，李周翰注亦云鳥名，當時何未審及。「黄華」句見張季鷹《雜詩》，首云「莫春和氣應」，明是春景，乃秋試取此爲題，宜多以秋景賦之者，良由讀《文選》未熟耳。然宋初《文選》刊布未廣，如陶岳《五代史補》云：「毋昭裔貧時借《文選》于交游間，人有難色，發憤曰：『異日若貴，當版以鏤之遺學者。』」可見是時從事《選》學尚難。今則刻本盛行，人各有編，而謬種流傳，罕能是正文字，又奚論熟精《文選》理哉？（《簡莊文鈔》卷六）

（清）鄒炳泰

《選》學不可不講，少陵詩聖，其云「續兒誦《文選》」，又云「熟精《文選》理」，又云「清新庾開府，俊逸鮑參軍」，服膺《選》詩至此。宋景文亦自言手抄《文選》三過。蓋《選》學精博，諸家都從此出。劉辰翁謂「詩至《文選》一厄」，宜爲後人詆諆。

《唐書·儒學傳》：隋祕書學士江都曹憲以昭明《文選》授同郡魏模、公孫羅、江夏李善，於是其學大興。李善《文選》學蓋本於憲。然李濟翁《資暇録》云李善注《文選》有初注、再注，以至四五注者，非墨守師説者也。蘇子由注《老子》，亦自言晚年於舊注多所改定。洵乎注書之難也。

（以上《午風堂叢談》卷三）

（清）石韞玉

【與王念豐論文書（節録）】昨承麈教，談及古文辭，今惟《選》學可以名家。退而思其義，竊未見其必然。……不佞不學《選》，非無説也。言者心之聲，必有賢良方正之人，而後有光明俊偉之文。子雲、相如，《選》中巨擘，然相如《封禪》，導天子侈心，雄頌莽功德，皆非諠士。至於陸機、陸雲、左思、潘岳、劉琨之徒，結黨外戚，稱二十四友，相繼誅僇，身喪名裂，私心鄙其人，因而薄其文。（《獨學廬初稿》文卷三）

【顧仲山遺稿序（節録）】近三十年來，吾鄉之文凡三變。嘉慶初，當路者有愛古之心，而學者遂於《竹書》《路史》汲冢古文，摘其隱詞僻字，以矜其淹雅，而文一變。其後崇尚《選》學，雕章琢句，煽鶴栖蘭雪之餘習，而文又一變。（《獨學廬五稿》文卷二）

（清）牟願相

古今第一無眼力人是昭明太子，其次便是從來讀《文選》之人。

《文選》古書，自當愛惜。顧世人奉之與《三百篇》等，讀者謂之讀《選》，學者謂之學《選》，直欲易古詩之名，謂之《選》詩，可笑人也。吾思蘇東坡耳。

東坡不取《文選》與余同，東坡所以不取《文選》與余異。坡疑蘇、李「河梁」之詩爲僞撰，微論蘇、李，即《録别》擬作，亦非魏、晉所及。（以上《小澥草堂雜論詩》）

## （清）劉鳳誥

【丁卯江南鄉試策問五道其三】問：蕭統《文選》仿摯虞《文章流别》而博綜之，所選爲目凡幾？自陳隋後爲注、爲音、爲音義者幾家，或佚或存，能備識否？李善精《選》學，何以當時有「書簏」之稱？善既自爲注，其子邕何以復加注之？兩注兼行，以何爲别？五臣注集自何人？五臣未注以前，注而未就者何人？蘇軾斥五臣爲陋儒，謂不及善，後人并善元注合爲一書，名「六臣注」，今汲古閣本獨存善注，仍題六臣，何耶？善本所載，原文與六臣本多異，能略舉歟？所摭舊注，如《吴都》《西征》二賦，有未備者，其採《兩京》《三都》，先録舊注，而下以「臣善曰」别之，失考者安在？唐人有廣之、擬之者，其書傳否？後代《文粹》《文鑑》《文類》，操選政者，孰堪繼美前軌歟？《皇朝文穎》一書，彪炳千古，行詔儒臣續輯，廣益鉅編，其以熟精《選》理，足供漱潤擒華之助者，具陳之。（《存悔齋集》卷八經進文）

## （清）朱錫庚

【李善注文選諸家刊本源流考】唐工部侍郎吕延祚以李善注猶未善，乃求得衢州常山縣尉吕延濟、都水使者劉承祖男良、處士張銑、吕向、李周翰等，是爲五臣集注《文選》，上表進之，時在開元六年也。後益以善注，是爲六臣注，今所見者，元刻大字本也。唐人謂五臣之與李善有虎狗鳳雞之喻，蓋詮釋字句所自出，明作者之源委，善注爲最詳。五代時《選》學盛行，士人每苦傳寫不易，毋昭裔開彫於蜀，是爲蜀本，今不可得見矣。南宋時尤延之袤獨取李善注專刻之，是爲遂初堂本。注內間有「臣呂向曰」、「臣張銑曰」等處，蓋于五臣注本采取未能盡者。尤延之本未幾燼于兵燹之中。元初知池州路總管府事張伯顏重刊于池，旋亦燬於火，傳之者絶罕，是爲張伯顏本。越十三載，同知府事張正卿俾邑學吴梓校補遺謬，復刊于池。海北海南道肅政廉訪使余璉爲之序，是爲三黑口本，亦稱余璉本。三黑口者，謂卷帙中縫流水上下之間，皆未鎸凈，故三處其口皆黑也。三黑口本明初其版猶存，其張伯顏銜名相沿未改。嘉靖間晉藩某得之，遂鑱去伯顏銜名，而易以「晉藩文思堂訂正重刊」九字，其余璉序猶存卷首，復冠以序云：「嘉靖四年，歲在乙酉，孟春吉旦，晉藩志道堂書於敕賜養德書院。」序文寥寥，殊無足采，是爲晉藩本。嗣後尚有汪刻本，余所未見。今之所行，明毛晉汲古閣本，章句多脱落，注且不全。如枚乘《七發》遺「太子有悦色也」、「然而有起色矣」一節，司馬長卿《上林賦》不標郭注，《宣德皇后令》失載任彦昇，至一篇中脱遺數句，不可殫述。至海録軒本仍原毛氏之本，加以何義門點評，以便詞章讀誦而已，葉氏序例云：「李善注孤行最久，明代張鳳翼作《纂注》，妄肆芟削，卷帙盡紊其舊，今悉仍汲古閣本，第繁蕪之病，善注誠所不免，兹于龐雜太甚者略爲翦截。」據此則葉氏本固無足取也。非學者所尚，固無關于資證也。余家所藏爲張伯顏初刻本，雖在延之之後，實爲余璉序刻之所祖，其鏤版工緻，筆畫遒勁，紙光墨色，純似宋刻之精者，絶非三黑口本之所能方擬。第三黑口本當余璉序刻時，張伯顔銜名相沿未改，故世人但以余璉序刻本即張伯顔本，不知别有伯顔真本在也。近來胡果泉中丞假得長洲周漪塘所藏本，仿照刻之，謂即尤延之本。以是本相較，其格式長短，字數多寡，竟與無二。而卷首張伯顔銜名，胡刻獨少此一行，其下頁行款字數，仍與此本毫無差别，殊未能明，豈胡中丞所刊，或即是本耶？聞之周漪塘藏本多所缺佚，影抄以補之者半，固又未若是本完好，隻字片頁無缺，尤足寶貴耳。且延之在南宋之末，伯顔在元之初，相去未及百年。延之刻甫成，遭于兵燹，伯顔刻方就，旋燬於火，其爲世所罕覯，則一也。今余璉序刻本已不可多得矣，矧延之與伯顔曷辨爲在元，曷辨爲在宋哉。又伯顔本每卷首題「奉政大夫同知池州路總管府事張伯顔助率重刊」，其余璉序中稱伯顔字正卿，而未詳其爲何處人。今據錢少詹事《養新録》云鄭元祐《僑吴集》有《平江路總管致仕張公壙誌》，稱張氏長洲之相城人，公諱世昌，字正卿，以謹節小心仕于朝，儤直殿廬，成宗賜名伯顔，由將作院判官累仕慶元路同知，延祐七年，陞奉政大夫池州路同知，泰定五年，改福寧州尹，後遷漳州路總管，告老，以平江路總管致仕。乃知伯顔初名世昌，自係淹雅君子也，並識於是。甲戌六月十九日維揚旅次，從江鄭堂假得余璉序刻本，秦敦夫假得晉藩本校勘，因書數則如右。（《朱少河先生雜著》）

## （清）焦循

【與孫淵如觀察論考據著作書（節録）】經學者，以經文爲主，以百家子史、天文術算、陰陽五行、六書七音等爲之輔，彙而通之，析而辨之，求其訓故，核其制度，明其道義，得聖賢立言之指，以正立身經世之法，以己之性靈，合諸古聖之性靈，并貫通於千百家著書立言者之性靈，以精汲精。非天下之至精，孰克以與此？不能得其精，竊其皮毛，敷爲藻麗，則詞章詩賦之學也。……蓋惟經學可言性靈，無性靈不可以言經學。故以經學爲詞章者，董、賈、崔、蔡之流，其詞章有根柢，無枝葉。……晉、宋以來，駢四儷六，間有不本於經者。於是蕭統所選，專取詞采之悦目，歷至於唐，皆從而仿之，習爲類書，不求根柢性情之正，或爲之汩，是又詞章之有性靈者，必由於經學，而徒取詞章者，不足語此也。（《雕菰集》卷一三）

## （清）成瓘

【文章總集之始（節録）】《文選》之傳於後有三本，有李善注《文選》六十卷，有吕延祚所上吕延濟、劉良、張銑、吕向、李周翰五臣注《文選》三十卷。據昭明原叙，止言三十卷，豈李善作注析爲六十卷，五臣乃依昭明本次歟。不知何人又合兩本而一之，題曰「六家文選」，分卷則依李氏之六十，賦則起甲而訖癸，詩則起甲而訖庚，不依甲乙並除之例。李注云：舊題甲乙，所以紀卷先後，今卷既改，故甲乙並除，存其首題，以明舊式。文字多有不同，而注之繁簡亦異。豈唐宋以來，其書大重，不免家自爲書，其流傳後世者，遂有數本歟。《隋》《唐》二志多有《文選音》及《文選音義》，李善又撰《文選辨惑》，《太平御覽》所引有《文選姓名録》，其學爲古今所重久矣。

鄒平張忠定公得宋刻《文選》一部，特構一屋以庋之，且取古人命齋之意，亦命曰「蕭齋」。忠定之孫有詩人，自號曰「蕭亭」，當是沿此意也。朱竹垞《曝書亭集》云有宋本《文選》，崇寧五年鏤板，政和元年畢工，序尾識云「見在廣都縣北門裴宅印賣」，每本有徐賁私印，太倉王氏賜書堂印記。集中又云《文選·古詩十九首》，以徐陵《玉臺新詠》勘之，枚乘詩居其八，至《驅車上東門》，載《樂府·雜曲歌辭》，其餘六首，《玉臺》不録。就《文選》第十五首考之，「生年不滿百，長懷千載憂。晝短而夜長，何不秉燭游」，則《西門行》古辭也。古辭：「夫爲樂，爲樂當及時，何能坐愁怫鬱，當復來兹。」而《文選》改曰「爲樂當及時，何能待來兹」。又「貪財愛惜費，但爲後世嗤」，而《文選》改曰「愚者愛惜費」。又「自非仙人王子喬，計會壽命難與期」，而《文選》改「仙人王子喬，難可與等期」，裁長短句作五言，移易其前後，雜《十九首》内，没枚乘等姓名，皆出文選樓中諸學士之手。按：朱所譏良是。朱又據劉知幾所疑李陵《答蘇武書》爲齊梁文士擬作，蘇子瞻所疑河梁五言贈答，亦後人所擬，力詆文選樓學士作僞，固鄰於逆詐，而諸學士亦

無以自白矣。（以上《篛園日札》卷六）

## （清）阮元

【揚州隋文選樓記】揚州舊城文選樓、文選巷，考古者以爲即曹憲故宅，《嘉靖圖志》所稱「文選巷」者也。宋王象之《輿地紀勝》於揚州載文選樓，注引《舊圖經》云：「文選巷即其處也。煬帝嘗幸焉。」元案新舊《唐書》，曹憲，江都人，仕隋爲秘書學士，聚徒教授，凡數百人，公卿多從之游。於小學尤邃。自漢杜林、衛宏以後，古文亡絶，至憲復興。煬帝令與諸儒撰《桂苑珠叢》，規正文字。又注《博雅》。貞觀中，以宏文館學士召，不至，即家拜朝散大夫。卒，年百五歲。憲始以梁昭明《文選》授諸生，而同郡魏模、公孫羅、江都李善相繼傳授，於是其學大興。羅官沛王府參軍事，無錫丞。模，武后時爲左拾遺。模子景倩，官度支郎，及曹君門人句容處士許淹，皆世傳其學。善見子邕傳。又《李邕傳》云：「江都人。父善，有雅行，淹貫古今，不能屬辭，人號『書簏』。官太子内府録事參軍，顯慶中，累擢崇賢館直學士，轉蘭臺郎兼沛王侍讀。爲《文選注》，敷析淵洽，表上之，賜賚頗渥。除潞王記室參軍，爲涇城令，坐與賀蘭敏之善，流姚州。遇赦還，居汴、鄭間講授，諸生四遠至，傳其業，號『文選學』。善又嘗命子邕，北海太守、贈秘書監，補益《文選注》，與善書並行。」又《藝文志》載曹憲《爾雅音義》二卷、《博雅》十卷、《文字指歸》四卷、《桂苑珠叢》一百卷。李善注《文選》六十卷、《文選辨惑》十卷。公孫羅注《文選》六十卷、又《音義》十卷。曹憲《文選音義》幾卷。元謂古人古文小學與詞賦同源共流，漢之相如、子雲，無不深通古文雅訓。至隋時，曹憲在江、淮間，其道大明。馬、揚之學，傳於《文選》，故曹憲既精雅訓，又精《選》學，傳於一郡。公孫羅等皆有《選》注，至李善集其成。然則曹、魏、公孫之注，半存李善注中矣。憲于貞觀中年百五歲，度生于梁大同時，爾時揚州稱「揚一益二」，最殷盛。文選巷當是曹氏故居，即今舊城旌忠寺文選樓西北之街也。今樓中但奉昭明栗主，元以爲昭明不在揚州，揚州選樓因曹氏得名，當祀曹憲主，以魏模、公孫羅、李善、魏景倩、李邕、許淹配之。《唐書》於李善稱江夏人，而《李邕傳》則曰江都人，蓋江夏乃李氏郡望，《唐韻》載李氏有江夏望，《大唐新語》亦稱江夏李善，李白詩亦稱江夏李邕。是善、邕實江都人，爲曹、魏諸君同郡也。唐人屬文尚精《選》學，五代後乃廢棄之。昭明選例以沈思翰藻爲主，經、史、子三者皆所不選。唐、宋古文以經、史、子三者爲本，然則韓昌黎諸人之所取，乃昭明之所不選，其例已明著于《文選序》者也。《桂苑珠叢》久亡佚，間見引于他書，其書諒有部居，爲小學訓詁之淵海，故隋、唐間人注書引據便而博。元幼時即爲《文選》學，既而爲《經籍籑詁》一百十二卷，猶此志也。此元曩日之所考也。

嘉慶九年，元既奉先大夫命，遵國制立阮氏家廟，廟在文選樓、文選巷之間，廟西餘地，先大夫諭構西塾以爲子姓齋宿飲餕之所，元因請爲樓五楹，題曰「隋文選樓」。樓之上，奉曹君及魏君、公孫君、李君、許君七栗主；樓之下，爲西塾。經營方始，先大夫慟捐館舍，元于十年冬哀敬肯構之。越既祥，書此以示子孫，俾知先大夫存古跡、祀鄉賢、展廟祀之盛心也。元謹記。（《揅經室集》二集卷二）

【書梁昭明太子文選序後】昭明所選，名之曰「文」，蓋必文而後選也，非文則不選也。經也，子也，史也，皆不可專名之爲文也，故昭明《文選序》後三段特明其不選之故。必沈思翰藻，始名之爲文，始以入選也。或曰：昭明必以沈思翰藻爲文，於古有徵乎？曰：事當求其始。凡以言語著之簡策，不必以文爲本者，皆經也，子也，史也。言必有文，專名之曰文者，自孔子《易·文言》始。《傳》曰：「言之無文，行之不遠。」故古人言貴有文。孔子《文言》實爲萬世文章之祖。此篇奇偶相生，音韻相和，如青白之成文，如《咸》《韶》之合節，非清言質説者比也，非振筆縱書者比也，非佶屈澀語者比也。是故昭明以爲經也，子也，史也，非可專名之爲文也，專名爲文，必沈思翰藻而後可也。自齊、梁以後，溺于聲律，彦和《雕龍》，漸開四六之體。至唐，而四六更卑。然文體不可謂之不卑，而文統不得謂之不正。自唐宋韓蘇諸大家以奇偶相生之文爲八代之衰而矯之，于是昭明所不選者，反皆爲諸家所取，故其所著者，非經即子，非子即史，求其合于昭明序所謂文者，鮮矣；合于班孟堅《兩都賦序》所謂文章者，更鮮矣。其不合之處，蓋分于奇、偶之間。經子史多奇而少偶，故唐、宋八家不尚偶；《文選》多偶而少奇，故昭明不尚奇。如必以比偶非文之古者而卑之，則孔子自名其言曰「文」者，一篇之中，偶句凡四十有八，韻語凡三十有五，豈可以爲非文之正體而卑之乎？況班孟堅《兩都賦序》及諸漢文，其體皆奇偶相生者乎？《兩都賦序》白麟、神雀二比，言語、公卿二比，即開明人八比之先路。明人號唐、宋八家爲古文者，爲其别于《四書》文也，爲其别于駢偶文也。然《四書》文之體皆以比偶成文，不比不行，是明人終日在偶中而不自覺也。且洪武、永樂時《四書》文甚短，兩比四句，即宋四六之流派。弘治、正德以後，氣機始暢，篇幅始長，筆近八家，便于摹取，是以茅坤等知其後而昧于前也。是《四書》排偶之文，真乃上接唐、宋四六爲一脈，爲文之正統也。然則今人所作之古文，當名之爲何？曰：凡説經講學皆經派也，傳志記事皆史派也，立意爲宗皆子派也，惟沈思翰藻乃可名之爲文也。非文者尚不可名爲文，況名之曰古文乎。或問曰：子之所言，偏執己見，謬托古籍，此篇書後自居何等？曰：言之無文，子派雜家而已。

【與友人論古文書(節録)】夫勢窮者必變，情弊者務新。文家矯厲，每求相勝。其間轉變，實在昌黎。昌黎之文，矯《文選》之流弊而已。昭明《選序》，體例甚明，後人讀之，苦不加意。《選序》之法，于經子史三家不加甄録，爲其以立意紀事爲本，非沈思翰藻之比也。今之爲古文者，以彼所棄，爲我所取，立意之外，惟有紀事，是乃子史正流，終與文章有别。(以上《揅經室集》三集卷二)

【揚州隋文選樓銘】揚州隋文選樓巷，多見于宋王象之《輿地紀勝》等書。隋曹憲以《文選》學開之，唐李善等以注《選》繼之，非昭明太子讀書處也。羅願《鄂州集》所謂文選巷劉氏墨莊亦其地也。予之宅，爲選巷舊址。嘉慶十年冬，遵先大夫遺志，于家廟西建隋文選樓。樓下爲廟之西塾，樓上祀隋秘書監曹憲，以唐沛王府參軍公孫羅、左拾遺魏模、模子度支郎景倩、崇賢館直學士李善、善子北海太守邕、句容處士許淹配之。嘉慶十一年，服除，乃爲銘曰：文選樓巷，久著於揚。曹氏創隋，李氏居唐。祥符以後，厥有墨莊。阮氏居之，廟祀江鄉。建隋選樓，用別于梁。棟充書衺，窗散芸香。刻銘片石，樹我山牆。

【南宋尤本文選卷首畫象銘】蕭選曹注，學傳揚州。貞觀之後，是有選樓。貴池宋本，刊板始尤。海内罕覯，數帙僅留。雷塘庵主，樓居邗溝。錦緘展校，緗櫝曬收。繪象卷首，一笠横秋。（以上同上書四集卷二）

【文韻説】福問曰：「《文心雕龍》云：『今之常言，有文有筆。以爲無韻者筆也，有韻者文也。』據此，則梁時恒言有韻者乃可謂之文，而昭明《文選》所選之文不押韻脚者甚多，何也？」曰：「梁時恒言所謂韻者，固指押脚韻，亦兼謂章句中之音韻，即古人所言之宮羽，今人所言之平仄也。」福曰：「唐人四六之平仄，似非所論于梁以前。」曰：「此不然。八代不押韻之文，其中奇偶相生，頓挫抑揚，詠歎聲情，皆有合乎音韻宮羽者，《詩》《騷》而後，莫不皆然。而沈約矜爲創獲，故于《謝靈運傳論》曰：『夫五色相宣，八音協暢，由乎玄黄律吕，各適物宜。欲使宫羽相變，低昂互節，若前有浮聲，則後須切響。一簡之内，音韻盡殊；兩句之中，輕重悉異。妙達此旨，始可言文。』又曰：『自靈均以來，此秘未睹，至于高言妙句，音韻天成，皆暗于理合，匪由思至。』又沈約《答陸厥書》云：『韻與不韻，復有精粗，輪扁不能言之，老夫亦不盡辨。』休文此説，乃指各文章句之内有音韻宫羽而言，非謂句末之押脚韻也。即如雌霓連蜷，「霓」字必讀仄聲是也。是以聲韻流變而成四六，亦祇論章句中之平仄，不復有押脚韻也。四六乃有韻文之極致，不得謂之爲無韻之文也。昭明所選不押韻脚之文，本皆奇偶相生有聲音者，所謂韻也。休文所矜爲創獲者，謂漢、魏之音韻，乃暗合于無心，休文之音韻，乃多出于意匠也。豈知漢、魏以來之音韻，溯其本原，亦久出于經哉？孔子自名其言《易》者曰文，此千古文章之祖。《文言》固有韻矣，而亦有平仄聲音焉。即如『濕』、『燥』、『龍』、『虎』、『睹』上下八句，何等聲音，無論『龍』、『虎』二句不可顛倒，若改爲『龍』、『虎』、『燥』、『濕』、『睹』即無聲音矣。無論『其德』、『其明』、『其序』、『其吉凶』四句不可錯亂，若倒『不知退』于『不知亡』、『不知喪』之後，即無聲音矣。此豈聖人天成暗合，全不由于思至哉？由此推之，知自古聖賢屬文時亦皆有意匠矣。然則此法肇開于孔子而文人沿之，休文謂靈均以來，此秘未睹，正所謂文人相輕者矣。不特《文言》也，《文言》之後，以時代相次，則及于卜子夏之《詩大序》。序曰：『情發於聲，聲成文謂之音。』又曰：

『主文而譎諫。』又曰：『長言之不足，則嗟歎之。』鄭康成曰：『聲謂宫商角徵羽也。聲成文者，宫商上下相應。主文，主與樂之宫商相應也。』此子夏直指《詩》之聲音而謂之文也，不指翰藻也。然則孔子《文言》之義益明矣。蓋孔子《文言》《繫辭》亦皆奇偶相生，有聲音嗟歎以成文者也。聲音即韻也。《詩·關雎》『鳩』、『洲』、『逑』押脚有韻，而『女』字不韻，『得』、『服』、『側』押脚有韻，而『哉』字不韻，此正子夏所謂聲成文之宫羽也。此豈詩人暗于韻合，匪由思至哉？王懷祖先生云：『《三百篇》用韻，有字字相對極密，非後人所有者。如『有瀰』、『有鷕』，『濟盈』、『雉鳴』，『不』、『求』，『濡』、『其』，『軌』、『牡』，『鳳凰』、『梧桐』，『鳴矣』、『生矣』，『于彼』、『于彼』，『高岡』、『朝陽』，『菶菶』、『雍雍』，『萋萋』、『喈喈』，無一字不相韻。』此豈詩人天成暗合，全無意匠于其間哉？此即子夏所謂聲成文之顯然可見者。子夏此序，《文選》選之，亦因其中有抑揚詠歎之聲音，且多偶句也。鄉人、邦國，偶一；風、教，偶二；爲志、爲詩，偶三；手之、足之，偶四；治世、亂世、亡國，偶五；天地、鬼神，偶六；聲教、人倫、教化、風俗，偶七、八；化下、刺上，偶九；言之、聞之，偶十；禮義、政教，偶十一；國異、家殊，偶十二；傷人倫、哀刑政，偶十三；發乎情、止乎禮義，偶十四；謂之風、謂之雅，偶十五；繫之周、繫之召，偶十六；正始、王化，偶十七；哀窈窕、思賢才，偶十八。其偶之長者，如周公、召公，即比也。後世《四書》文之比，基于此。綜而論之，凡文者在聲爲宫商，在色爲翰藻。即如孔子《文言》『雲龍風虎』一節，乃千古宫商、翰藻、奇偶之祖；『非一朝一夕之故』一節，乃千古嗟歎成文之祖。子夏《詩序》『情文聲音』一節，乃千古聲韻性情排偶之祖。吾固曰：韻者即聲音也，聲音即文也。『韻』字不見于《説文》，而王復齋《楚公鐘》篆文内實有『韵』

字，從『音』從『勻』，許氏所未收之古文也。然則今人所便單行之文，極其奧折奔放者，乃古之筆，非古之文也。沈約之說，或可横指爲八代之衰體。孔子、子夏之文體，豈亦衰乎？是故唐人四六之音韻，雖愚者能效之，上溯齊、梁，中材已有所限，若漢、魏以上，至于孔、卜，此非上哲不能擬也。」（同上書續集卷三）

## （清）舒位

【青鎮梁昭明讀書臺懷古】我昔江都游，欲登文選樓。煙莎月笛發浩唱，長江之水東西流。昨從雙谿來，仍尋讀書臺。東宫三萬羽陵蠹，惟有石徑長林開。元瑜初降穎胄死，襄陽城中慶長子。雅耽文藝樂讌游，腰帶十圍善容止。後來陳隋擅詞藻，花月春江安足齒。蓬萊文章建安骨，五官八斗差堪擬。雕文小舸波粼粼，酒酣化作芙蓉雲。昭王南征乃不復，銅輦秋衾愁殺人。愁殺人，奈何許。高樓既已荒，層臺復爲宇。君不聞松篁夜夜吟風雨，還似維摩讀書處。（《缾水齋詩集》卷二）

【真州詠懷古跡詩·昭明讀書堂】在横山西，梁昭明太子嘗讀書於此。唐咸通中僧神堅以堂爲太子院，宋時城南有昭明祠。秋衾銅輦夢匆匆，腸斷臺城夕照中。文選樓開懷正序，讀書堂改記咸通。一家詞賦名山緑，六代烟花戰血紅。此是因緣香火地，東宫三萬歎飛蓬。（同上書卷一六）

**編者按**：《鉼水齋詩集》卷八有組詩詠《文選》中詩人，題曰：向讀《文選》詩，愛此數家，不知其人可乎？因論其世，凡作者十人，詩九首。十人爲曹操、阮籍、石崇潘岳（合一首）、陶潛、謝靈運、鮑照、謝朓、江淹、沈約。

## （清）顧廣圻

問：總集之類，蕭梁《文選》前何所昉，與之同例者凡有何書，可得而悉數之歟？昭明去取，意指曷在？問登僞作，厥有幾篇？高齋諸子，應能别識，豈其自有説歟？作者名氏自史岑、王康琚而外，求諸載籍，固皆班班有考歟？徐楚金説王簡栖之名是「屮」非「巾」，果何所據而云然也？李善作注，爲此書功臣，其發凡起例，俱自列於注中，通前徹後，條有若干？其援引之書，大半亡佚，依四部而列之，故書雅記種有若干？此諸書者，果唐初釐然具在乎，抑崇賢别有所自出乎？願剖析而言之。善所未詳，百有十四，後人間有補爲之説者，其當否何若？宜可平議也。爲音義者，厥有幾家？曹憲之學乃善先河，單詞剩義，亦尚有存焉者乎？説者謂宋世盛行合併六臣之本，而善之元書遂微。今之六十卷復出於何時，重定於何手，果能無失其舊乎？凡與五臣，孰爲異同長短，孰爲交錯紛互，能條分縷析一一臚陳之歟？專集所傳，史書所載，較此正文，出入不一，豈昭明、崇賢固然乎，抑流傳歧乎，其得失何如？宜可揚推也。善引舊注有灼然易知者，有終不能明者，總而計之，共有幾科？分而數之，各有幾事也？後世通儒

如洪容齋、王伯厚各家，著述議論，與此書每相關涉，能舉其切要而約言之歟？（《思適齋集》卷一七《策問》）

## （清）郭麐

【與汪楯庵論文書（節録）】昨見所鈔古文，上及《左》《國》《史記》，竊以爲不必然。嘗論文之爲體，當自漢始。周秦以來，其記事者，史之流也；其纂言者，子之流也，……皆非有意於爲文。……僕嘗又謂《文選》之文，止自漢始，最爲有識。後之論者，以昌黎「齊梁蟬噪」之語，謂六朝爲可廢，試思昌黎之言，論文乎，論詩乎？首言「周詩三百篇」，後言「有窮者孟郊」，郊非工於文者也，其《送東野序》亦然。陳子昂「文章道弊」之語，亦論詩也。詩至六朝，誠有繁縟骫骳之習，乃氣運使然。若其文則宏博巨麗，即韓、柳何嘗不從之出？至其變而復古，亦不得不爾，此豪傑所以自立，而不可遂抹摋前人，以爲六朝無文也。……若弟爲文而已，則竊以爲當自《文選》以下，從源尋流，由近及遠。

【與彭甘亭書（節録）】崇賢博精墳典，深知古義，疏典之外，別無賸詞。然「流光徘徊」，有「文外旁情」之論，嗣宗《詠懷》，載「明意略幽」之云。意主尚論，辭極明通，「書簏」之譏，殆近矯誣。其所闕如，五臣固不足證。至流傳互異，鈔録失真，不惟往者可參，亦後來不廢。（以上《靈芬館雜

著》續編卷四）

（清）張鑑

【隋文選樓銘】嘉慶十年，歲在旃蒙赤奮若涂月，吾師儀徵夫子既持喪服，遄歸揚州，以所居舊在文選樓巷側，爰築室於家廟之右，名曰「隋文選樓」者，蓋成其先大夫湘圃太夫子之志也。師自始學，即稟家訓，熟習《文選》。又奉過庭之言，以揚州爲曹憲教授之地，因謹其堂構，庀材鳩工，不侈而素，風雨是蔽。落成之日，奉曹氏以下七栗主於樓上。考隋唐之際，學者競尚浮靡，而曹氏獨述兩漢鴻文，貫通六代。然後江都李善繼之，開有唐一代詞學之先，不可謂不盛也。夫習其説而不知所始，與有其美而弗爲之彰，皆非仁人孝子之用心也。允宜經營恐後，以答先人之思，以牖後學之志。時鑑適來斯土，居是樓之上，遂謹爲之銘。銘曰：

粤在有梁，大文孕作。延英博望，藻思騰躍。笙匏六藝，權衡七略。詞林既搴，筆海是酌。錫名《文選》，咸用資度。爰逮大業，曹氏繼之。《廣雅》殫洽，《珠叢》奧奇。紹述先軌，訓迪來兹。宣講不倦，爲世宗師。施於唐代，斯學益治。維唐伊何，善、邕居首。父子殫思，其注不苟。聿開風力，海涵山負。調吹鐘律，毁棄瓦缶。洒洗淫哇，歸於敦厚。峨峨儀徵，世之通儒。少親庭訓，實遂鯉趨。尊其所聞，懷瑾握瑜。長益通方，橐筆直廬。長楊賦奏，天子曰都。既侯四方，多士允式。來旬來宣，舊學彌植。乙丑之秋，斬焉衰墨。首丘用仁，以返江國。德音孔彰，是用太息。維彼《選》學，萌芽蕪城。今我爰處，斯城之闉。土風是操，往哲以親。矧此榘矱，墨守先臣。如何堂構，而肯弗親？爰繩爰準，經營伊始。巘巘蜀岡，溓溓淮水。前枕通衢，右控修市。惟廟之側，百弓而已。公曰肇祀，毋泰而侈。迺構崇樓，離明辨方。蘭楯無飾，藻井不芳。寒燠審勢，疏密合章。外延流景，内照晨光。匪雕匪刻，燕息斯堂。亦有圖書，古籍是甄。長興麻沙，同條異貫。網羅放逸，鉤稽離散。蟫斷皀朽，冥求幽贊。墜緒茫茫，斯焉汗漫。中唐既甓，前植修林。靈草如積，石菌成陰。鏡鮮活水，鳴有珍禽。壁樹貞石，坐列吉金。綺繡不被，絲竹不淫。松桷有成，爰設栗主。惟曹正中，左右夾輔。有魏有李，昭穆子父。江陽公孫，句容之許。報以明禋，儷二於五。退息有室，庖湢有房。亦號家塾，亦名書倉。子弟之式，父兄之綱。作係前烈，以俾寖昌。君子有澤，其流必長。我求《文選》，古人所美。工部有言，精熟《選》理。凌顏轢謝，沾丐靡止。其次劍南，詩壇雄視。秀才之半，亦爛《選》爾。至於子京，掌録日勤。以筆代舌，用志不紛。惟此三賢，先典攸聞。以治其學，以昌其文。彼豈欺我，駿烈清芬。《選》學既衰，詁訓中輟。班馬字類，虛造滅裂。杜林黍篇，賈逵師説。如火銷膏，如湯沃雪。孰謂詞章，經術區别？斯樓之築，此邦之榮。入則有稽，出則有聲。魯廟之頌，王庭之賡。發言必度，有缶斯盈。豈惟阮氏，實賴成名。樓既覯止，書亦隨正。亥豕備忘，紂紅審定。五臣兼采，衆本互證。綜繁鉤要，耽思傍訊。以對先人，以詔後進。惟公暇日，登樓載觀。口講手畫，考古問難。弟子飫聞，退而即安。伸卷就誦，琅琅夜寒。亦知先德，心瘁力殫。鑑本浙産，夙奉明德。三年禮堂，遺言是憶。周覽廣輪，肅瞻跂翼。有倫有要，不僭不忒。先民之程，以爲典則。陋儒屬辭，實繁且蕪。銘無足觀，言則非誣。敢告斯邦，是究是圖。非汙所好，弗笑爲迂。有其舉之，式敬不渝。(《冬青館乙集》卷八)

## (清)彭兆蓀

【選注引書目録序】總集有選，肇始昭明。唐初江都李氏善與許淹、公孫羅並承曹憲爲《文選》學，轉相教授，而李注獨行。方雅清勁，《舊書》品其飭躬；敷析淵洽，《新書》稱其撰述。有初注、覆注、三注、四注，羅群玉之總總，該百氏之云云，非祇騁博，爲藝林山淵，兼擅析疑，資通儒考鏡。若桓譚、譚拾之殊，張釋、釋卿之誤。厮次無縣，《漢志》偶疏；思晦非騫，《梁典》或謬。牛子爲從而謁後，鴻飛何篡而舛慕。策邵不可爲營部，史岑不得頌和熹。骨母爲胥，溢溢作衍。九遷以一月爲一日，永始以四年爲三年。葛天之歌，張揖錯其文；韎昧之曲，左思復其字。守闕乃廣漢而非延壽，黜殯屬史魚而非柳莊。丁亥、丁未，辨日辰之差；中郎、侍郎，證官制之異。是皆稽覈豪芒，鈲摫紕繆，略舉數端，要可隅反。苟非精博絶出，何以臻此！顯慶三年，始進定本，開元六載，益以五臣。吕延濟輩檮昧寡學，迥非善倫。李匡乂《資暇録》辨寒鱉與芳蓮，邱光庭《兼明書》訂雲楶與藻棁，蘇氏《志林》嗤三殤之妄解，洪氏《隨筆》斥宗衮之誣説，其所抨擊炳炳矣。竊謂善注定宜專行，其所徵引秘牒墳委，《唐書·藝文志》遺佚已多，馬氏《經籍考》十裁一二。單辭有同於玉屑，隻字不殊於金版。宋深寧叟宏覽博物，卓躒古今，然九星三略之説，夏屋仁里之訓，翠粲官錦之文，跖蹻巢許之辨，率皆鉤剔疑互，藉爲資糧，非徒物析天雞，精擅試士；地詳茂苑，博誇吴宰而已。予自童少，迄於壯齒，偏歷寒燠，鋭心研摩，涯涘莫窮，津逮無盡。嘗欲取注中群籍已未佚者，分部列之，挈秘典之綱維，便汲古之檢閲。人事錯迕，忽忽未暇。近閲武林汪師韓《文選理學權輿》，中列目録一卷，計經類自傳訓以至小學、緯候、圖讖凡二百十六種；史類自正史以至别傳、譜牒、地理、術藝凡三百九十五種；子類自諸子以至兵書、道經、釋論凡一百六十九種；集類四十八種，詩一百五十四家，賦二百八家，頌、箴、銘、贊六十八家，碑三十三家，誄、哀辭、連珠五十家，詔、表、箋、啓三十八家，書八十九家，弔、祭文六家，序及雜文一百六家；舊注二十九家。其即入選之文，互引者不與焉。種别部分，秩如瞭如，學者校古，籍稽舊聞，寸簡在手，按圖可索。是亦衆絲之繫籆，散錢之貫繩也。近刻有孫志祖案語，中有未盡，覆加訂正，手録一册，弆之巾箱。或補或糾，分繫於下。汪書自有單行，此本取便尋討，蓋仿《七略》之義，條其衆篇，校四庫之目，斯爲獨古云。（《小謨觴館詩文集》文集卷二）

【校刊淳熙本《文選》將畢，戲占一絶句示澗蕡，時寓吴門玉清道院】落葉風前掃百回，江都絶學此重開。白雲洗出廬山面，只問何人屐齒來。

爛熟空誇《選》理精，淒風蕭寺剔寒檠。防他太學諸生笑，相對依然吃菜羹。（《小謨觴館詩續集》卷一）

【答姚春木書（節録）】閒嘗盱衡當代作者數人，迦陵、西河，承接幾社，《選》學未墜，殊有宗風。

【與劉芙初書（節録）】淳熙《文選》全袠已刊，近與澗蕡商榷考異。渠精力學識，十倍於蒙，探索研尋，匪朝伊夕。凡諸義例，半出創裁。間以黭淺，補苴其闕。聊撮厓略，爲足下陳之。夫善注在唐傳本匪一，時代綿遠，莫得而稽。逮乎五臣注行，動以意改，正文句字，寖失其真。後來刊《選》，合併六臣，迷相羼亂，崇賢舊觀，糾錯滋多。北宋單行善本未之獲覯，吴門袁褧以家藏崇寧舊籍影寫刊行，雖並五臣，要爲近古。茶陵陳仁子亦當宋末，其所據依足資考鏡。可證尤刻，惟此二書。餘如元張伯顔以後，遞有摹雕，要皆宋本之重儓，遂初之别子也。延之貴池之役，參校群籍，修改綦多，得失互陳，非盡善舊。而袁、茶陵二書校語如善作某、五臣作某，類即所見以爲標分，非必崇賢果真若是。盤錯疑互，職此之由。今兹考異，約有數端。其善、五臣之異同，有注文具在，可循文義定其是非，亦有注乏明文，旁引他篇以相較比。又他書可證，固所必援，亦有兩存，不宜輒改。注文彼此，固當互稽。然或概論，仍滋膠滯，甄綜鉤索，例非一端。實事求是，歸於當可。必無所考，則亦闕疑。其尤所增多，則以袁、茶陵有無相證。又推求善例，以決乖違。至於徵引群書,動多闕佚。其今所及睹,或散見古籍,時有牴牾,不皆符同。或本有古今,傳有同異,或善自删節,略殊元文。凡此諸端,宜仍其舊,弗概覼縷,以省繁支。實係舛訛,庶爲舉正。其《選》中諸文,分見史集,字句歧别,時有參差,是必疑義,乃爲剖明。餘或兩通,亦弗悉出。其他脱誤,何氏焯、陳氏景雲校勘而外,所得尚多,案其是非,訂其漏落。苟此本無誤,校語或乖,有載有删,隨文裁度,不復一一爲之糾繩。要使善與五臣,如篳汎畫塗,善本蓄疑,如昏情爽曙,求其可通易讀,非以示博誇多。如曼衍諸書,迭相比附,恐妨體要,非所敢爲。其諸條例,件係各卷,觀者循繹,自可得之。若夫義夥則例繁,例繁則詞費,或致棼亂,貽譏治絲。雖經審詳,恐猶不免,是在大雅有以匡之。(以上《小謨觴館文續集》卷一)

《文選》只要李善注,五臣竟不必看。鄱陽胡果泉漕督在蘇藩任時,重刊淳熙本爲第一。此我所手校,幸得顧君千里助我者。元張伯顔本次之。若無二書,則何校汲古閣本尚可。(《懺摩録》)

## (清)李兆洛

【答莊卿珊·附代作駢體文鈔序(節録)】夫文果有二宗乎?吾友李君申耆欲人知駢之本出於古也,爲是選以式之,而名之曰《駢體文鈔》,亦欲使人知古者之未離乎駢也。夫文之道盛於周,横於秦,尊於漢,澆於魏晉,縟於齊梁。昭明隱憂之,而有《文選》之作。其言曰「變本加厲」,可

謂微而顯矣。而後之論者輒以爲溺卑靡之習，吾焉知讀是編者不以爲昭明之重儓也。（《養一齋文集》卷八）

（清）黄承吉

【讀文選偶作】班傅相輕古所云，漫將覆瓿擬鴻文。《太玄》畢竟能傳後，莫笑當前揚子雲。二陸聲華滿洛中，聯翩真是出群雄。《三都》讀罷還低首，傖父由來亦巨工。阮公詩格最高騫，步武陳思屬後先。世上紛紛誇組繪，不知雲彩麗中天。刻意探奇入永嘉，敬亭山色亦堪誇。朅來五字開生面，江左登壇讓謝家。（《夢陔堂詩集》卷八）

【與梅藴生書（節録）】既爲君作《祀曹徐諸公記》成，三鼓入内，偶披舊本六臣《文選》，信手得《七發》，見五臣本之與李善異者，一一覽之，不禁爲之嘔噦，乃益歎曹、李諸君之爲功於《文選》者不淺也。夫五色備謂之文，於文辭言之，則色澤也，色澤稱而後植文之體貌也。聲成文謂之音，則韻響也，韻響合而後適文之氣致也。顧盲者見色而不知，聾者聽聲而不聞，何哉？僕嘗謂實語猶歌曲以被樂器者也，虚字猶樂器以和歌曲者也。二者進退相資，一字之差則謬以千里。猥以後世凡近庸疏之識，自信而規畫古人，何異廁巴人而調白雪乎？試以此篇論之：「楚太子有疾而吴客往問之」，五臣無「而」字，音致俱失；「四宇和平」，五臣「宇」作「方」，音貌俱失；「紛屯澹淡」，五臣「屯」作「沌」，音貌俱失；「然未至於是也」，五臣無「於」字，音致俱失；「衣裳則雜遝曼煖」，五臣無「裳」字，音貌俱失；「恣支體之安者」，五臣下有「也」字，音致俱失；「洞房清宫」，五臣「宫」作「風」，音貌俱失；「所從來者至深遠」，五臣下有「矣」字，音致俱失；「浩唐之心」，五臣「唐」作「盪」，音貌俱失；「可無藥石針刺灸療而已」，五臣下有「哉」字，音致俱失；「根扶疏以分離」，五臣「疏」作「疎」，貌致俱失；「湍流遡波」，五臣「遡」作「素」，貌致俱失；「使琴摯斫斬以爲琴」，五臣「琴摯」作「班爾」，音貌俱失；「九寡之珥以爲約」，五臣「約」作「弜」，貌致俱失；「使師堂操暢」，五臣「暢」作「張」，音貌俱失；「柱喙而不能前」，五臣「柱」作「拄」，貌致俱失；「太子能强起聽之乎、嘗之乎」二句，五臣「起」下皆有「而」字，音致俱失；「穱麥服處」，五臣作「處服」，音致俱失；「於是伯樂相其前」，五臣下有「後」字，音致俱失；「秦缺樓季爲之右」，五臣「季」作「秀」，音致俱失；「此亦天下之至駿也」，五臣無「之」字，音致俱失；「乃下置酒於虞懷之宫」，五臣「虞」作「娱」，音致俱失；「苗松豫章」，五臣「苗松」作「松柏」，音致俱失；「梧桐并閭」，五臣「閭」作「櫚」，貌致俱失；「使先施徵舒」，五臣「先」作「西」，貌致俱失；「目窕心與」，五臣「窕」作「窈」，音貌俱失；「此亦天下之靡麗皓侈廣大之樂也」，五臣「麗」下有「而」，音致俱失；「太子能强起游乎」，五臣「起」下有「而」；「游」下有「之」，音致俱失；「掩青蘋游清風」，五臣「游」作「溯」，音貌俱失；「太子能强起游乎」，五臣

「游」下有「之」，音致俱失；「煙雲闇莫」，五臣「莫」作「漠」，貌致俱失；「白刃磑磑」，五臣「磑」作「皚」，貌致俱失；「湧觸並起」，五臣「觸」作「觴」，音貌致俱失；「此真太子之所喜也」，五臣「喜」作「嘉」，音貌致俱失；「能疆起而游乎」，五臣無「而」有「之」，音致俱失；「直恐爲諸大夫累耳」，五臣「累」上有「之」，音貌俱失。「然而有起色矣」，五臣無「而」，音致俱失；「則卹然足以駭矣」，五臣無「以」字，音致俱失；「俶兮儻兮」，五臣「俶」作「倜」，貌致俱失；「慌曠曠兮」，五臣「慌」作「超」，音貌致俱失；「忽繆往而不來」，五臣「往」下有「乎」，音致俱失；「於是澡概胸中」，五臣「概」作「溉」，貌致俱失；「揄棄恬怠」，五臣「揄」作「投」，音致俱失；「洪淋淋焉若白鷺之下翔」，五臣無「洪」，音貌致俱失；「椐椐彊彊」，五臣「椐」作「据」，貌致俱失；「沓雜似戎行」，五臣作「雜沓」，貌致俱失；「有似勇壯之卒」，五臣作「壯勇」，音貌致俱失；「披揚流灑」，五臣作「揚披」，音致俱失；「太子能彊起觀之乎」，五臣「能」上有「既」字，不可解；「涣乎若一聽聖人辯士之言」，五臣無「若」字，音致俱失。此《七發》中五臣之與善異者，凡所次列，皆其必不可安。就舉一篇，其餘都例。然此猶特就文而論也，若以義言之，琴摯即太師摯，以其工琴謂之琴摯，善注了然，不必摯定能手自造琴，而後可云斫斬也，若班爾雖曰巧匠，並非琴工，用之何謂？「操暢」者，暢乃琴曲之名，善引《琴道》「堯暢達」云云，正以釋名暢之義，故《風俗通》亦云：「其道行和樂而作者，命其曲曰暢。」暢者，言其道之美暢，義亦了然，乃易爲「操張」，何也？「伯樂相其前」者，如《曲禮》「僕執策立於馬前」及《周禮》齊右、道右之前齊車、前馬，其在前者，以防馬之奔逸，初無後義，淺人加以「後」字，蓋以合下文「右」字爲一韻，不知「右」字古韻自與下文「止」、「起」爲一韻，而「御」自與上「路」字爲韻，即有「後」字，亦當入「路」、「御」之韻，而此句實不必韻也。然如此條，今外間所刊李善本亦有「後」字，蓋因五臣本而竄入者，則舊本之可貴也。樓季之名明見於《韓子》及《淮南》注，則「秀」字或傳寫之誤，而居然易「秀」以注之，何也？「虞」與「娛」字雖通，然漢時其字多作「虞」，既爲宮名，豈應兩寫，則易爲「娛」者，非也。「涌觸」，善雖未注，然固謂其誠決貞信之意，涌觸于中耳，乃易以「涌觴」，而注爲滿於器，試問何物滿於器乎？其餘如「唐」、「約」、「柱」、「閭」、「先」、「磑」、「概」、「椐」等字，尤可藉考聲音訓詁相通之誼，不有善本，何從彰其美乎？因思延濟等當開元初，距善未遠，安得異本，傳譌若是？隨取《藝文類聚》節録之《七發》校之，就其所載已與二本互爲同異。如「伯樂相其前」句下已有「後」字，「操暢」已作「操張」，「虞懷」已作「娛懷」，證以善注，其誤顯然。意必當時俗儒饗香爲朽，從而改竄，至五臣而所易更甚。其昧夫黑白，則淺之淺者也；其亂夫雅鄭，則妄之妄者也。今幸善本猶存，若僅此謬帙流傳，則千載之下必致枚乘減色，蕭統慚衡矣。豈不冤哉？至所作注文，率多舛陋，而彼猶譏善陷於末學，歸然舊文，惑之甚矣！僕恐淺學猶執是編而鐘鼓饗之也，故不憚就槧瑣擿，以貽吾子，綴於記文之後，俾函丈諸生益知曹、李諸君之爲功於《文選》不淺也。抑有異者，近見坊刻《文選》，於此篇游獵一則，自「客見太子有悦色也」，至「然而有喜色矣」，删去幾二百字，其書襲毛氏汲古閣字様，然實與毛本大異。今鄉塾盛行皆此本，誤人甚矣，誣古人甚矣。並乞爲諸生告之。（《夢陔堂文集》卷三）

【梅文學塾中祀曹憲徐鉉諸公記（節録）】古者六經之外，更無異學。自去籍之後，諸子横興，言辭各富。沿及晉宋，去經日遠，設令采其論説，雜廁篇章，以爲程式，則人心學術必至默運潛移。蓋欲維繫斯文，道在示之區别。其時雖有《流别》《善文》《名文》《集鈔》《文苑》等諸家裒輯，今並不傳，無從知其體例。若取其源出聖經，流異子史，沉思翰藻，統係千秋，則昭明《文選》之功爲鉅。蓋有《文選》，而後畸異之説不得竄附於斯文之脈絡也，而後知聖經終有文章爲之揚厲也，而後知文章之道必如此之典麗而鏗宏也，而後後世雖有空疏率易之辭，有識者可望洋而知返也，則其所被覆者遠矣！然則《説文》《文選》二書，皆於文籍有鎔金入冶之功，爲世間必不可無之模範，幾於江河並注，日月共懸，而其中訓詁、音聲、制度、名物，莫不相爲表裏，蓋必如《説文》《文選》而後可謂之文。觀其自序，並發端於畫卦結繩，則作者之意可見也。顧自晉東遷以後，隸楷鋪張，行草日熾，加以北朝鐫勒，破體尤多。洊至於唐，雖習篆如陽冰，猶多謬妄，而《説文》之學微矣。自梁簡文以後，托體闈闒，浸淫陳氏，兼以北方倥偬，雅道未遑，雖好文如大業，猶多乖盭，而《文選》之學鮮矣。夫危而不挽，墜而不修，則其道將絶。正學不湮，賢者繼作。曹憲由隋入唐，以《文選》授諸生，當時魏模、公孫羅、李善皆其弟子，而模子景倩、善子邕亦傳是學。今他著雖佚，而善注炳存，訓釋精通，援據浩博，殆辭家之淵藪，而亦小學之津梁也，則輔《文選》即謂之輔《説文》可也。徐鉉由唐入宋，奉詔校《説文》，而其在唐已與鍇暢許氏之宗旨，親爲之篆，鏤板行之，今其兄若弟所作補注、補音、通釋及部叙、通論等十篇，犁然俱在，申引條達，辨證詳明，殆淺字之迴瀾，而亦膚文之砥柱也，則翼《説文》即謂之翼《文選》可也。然則諸君之撰述，尤爲引木從繩，世間必不可無之隱括，向使其人不作，則二書者安知不與《倉頡》《凡將》《流别》《善文》等籍同汩没於今日哉？夫惟有諸君維繫於前，而後二書經唐宋歷元明，燦然大著於今，以副我聖朝之文治，爲其學者日進而不已也，則叔重、昭明暨諸君之學至今日而後盡顯也。吾友梅子設帳於家，恒以二書教授，且以諸君皆爲吾鄉碩彦，意山川靈秀於此，獨鍾期於克紹前修，自勉而勉其弟子。乃於塾設二栗主，一以奉曹氏、公孫氏及魏氏、李氏父子，一以奉徐氏兄弟，朔望瓣香祀之，而屬予詳述二書並垂天壤可重之由，及諸君撰述所以爲盛業不朽之故，用光桑梓，而仰棫樸焉。故樂爲記之，以見吾鄉之樸學卓然垂著於天下者，其裨益爲已久也！（同上書卷九）

## （清）陳文述

【揚州隋文選樓呈中丞師】揚州文選樓，舊説以爲梁昭明太子所居，實則曹憲注《文選》之地。憲，江都人，精《選》學，傳弟子甚衆，李善之學所從出也。中丞師宅在文選巷，即憲故宅，因於家廟西偏起樓五楹，以祀憲及弟子魏模、公孫羅、李善、魏景倩、李邕、許淹六人，顔曰「隋文選樓」，以别於舊述。至揚，師留寓樓上，因成古詩四章：

世局三代變，聖訓六經畢。天地生文章，賢達遞作述。積軸充棟梁，菁華掩蒙密。蕭統賢達人，積學富卷帙。鑑别持謹嚴，厥有《文選》出。摯虞《流别》肇，劉勰品題悉。所貴全體美，豈論幾微失。所以詞章學，乃與經史匹。

太子曰副君，朝夕侍君膳。出入承華闈，青宫依玉殿。封藩稽史籍，樅陽翊郊甸。至今讀書臺，重甗出江面。遺址與竇書，異世生眷戀。臺城劫灰飛，湘苑寒波濺。惟有文字緣，能經兵火鍊。

廣陵文選樓，舊説稱昭明。輶蹟所未及，何以沿其名。巍巍曹祕書，隋代之經生。始創《文選》學，注釋能專精。傳授六君子，一一蜚英聲。煬帝昔游幸，稱美同桓榮。古巷即遺宅，地理羅圖經。此樓應有屬，道趾斜陽平。乃知作與述，其功長相衡。

吾師起淮海，古人未之先。詁經三百卷，一一追前賢。檀橋起精舍，樓閣涵湖煙。卜居文選巷，有樓峙西偏。更于家廟東，高甍起騰騫。書額冠以隋，考定名斯專。樓上栗主奉，樓下金石鐫。從此《文選》學，淵源垂千年。（《頤道堂詩選》卷六）

## （清）俞正燮

【文選相沿誤字】《文選》十四卷顔延年《赭白馬賦序》：「國尚威容，軍駥趫迅。」注云：「庾中丞《昭君詞》曰：『連雪隱天山，崩風蕩河澳。朔障裂寒笳，冰原嘶代駥。』顔、庾同時，未詳所見。」意以「駥」字怪，而顔、庾當有本。今案，此隋以前傳寫相沿兩誤字也。顔賦是「軍駙」，言副馬多，字亦作「駇」，而誤爲「駥」。庾詞是「代駁」。《玉篇》《廣韻》並云：「駁韜，蕃中馬名。」字本作「駁」，而誤爲「駥」。又賦序「疇德瑞聖之符」，注云：「疇，昔也。」今案，疇通醻，解爲上天報享之報也。二十八卷陸韓卿《中山王孺子妾歌》：「安陵泣前魚。」注云：「泣魚是龍陽，非安陵，疑陸誤也。」今案，二十三卷阮嗣宗《詠懷詩》：「昔日繁華子，安陵與龍陽。」顔延年、沈約等注引安陵悲兕、龍陽泣魚，而於詩末注云：「安陵君所以悲魚也。」蓋「悲」下遺落者，「兕龍陽君所以泣」計七字。梁時陸韓卿得顔注本已如此。顔注世所珍愛，陸奉顔注爲典故，顔注脱漏，則由梁至唐俱不知增補也。四十六卷任彦昇《王文憲集序》：「遷左僕射，言昔策劭分司。」注云：「《漢官儀》：『營郤爲左僕射。』今以『策劭』爲『營郤』，非也。」今案，三十七卷劉越石《勸進表》：「段匹磾遣長史榮劭奉表。」越石表文，人所誦珍，又「營」、「榮」與「策」，俗體字近，初誤「營部」爲「榮劭」，則以劉文，繼又俗誤「榮劭」爲「策劭」。此皆李注以前之誤，或由作者，或由傳寫者，皆有情理可循求。

【文選注引書字識語】江文通《別賦》注、曹子建《送應氏詩》注：「《孟子》曰：大山之高，參天入雲。」或是外書。劉伯倫《酒德頌》注：「劉熙《孟子》注曰：『槽者，齊俗名之如酒槽也。』」是劉熙《孟子》本。「陳仲子井上之李爲槽食實」，劉謂齊人俗語，名果之接蔕陷文似槽處爲槽，此李乃槽中被蝕之實，不必如趙本螬螬來食之。張景陽《雜詩》注引《孟子章句》「螬食實」，劉熙注曰：「螬，蟲也。李實有蟲，食之過半，言仲子目不能擇。」所引《章句》是趙本書題，所引注亦今趙注，其云「劉熙曰」乃「趙岐曰」之誤。尋趙岐本、劉熙本、綦毋邃本，字多不同。趙岐本「墨子摩頂放踵」，江文通《上書》注引劉熙本作「摩頂致於踵」，劉熙曰：「致，至也。」槽、螬字蓋不足怪。何平叔《景福殿賦》注：「劉熙《孟子注》曰：『獻，猶軒。軒，在物上之稱也。』」則未知是《孟子》何句。謝希逸《雪賦》「縱心皓然，何慮何營」，注引《孟子》「浩然之氣」。按，皓，白也，言白雪之白俱當作皓。班孟堅《答賓戲》「孟軻養皓然之氣」，注引《孟子》，又引項岱曰：「皓，白也，如天之氣皓然也。」班固文亦當作「浩」，與注引《孟子》皆後人改之。班固、項岱、謝莊、李善所見《孟子》有作「皓然」者，但未知爲何本。揚子雲《甘泉賦》注、顏延年《侍游蒜山詩》注：

「薛君《韓詩章句》曰：『騰，乘也。』」江君文台以爲百川沸騰解。潘安仁《射雉賦》「青林」注：「薛君《韓詩章句》曰：『青，静也。』」賦云「涉青林」，必非「清」字之誤。《西征賦》注：「薛君《韓詩章句》曰：『寂，無聲之貌。寞，静也。』」宋玉《神女賦》注：「《韓詩》曰『嫕，悦也』。」亦未知是詩何句，蓋古書不可見矣。任彦昇《爲齊明帝讓表》注：「《穀梁傳》曰：『大夫，國體也。』何休曰：『君之卿佐，是謂股肱，故曰國體。』」所引《傳》見《莊二十四年》與《昭十五年》，所引注見《昭十五年》，今《集解》本無「何休曰」字。按，何休義見《公羊·僖七年》注中，云：「諸侯國體，以大夫爲股肱，以士民爲肌膚，故以國體録。」《穀梁集解》蓋本其義，而稍易其文，署以「何休曰」，李善所見《集解》本如此。今本落「何休曰」三字，不見作《集解》者攀援取誼之勤密矣。此古書之所以可貴也。丙戌七月二十五日，通州舟中。

【文選自校本跋】《文選》見於史策者極多，一一校存之，備異同斟酌耳。選家例有甄别增删，其本有視他本增多者，《西都賦》視《漢書》多「衆流之隈，汧湧其西」，《東都賦》詩視《漢書》多「嘉祥阜兮集皇都」，司馬子長《報任少卿書》視《漢書》多「太史公牛馬走司馬遷再拜言」十二字，東方朔《答客難》視《漢書》多「《傳》曰天下無害災……」二十七字，蓋昭明得他本增入者。《景福殿賦》注引薛綜《東京賦》注曰：「高昌、建成，二觀名也。」有注而賦文無此觀，今所得《後漢宫殿圖》亦無此二觀，則賦文昭明删之。《九章·涉江》删去「亂曰」以下五十三字。鍾士季《檄蜀文》，《魏志》「亦無及已，其詳擇利害，自求多福」，今《文選》「亦無及也」，删「其詳擇……」九字。任彦昇《爲褚蓁讓代兄襲封表》注云：「此《表》與《集》詳略不同，疑是稿本，詞多冗長。」《奏彈劉整》注云：「昭明删此文太略，故詳引之，令與彈相應也。」是亦昭明删之，而李崇賢復補。唐僧《辨正論·内九箴篇》引《古詩》曰：「服食求神仙，多爲藥所誤。不如飲美酒，被服紈與素。寄語世上人，道士慎莫作。」《文選·古詩十九首》無「寄語……」十字，亦昭明删之。其以意存者，王子淵《聖主得賢臣頌》，劉孝標《重答劉秣陵書》，《頌》與《書》正文皆不見，蓋古人僅傳其序引。其增改字者，據注則顔延年《宋文皇后哀册文》依用宋文帝加八字，陸佐公《石闕銘》依用梁武帝改十四字，《刻漏銘》依用梁武帝改一字，沈約改二字。然則《文選》不當以拘牽元稿評説是非也，又唐本不必是梁本，《秦彈劉整》明非梁時舊録。王簡棲《頭陀寺碑》石刻「憑五衍之軾」，齊建武時文也。昭明録入《文選》，以梁武名避改「憑四衢之軾」，注當明了，而今文注中「四衢」「五衍」互换，是唐本已再改易。其中本爲昭明所移改者，曹子建《與吴質書》注引及注語意相反，則唐人傳寫者以其時不諱，改文中「四衢」爲「五衍」，而寫注者不知其意，又以别題，言昭明移「墨翟不好伎」置「和氏無貴矣」下，與季重之書相應也。朱浮《與彭寵書》注云：「《後漢書》載此書，《東觀漢記》亦載此書，大義雖同，辭旨全别，蓋録事者取捨有詳略矣。」録有取捨，選亦必有取捨，校者詳其異同，以見古人之趣，非有彼此是非之見。凡校書皆然，況其爲文辭選集本也。《史記·司馬相如列傳》云子虚上林，言上林「雲夢所有甚衆，故删取其要」，西漢録賦已删取如此。舟中讀《文選》，所記爛然於眉上行間，四十日始畢，非改《文選》也，因跋之。丙戌九月朔，夏鎮舟中。

**【校文選李注識語】**《文選》李注，宋人刊刻。今通行者二本，一爲汲古閣仿宋本，嘉慶甲子見其正本於德州糧道署，一爲鄱陽胡氏仿宋本，二皆真宋本也，二本已多不同。前見《東坡志林》，言李注有本末，極可喜，五臣至淺，謝瞻《張子房詩》「苛慝暴三殤」，言上殤、中殤、下殤，五臣乃引泰山側婦人事，以父與夫爲殤，真俚儒之荒陋者。今汲古閣及胡氏之宋本李注，正引「泰山側」云云，則北宋時蘇氏所見之李注與此不同，是宋本之别有三也。又見《西溪叢語》，言潘岳《閒居賦》「房陵朱仲之李」，李善注云：「朱仲李未詳。」今汲古閣宋本李注引《荆州記》「房陵縣有朱仲者，家有縹李，代所希有」，胡氏宋本李注引「仙人朱仲竊房陵好李」，則南宋時姚氏家傳之李注又與此不同，是宋本之别有四也。凡古人寫本、刻本多歧出，校者存其異同以俟采擇可耳。且宋本亦未必佳，《石林燕語》言，有教官出題「乾爲金，坤亦爲金，何也」，檢福建本《易經》，果有「坤爲金」，蓋脱「釜」上二點，乃爲「金」也；又秋試題「《井卦》何以無彖」，檢福建本《易經》，《井卦》果脱《彖傳》。是亦真宋本也，然則藏真宋本者可不詳校乎？近人刻書喜仿舊本，存其誤字而後載校勘語，以爲古雅。而舊本不誤之字，仿本多轉寫致誤，是未能仿舊而反誣舊本也。

自漢至唐，校書者蓋不如此，難與迂拘而囂訟者道也。（以上《癸巳存稿》卷一二）

## （清）梁章鉅

作文自然以道理經書爲主，而取材不可不富，辨體不可不精。《史記》《漢書》兩家乃文章不祧之祖，不可不熟讀；其次則莫如蕭《選》。熟此三部，然後再讀徐、庾各集及唐初四傑，燕、許諸公，而以韓、柳作歸宿。彭文勤公元瑞嘗言蕭《選》行而無奇不偶，韓集出而有横皆縱。蓋古今文體，此兩語足以該之，亦陰陽對待之理，不能偏廢也。今之耳食者鄙薄蕭《選》，而復不敢輕議《史》《漢》，不知蕭《選》中半皆《史》《漢》之文，且有《史》《漢》以前之文。隨聲附和，不值與辨。昔唐李德裕家不置《文選》，謂其不根藝實，蓋自古有此耳食之徒矣。

吾友謝退谷嘗與余論文，多篤實心得之語。一日謂余曰：文有三理，善言德行者道理足也，達於時務者事理足也，筆墨變化者文理足也。三者俱無，則昭明《文選》之文而已。余初聞之，即覺其言之過，已而退谷筆之書矣，此則不可不辨者也。姑無論諸葛武侯之《出師表》、李令伯之《陳情表》、束廣微之《補南陔白華詩》，爲千古言忠孝者之職志；卜子夏之《毛詩序》、杜元凱之《左氏傳序》、劉子駿之《移太常博士書》，開後來論經學者之津途。即陸士衡之《文賦》，古今之言文章者亦豈能外之；且如屈子之《離騷》，李少卿、司馬子長之書，可謂之文理不足，而筆墨不變化乎？司馬長卿之諫獵、《難蜀父老》，枚叔之諫吴王，班叔皮之《王命論》，可謂之事理不足而不達於時務乎？崔子玉之《座右銘》，韋宏嗣之《博奕論》，張茂先之《勵志詩》《女史箴》，可謂之道理不足而不善言德行者乎？大抵退谷喜講心性之學，所最服膺者真文忠公之《文章正宗》，其於《文選》並未嘗全部繙讀，故不自覺其失言。退谷所撰《教諭語》，余最喜以拈示後學，若此條議論，則所當首删者也。

繼《文選》而作者，爲《文苑英華》。然《文選》自周秦以迄梁初，不過三十卷，而《文苑英華》自梁末以迄唐季，乃至一千卷，其富而不精宜也。

今人自編其所著之集，大概分詩與文兩目而已，古人則不然。六朝以前多以文筆對舉，或以詩筆對舉。詩即有韻之文，可以文統之，故昭明《文選》奄有詩歌；筆則專指紀載之作，故陸機《文賦》所列詩賦十體不及傳志也。

四六文雖不必專家，然奏御所需，應試所尚，有非此不可者。……今欲爲四六專家，則當先讀蕭《選》及徐、庾二集，而參以初唐四傑集、李義山《樊南甲乙集》、彭文勤公《宋四六選》，以及《陳檢討四六》《林蕙堂集》《思綺堂集》，則源流正變自可了然於胸。（以上《退庵隨筆》卷一九《學文》）

## （清）包世臣

【答董晉卿書（節録）】晉卿足下：承示賦册，深辱推許，俾加點定，發而讀之。《白雲》《易消息》二首，張、蔡不爾過也。《愁霖》《杏華》《紅蕙》三首，亦文通、子山之亞。斯藝久絶，舊觀頓還，欣喜之情，非可言喻。僕家無藏書，少不涉事，獨好《文選》，輒效爲之，以古爲師，以心爲範。

【再與楊季子書（節録）】又詢及《選》學與八家優劣，及國朝名人孰爲近古。夫《文選》所載，自周、秦以及齊、梁，本非一體，八家工力至厚，莫不沉酣于周、秦、兩漢子史百家，而得體勢於韓公子、《吕覽》者爲尤深，徒以薄其爲人，不欲形諸論説，然後世有識，飲水辨源，其可掩耶？自前明諸君泥子瞻「文起八代」之言，遂斥《選》學爲别裁僞體，良以應德、順甫、熙甫諸君，心力悴於八股，一切誦讀，皆爲制舉之資，遂取八家下乘，横空起議，照應鉤勒之篇，以爲準的。小儒目眯，前邪後許，而精深閎茂，反在屏棄。於是有反其道以求之者，至謂八家淺薄，務爲藻飾之詞，稱爲《選》學，格塞之語詡爲先秦。夫六朝雖尚文采，然其健者則緩急疾徐，縱送激射，同符《史》《漢》，貌離神合，精彩奪人。至於秦、漢之文，莫不洞達駘宕，劇目怵心，間有語不能通，則由傳寫訛誤，及當時方言，以此爲師，豈爲善擇？退之酷嗜子雲，碑版或至不可讀，而書説健舉渾厚，宜爲宗匠。子厚勁厲無前，然時有摹擬之跡，氣傷縝密。永叔奏議怵怛明暢，得大臣之體，翰札紆徐易直，真有德之言，而序記則爲庸調。明允長于推勘辨駁，一任峻急。介甫詞完氣健，饒有遠勢。子固茂密安和，而雄强不足。子瞻機神敏妙，比及暮年，心手相忘，獨立千載。子由差弱，然其委婉敦縟，一節獨到，亦非父兄所能掩。足下試各取其全集讀之，凡爲三百年來選家所遺者，大抵皆出入秦、漢，而爲古人真脈所寄也，其與《選》學殊途同歸。（以上《藝舟雙楫·論文》卷一）

## （清）劉逢禄

【八代文苑叙録（節録）】叙曰：伊昔詩分四始，書標七觀，麗天普地，夐乎尚哉。自時厥後，遷述六藝，歆總七略，金淵玉海，茂矣美矣。世更八代，人擅九能。黄初《典論》，摯虞《流别》，約而未詳；任昉《缘起》，劉勰《雕龍》，辨而弗著。昭明太子，敦敏夙成，文學根性，高齋講藝，士林雲集，東宫初建，仁惠風行。無漢武之雄猜，異陳思之疑謗。宜其撰述，斐然有章。然而《正序》之文，共《元經》而覆瓿，《英華》之選，隨湘東之劫灰。天祐斯文，學興淮海，曹秘書播斯蘭茝，李崇賢繡其帨鞶，固以贊非游、夏，功侔毛、鄭。原其綴緝，有三善焉：體例謹嚴，芟剪不加經史，一也；蒐羅廣博，奥隱不墜浮沉，二也；筌簹六籍，鼓吹百家，後有明哲，罕出範圍，三也。若乃類聚乖舛，棄置失當，亦有可譏者焉：靈均《遠游》《天問》，開詞賦之宗；文通故鄉、江上，採騷歌之韻。長卿淩雲之氣，枚叔梁園之才。子雲《蜀都》，太沖斯仿；武皇悼逝，黄門是規；明遠《游思》，徽音宋玉；張融賦海，表裏元虚。郊祀不采《漢志》，僅及延年；樂府止涉五音，未違曲調。册令勸進之倫，視奬亂爲故常。詩序、史論之收，顯違例而彌陋。《七發》命七章，辨幾可以「九」名；王褒《對問》非韻，安得以頌列。《雄風》《高唐》，義存譎諫，焉止狀景言情；鵩鳥集舍，志明死生，非誇博物多識。《臨終》《百一》，徒受嗤于後人；僞孔、僞蘇，恒别裁于元鑑。禮貴瑕瑜不蔽，傳稱善善從長。余之所述，竊比斯義。切情依韻，旨不戾乎風騷；道政論思，體欲溯乎墳典。漢魏晉宋，廣厥津源；徐庾盧薛，續其裁制。要使南金東矢，萃爲房序之陳；瑞獸珍禽，咸歸林囿之飾。韓潮、蘇海，不敢薄爲綺靡。長福、利貞，庶幾引爲夔、曠。願作維摩争友，悵靈瑣之不留；誰爲書簏嗣音，探西山而緝注。（《劉禮部集》卷九）

（清）劉開

【與王子卿太守論駢體書（節録）】由唐及宋，駢儷之文變體已極，而古法寖微。國朝作者起而振之，因骨理而加膚澤，易紅紫而爲朱藍，窮波討源，以雅代鄭，意云善矣，法云正矣。然襲末流者既不歸準衡，追古制者亦多滯形貌，八珍列而味爽，五官具而神離，良由胎息尚薄，藻餙徒工，情旨未深，意興不飛之所致也。夫道炳而有文章，辭立而生奇偶，爰自周末，以迄漢初，風降爲騷，經變成史，建安古詩，實四始之耳。孫、左、馬雄文，乃諸家之心祖。於是枚乘抽其緒，鄒陽列其綺，相如騁其辔，子雲助其波，氣則孤行，辭多比合，發古情於腴色，附壯采於清標，駢體肇基，已兆其盛。東京宏麗，漸騁珠璣；南朝輕艷，兼富花月。家珍匹錦，人寶寸金。奮録鍠以競聲，積雲霞而織色。因妍逞媚，嘘香爲芳。名流各盡其長，偶體於焉大備。而情致悱惻，使人一往逾深者，莫如魏文帝之雜篇；氣體肅穆，使人三復靡厭者，莫如范蔚宗之史論；馳騁風議，士衡之意氣激揚；敷切情實，孝標之辭旨雋妙。至於宏文雅裁，精理密意，美包衆有，華耀九光，則劉彦和之《文心雕龍》殆觀止矣。夫魁傑之才從事於此者亦不乏人，大約宗法止於永嘉，取裁專於《文選》，假晉宋而厲氣，借齊梁以修容，下不敢濫於三唐，上不能越夫六代，如是而已。若夫文境所及，實非《選》理能拘。……凡此（編者按：指《離騷》、周秦諸子、焦氏《易林》、《淮南鴻烈》及至裴松之《三國志注》諸書。）皆筆耕之奥區，漁獵之淵藪，知能之囊橐，文藝之渠魁。儉學得之以拯其貧，高才得之以伸其慧。若既熟《選》學，又能擇善於斯，則煮海爲鹽，本扶輿之妙産；煉雲生水，等大造之神工。（《孟塗駢體文》卷二）

（清）錢泰吉

【文選注義例】李氏《文選》注自明注例，散見各篇，録之以爲注釋古書之法：諸引文證，皆舉先以明後，以示作者必有祖述也，他皆類此。《兩都賦》序。言能發起遺文以光大業也，《論語》：「子曰：『興滅國，繼絶世。』」然文雖出彼，而意微殊，不可以文害意也，他皆類此。《兩都賦》序「以興廢繼絶潤色鴻業」注。諸釋義或引後以明前，示臣不敢專，他皆類此。《兩都賦》序「朝廷無事」注。引《漢書》注云「音義」者，皆失其姓名，故云「音義」而已。《西都賦》。「石渠」已見上文，同卷再見者，並云已見上文，務從省也，他皆類此。同上。婁敬已見上文，凡人姓名，皆不重見，餘皆類此。《東都賦》。「諸夏」已見《西都賦》，其異篇再見者，並云已見某篇，他皆類此。同上。舊注是者，因而留之，並於篇首題其姓名，其有乖謬，臣乃具釋，並稱「臣善」以別之，他皆類此。《西京賦》薛綜注。欒大已見《西都賦》，凡人姓名及事易知而別卷重見者，云見某篇，亦從省也，他皆類此。《西京賦》。「鴰鴇」已見《西都賦》，凡魚鳥草木皆不重見，他皆類此。同上。舊有集注者，並篇內具列其姓名，亦稱臣善以相別，他皆類此。《甘泉賦》。《藉田》《西征》咸有舊注，以其釋文膚淺，引證疏略，故並不取焉。《藉田賦》。班婕妤《擣素賦》「佇風軒而結睇，對愁雲之浮沈」，然疑此賦非婕妤之文，行來已久，故兼引之。《雪賦》。未詳注者姓名，摯虞《流別》題曰衡注，詳其義訓，甚多疏略，而注又稱「愚以爲」，疑非衡明矣，但行來已久，故不去。《思玄賦》舊注。引應及傳者，明古有此曲，轉以相證耳，非嵇康之言出於此也，他皆類此。《琴賦》。此解「阿」義與《子虛》不同，各依其說而留之，舊注既少，不足稱臣以別之，他皆類此。李斯《上書》。昭明刪此文太略，故

詳引之，令與彈相應也。《奏彈劉整》。（《甘泉鄉人稿》卷九《曝書雜記》下）

## （清）馮詢

李白詩才贍逸，《别傳》謂其「出口皆成文章」，其族弟謂其「心肝五臟皆錦繡」，杜甫稱其「斗酒百篇」。讀其詩，清麗絶倫，其自然處若了不經意。然其三擬《文選》賦，皆棄不録，惟留《别賦》《恨賦》，可知其非苟然而已。才如李白，猶苦錬如此，固知詩非可以率作也。葰園按：速以見才，遲以見好，兩者所以相輔。亦有加意求工，再三改削，反不如其初者；亦有妙手偶得，動合天籟者。大抵書富務速，方不凝滯；才弱務遲，方不空滑。杜甫論詩謂「熟精《文選》理」，又曰「轉益多師是爾師」，蓋李杜二公皆從《文選》得力，諸家皆有所取裁，以成其大。而太白則於《騷》尤有得焉，所謂轉益多師者也。《文選》文體大備，又分類爲門，諸家各有所長，熟之，則一題到手，不至揣擬體制。杜云「熟精《文選》理」，言「理」則謂體制可知。葰園按：體制云者，猶言肖題，非沾沾於格調空架子，始稱體制。理指事物上體會，而義法典實在其中。（《五百石洞天揮麈》卷五録自《雪廬詩話》）

## （清）劉天惠

【文筆考（節録）】文之爲字象交形，物交斯體有偶，義歸采畫，詞采則氣必諧。大抵綺縠紛披、宫商靡曼之作，皆原於騷賦矣。故溯其流，凡駢儷藻翰，皆得謂文。而窮其源，惟敷陳鏗鏘，乃副斯號。所以群書七略，賦與其間；《文選》卅篇，賦居厥首也。……凡兹稱筆，皆爲直言序述之辭。筆從聿，聿者，述也。體近乎乙部，義托於龍門，乃文海之别裁，與《金樓》相證發者也。然其稱名，盛於六朝，衰於兩宋。柳、穆而後，佶屈聱牙爲古，散野拙質爲高。卑視建安，七子何足算；規摹韓、柳，八代起其衰。至於有明，文弊極矣。觀宋、元以下之史，稱筆者，惟楊、歐二公，吾見罕已，非其驗乎！乃有才能搦管，便擬持衡，六經三傳，任其批評；遷史班書，供其翦截；至於屈、宋、卿、雲之制，别以賦編；《秋風》《天馬》之詞，列爲詩集；謂與《選》文無涉，反議昭明爲非，斯真不知而作，弗正其名者矣。（《文筆考》）

（清）梁光釗

【文筆考】沉思翰藻之謂文，紀事直達之謂筆，其説昉於六朝，流衍於唐，而實則本於古。孔子贊《易》有《文言》，其爲言也，比偶而有韻，錯雜而成章，燦然有文，故文之。孔子作《春秋》，筆則筆，其爲書也，以紀事爲褒貶，振筆直書，故筆之。文筆之分，當自此始。其後得文意者長於文，顔延之云「測得臣文」是也；得筆意者長於筆，顔延之云「竣得臣筆」是也。推之史籍，莫可枚舉。故昭明所選多文，唐宋八家多筆。韓、柳、歐、蘇散行之筆，奥衍灝瀚，好古之士靡然從之。

論者乃薄《選》體爲衰，以散行爲古。既尊之爲古，且專名之爲文，故文筆不復分别矣。（同上）

（清）黄子高

【文選注考】自《文選》行世，注不一家，而李善爲最，亦最傳。案《新唐書·儒學傳》，曹憲始以《文選》授諸生，而同郡魏模、公孫羅、江夏李善相繼傳授，於是其學大興，則善之學實本於憲。《李邕傳》言善有雅行，淹貫古今，不能屬詞，故人號曰「書簏」。顯慶中爲《文選注》，敷析淵洽。表上之，賜賚頗渥。又始善注《文選》，釋事而忘意，書成以問邕，邕不敢對。善詰之，邕意欲有所更，善曰，試爲我補益之。邕附事見意，善以其不可奪，故兩書並行。其事殆不足信。惟李匡乂《資暇録》稱善注有初注、覆注、三注、四注，其絶筆之本，釋音訓義，注解甚多，説較可據。疑今本是也。先是蕭該有《文選音》十卷，僧道淹有《文選音義》十卷，曹憲有《文選音義》若干卷，同時公孫羅有《注文選》六十卷，又《音義》十卷，許淹有《文選音》十卷。顧諸書自王堯臣《崇文總目》、鄭樵《藝文略》、馬端臨《經籍考》俱不著録，則在宋時已亡。注中如《二京》本薛綜，《三都》本張載、劉逵，《子虚》《上林》本郭璞，《射雉》本徐爰，《魯靈光殿》本張載，《思玄》本舊注，《幽通》本曹大家、項岱，《詠懷詩》本顔延年、沈約，《離騷》諸篇本王逸，《典引》本蔡邕，《演連珠》本劉孝標，《詩序》本鄭康成，《甘泉》三賦，司馬、鄒、枚等書，本顔師古，皆一一題其姓氏，並稱「臣善」以别之。《籍田》《西征》咸有舊注，以其釋文膚淺，引證疏略，故並不取。考《水經注》，崔浩曾嘗注《西征賦》，當指此。然蕭廣濟《海賦注》亦不之引也。昭明本三十卷，善廣爲六十卷。四十五卷中孔氏《尚書序》、杜氏《左氏傳序》，注俱闕如，或者疑之，然自淳熙本已然矣。至所引書計千有餘種，古來纂輯，未有如是之富者。汪師韓嘗考論之，見《文選理學權輿》。（《學海堂集》卷七）

（清）魏源

【詩比興箋序（節録）】自昭明《文選》專取藻翰，李善《選》注專詁名象，不問詩人所言何志，而詩教一敝。（《詩比興箋》）

（清）顧廣圻

【與計二田書（節録）】注書自有不易之體例。凡徵引前人論説，必明著姓氏，以不没所自出，否則掠美攘善之心，直與蔽善無殊。……李善《文選注》最號該贍，以俱列舊説，且多證據。古書世變散佚之餘，轉藉以存其崖略者，未易僂指數也。前明人鮮或知此，而隆、萬之後特甚。（《悔過齋文集》卷三）

## （清）鄭獻甫

【答友人論文書（節録）】惟少時頗祖秦漢、尊唐宋而薄六朝。後來讀書漸多，見文漸富，此意遂不敢存。蓋范蔚宗，宋人也，其所作《後漢書》，筆力在韓子上。魏伯起，齊人也，其所作《北魏書》，筆力亦不在歐公下。惟其時文士，如江、鮑、沈、任、徐、庾，乃稱駢體，爲有别耳，要不得以爲衰也。近人動謂《文選》爲六朝文，不知《文選》固多六朝文，其實不徒上溯秦漢，並乃遠存周楚。開卷未及終，已欲呫呫置喙，宜其了然不慚也。（《補學軒文集》卷三）

**編者按：**鄭獻甫《補學軒詩集》卷三有《秋感集〈選〉詩四律寄老友秋航子代柬》詩，所集爲《文選》中謝靈運、曹植、謝朓、江淹、左思、沈約、陶潛等人詩句。

## （清）陸以湉

【文選字句】嘉慶間，場屋中式文字習用《文選》字句，往往有訛妄不通者。如「垂衣裳而天下治」題，文用《東都賦》「盛三雍之上儀」一段。不知雍宫建自漢朝，黄帝、堯、舜時無之。且賦語云「盛三雍之上儀，修衮龍之法服，鋪鴻藻，信景鑠，揚世廟，正雅樂」，而文中抄用，因坊本注釋「服」字下有「音匐」二字，遂誤以爲正文，書作「鏂鋪鴻藻，信景鑠揚」，而截去「世廟正雅樂」五

字。割裂紕繆，真堪發噱。見給事中辛從益所陳條奏中。（《冷廬雜識》卷二）

【文選】唐初，李善與許淹、公孫羅並承江都曹憲爲《文選》音訓《蒼》《雅》之學，而李注盛行於世，與顔師古《漢書》注並稱。開元中，吕延祚復集吕延濟、劉良、張銑、吕向、李周翰共爲之注，與李氏注並行。然當時文士，如李匡乂作《資暇録》，邱光庭作《兼明書》，深斥五臣之謬，遠遜李氏之精核。夫淹通如李氏，其所未詳者，且百有十四，亦可見此書之博奥，有未易沿討者矣。唐、宋士人皆習此書，迨熙、豐間，王安石著《三經新義》頒於學宫，主司以之取士，於是以穿鑿爲能，以附會爲工，而《選》學漸廢。然而承學之士，代不乏人，精於是者，若洪氏邁、王氏應麟，皆有論辨，足以發明其旨趣。蓋其書歷久常新，故其學閲久弗替，後人雖有《廣文選》《續文選》等書，終不能與之争衡也。（同上書卷五）

## （清）曾國藩

吾意讀總集，不如讀專集。此事人人意見各殊，嗜好不同。吾之嗜好，於五古則喜讀《文選》，於七古則喜讀《昌黎集》……（《曾國藩全集·家書》道光二十三年六月初六日《致温弟》）

欲明古文，須略看《文選》及姚姬傳《古文辭類纂》二書。（同上書咸豐六年十一月初五日《諭紀澤》）

爾明春將胡刻《文選》細看一遍，一則含英咀華，可醫爾筆下枯澀之弊；一則吾熟讀此書，可常常

教爾也。（同上書咸豐八年十二月二十三日《諭紀澤》）

爾所論看《文選》之法不爲無見。吾觀漢魏文人，有二端最不可及：一曰訓詁精確，二曰聲調鏗鏘。《説文》訓詁之學，自中唐以後，人多不講，宋以後説經尤不明故訓，及至我朝巨儒始通小學。段茂堂、王懷祖兩家，遂精研乎古人文字聲音之本，乃知《文選》中古賦所用之字，無不典雅精當。爾若能熟讀段、王兩家之書，則知眼前常見之字，凡唐宋文人誤用者，惟《六經》不誤，《文選》中漢賦亦不誤也。即以爾稟中所論《三都賦》言之，如「蔚若相如，嚼若君平」，以一「蔚」字該括相如之文章，以一「嚼」字該括君平之道德，此雖不盡關乎訓詁，亦足見其下字之不苟矣。至聲調之鏗鏘，如「開高軒以臨山，列綺窗而瞰江」，「碧出萇弘之血，鳥生杜宇之魄」，「洗兵海島，刷馬江洲」，「數軍實乎桂林之苑，饗戎旅乎落星之樓」等句，音響節奏，皆後世所不能及。爾看《文選》，能從此二者用心，則漸有入理處矣。（同上書咸豐十年閏三月初四日《諭紀澤》）

爾去年曾將《文選》中零字碎錦分類纂鈔，以爲屬文之材料，今尚照常摘鈔否？已卒業否？或分類鈔《文選》之詞藻，或分類鈔《説文》之訓詁，爾生平作文太少，即以此代作字工夫，亦不可少者也。（同上書咸豐十一年七月二十四日《諭紀澤》）

余觀漢人詞章，未有不精於小學訓詁者，如相如、子雲、孟堅於小學皆專著一書，《文選》於此三人之文著録最多。余於古文，志在效法此三人，並司馬遷、韓愈五家。以此五家之文，精於小學訓詁，不妄下一字也。爾於小學，既粗有所見，正好從詞章上用功。《說文》看畢之後，可將《文選》細讀一過。一面細讀，一面鈔記，一面作文，以仿效之。凡奇僻之字，雅故之訓，不手鈔則不能記，不摹仿則不慣用。自宋以後能文章者不通小學，國朝諸儒通小學者又不能文章，余早歲窺此門徑，因人事太繁，又久歷戎行，不克卒業，至今用爲疚憾。爾之天分，長於看書，短於作文。此道太短，則於古書之用意行氣，必不能看得諦當。目下宜從短處下功夫，專肆力於《文選》，手鈔及摹仿二者皆不可少。待文筆稍有長進，則以後詁經讀史，事事易於著手矣。（同上書同治元年五月十四日《諭紀澤》）

惟四言詩最難有聲響、有光芒，雖《文選》韋孟以後諸作，亦復爾雅有餘，精光不足。（同上書同治元年十一月初四日《諭紀澤》）

爾閱看書籍頗多，然成誦者太少，亦是一短。嗣後宜將《文選》最愜意者熟讀，以能背誦爲斷，如《兩都賦》《西征賦》《蕪城賦》及《九辯》《解嘲》之類皆宜熟讀。（同上書同治二年三月初四日《諭紀澤》）

【覆郭寅階書】斯文精萃，亦係古文中最善之本，尚不如《文選》之盡善。《文選》縱不能全讀，其中詩數本則須全卷熟讀，不可删减一字，餘文亦以多讀爲妙。蓋「京都」、「田獵」、「江海」諸賦，雖難於成誦，而造字形聲訓詁之學，即已不待他求。此外名文則並無難成誦者也。（《曾文正公全

集·書札》卷上）

## 附録

（清）薛福成

【曾文正公勸人讀七部書】昔曾文正公嘗教後學云：人自六經以外有不可不熟讀者凡七部書，曰《史記》《漢書》《莊子》《説文》《文選》《通鑑》、韓文也。余嘗思之，《史記》《漢書》，史學之權輿也；《莊子》，諸子之英華也；《説文》，小學之津梁也；《文選》，辭章之淵藪也；《史》《漢》時代所限，恐史事尚未全，故以《通鑑》廣之；《文選》駢偶較多，恐真氣或漸漓，故以韓文振之。曾公之意，蓋注於文章者爲重，此七部書，即以文章而論，皆古今之絶作也，人誠能於六經而外熟此七部書，或再由此而擴充之，爲文人可，爲通儒可，爲名臣亦可也。（《庸盦筆記》卷三《軼聞》）

（清）龍啟瑞

【留任告示·附取士條規（節録）】熟《文選》。靈均嚮微，漢京再振，魏晉以降，雖趨卑靡，而富麗雅潔，古質猶存。昭明兹選，誠納圭璧於寶山，收珠璣於海藏也。唐宋名手，咸資取材。本院樂與多士追漢、魏之鴻裁，儲許、燕之鉅制，用備他日館閣所需。考古場有能填注擬《選》體詩賦、駢體文者，提堂面試，以擢鴻才。（《經德堂文集・别集》下）

## （清）李祖望

【擬李善上文選注表（節録）】乃有昭明太子，天縱聰明，性稱仁聖，讀書則數行倶下，落筆則屬思便成。五歲徧誦乎群經，三諦早聞夫内典。撫軍監國，重職守於青宫；握槧懷鉛，更紛披於丹筆。菁英畢聚，裁汰綦嚴。函列雲珠，玄圃之夜光並耀；契昭虹玉，崑山之寶氣争輝。洵足媲北斗於天中，指南車於地軸矣。伏惟陛下神凝松牖，瑞席蘿圖，焕東壁之星，擴西崑之府。辰居染翰，文德洽於垓埏；乙夜披書，聖道光於河漢。臣識慚秉燭，學愧通經，辨黑白於豪芒，勤丹黄之讎校。凡傳注所記，雅訓所造，小説異聞之選，九流百家之編，靡不廣切蒐羅，詳加纂集。薛綜《西京》之注，宜紹前聞；王逸《九章》之詞，乃存舊解。卷成六十，義貫萬千，訂魯魚亥豕之譌，參許緑討紅之謬。雖釀蜂作味，珠難媲於驪探；而集鳳爲毛，囿何訾乎雉竄。庶幾虞琴羲瑟，雲璈競譜於鈞天；翠管金題，月旦仰希於宸陛。臣無任惶恐之至，謹奉表以聞。

【文選樓增祀宋尤文簡公袤議（節録）】郡城旌忠寺西偏有文選樓，人每誤爲昭明著《文選》處，儀徵阮相國元直加「隋」字，所以示與池州之文選樓有別。鐵梅庵制軍保爲書以署額。樓中祀曹憲、魏模、公孫羅、許淹、李善諸木主。曹李兩家之學著於隋唐間，而刊本以宋尤文簡公爲最古，公刊本亦不多見，揚州僅有一本，則相國藏以鎮此樓者。公於《文選》雖無發明，向使不刊是書，或刊是書而僅及五臣注，則李氏單行注本幾一綫中絶。居今稽古，原難稱公之所刊即顯慶相傳舊本，然遠爲汲古毛氏所祖，近爲鄱陽胡氏所宗，使考古之士皆得以資鑽仰，是李注藉公以傳，而加惠後學者，尤深且遠。（以上《鍥不舍齋文集》卷一）

【文選注考】注《選》之學莫盛於揚州。自隋之曹憲以《文選》教授生徒，一時李善、許淹、魏模、公孫羅輩各傳所授，皆有注釋音訓，而李善最詳亦最傳，有初注、覆注、三注、四注，至今寶之。然注之可寶，人無不知，而注之所以可寶者，人或未考。今按注之可寶者厥有四端：李善注《選》不攘人善以爲已有，如注出於前人者，必一一題其姓氏，自注者則稱「善曰」別之。觀《二京》用薛綜注，《三都》用張載、劉逵注，《子虛》《上林》用郭璞注，《射雉》用徐爰注，《楚辭》《典引》用王逸、蔡邕注，《演連珠》用劉孝標注，《詩序》用鄭康成注，揚雄《甘泉》三賦，司馬、鄒、枚等書用顔師古注，擇善而從，合以成編，此善注可寶者一也。注有引經史雜家諸注者，書雖詳載《隋·經籍志》中，善猶得親讀其書。唐以後則淪佚過半，經則《詩》如《韓詩章句》，《書》則孔安國古文，《易》有鄭氏注，《禮記》有音、隱，伏、賈諸儒有《春秋左氏傳注》，今皆不傳，僅得於《選》注中見焉；史則《漢書音義》《魏略》、七家《晉書注》，以及《耆舊傳》《英雄記》《三輔故事》《風土記》諸書；子則許慎《淮南子注》，司馬彪《莊子注》，又《尸子》《鄧析子》諸書，今雖有集本，然多由《文選》注中搜討而得，此善注可寶者二也。曹憲精於小學，善親得指授，故注中於音訓尤詳，《説文》一書，注所引與原書多有異同，且有今本逸去之字，見於注中，足資補證者。又如《三倉》《倉頡篇》《字林》《字詁》，皆吉光片羽，於注中僅存，善皆目見全書，幸存梗概，此善注可寶者三也。況聲音之學與訓詁相表裏，南北之音亦彼此互異，善注或言某音某、某作某某反，古今異字則又云古字通某，或證以方音，或詳以正讀，或明其爲合音假借，使讀者心目了然，此善注可寶者四也。獨是《文選》之學，著於隋唐間，趙宋以後其傳甚微，惟宋代尤文簡公重其學，刊本亦不多見，今僅有三本。一本爲汲古閣毛氏影刊，一本爲鄱陽胡氏影刊，一本爲儀徵阮文達公藏以鎮文選樓者。尤氏於《選》注雖無所發明，向使不刊是書，其注幾廢；即刊是書，或僅及五臣注，則李善單行注本，亦幾一綫中絶。惜文選樓藏本近佚於兵燹，而尤氏舊本，猶得藉毛、胡二氏重刊以永其傳，不可謂非李注之幸也。且李善注《文選》六十卷，可稱富有矣，而於昭明《文選序》無注，阮文達公嘗以爲言。後於總制兩粵時，立學海堂課士，曾以《文選序》補注命題，集其精確者成篇，刊於《學海堂文集》中，用補善注之隙漏。由是以觀，注《選》之學，或導其源，或暢其流者，大都皆揚州人士，嗚乎盛已！他若糾其訛誤，訂其闕略，如國朝孫氏志祖

《文選李注補正》、余蕭客《文選音義》、胡克家《文選考異》、林茂春《文選補》、梁章鉅《文選旁證》諸書，又皆足羽翼善注，何莫非善注之功臣歟？理宜附識於後。至五臣吕延濟、劉良、張銑、吕向、李周翰之注，止於課虚，難於徵實，本於善注外另行，故亦不必深考云。（同上書卷二）

**編者按**：《文選李注補正》，「正」原脱。

## （清）喬松年

五臣注《選》多臆造語。《喻巴蜀檄》李周翰注曰：「周穆王令祭公謀父爲威猛之詞，責狄人之情，此檄之始。」《北山移文》吕向注：「蘇門先生游於延瀨，見一人采薪，謂曰：『子終此乎？』人曰：『吾聞聖人無懷，以道德爲心，何怪乎而爲哀也？』遂爲歌二章而去。」兩事皆無所本。他類此尚多。《檄吴將校文》劉良注：「侯成，小吏。」亦無所據。（《蘿藦亭札記》卷六）

## （清）方宗誠

【徐庾文選叙（節録）】周以前無學爲文章之事。六經諸子體制不一，要皆明道教，著法制，記事言，抒情性。故其言上之可以爲經，其次有醇有疵，亦皆足爲身心家國之用。自漢以來始有以文名者，然西漢質實，少無用之言，風氣猶爲近古。東漢而降，詞日繁，氣日靡，史臣創立《文苑傳》以著其人。然昌黎韓氏叙古作者之統，雖班固不得與其列，況其次乎？昭明《文選》，乃取魏晉齊梁與周末西漢之文，並收而雜録之，以爲萃文章之英華可也，以爲正宗則非也。（《柏堂集》前編卷二）

## （清）劉毓崧

【黄菊人風雨泛家圖序（節録）】廣陵《文選》之學興於曹、李，《舊唐書·李邕傳》云：廣陵江都人，父善，嘗受《文選》於同郡人曹憲。曹氏之弟子自外郡至者，莫著於句容許淹。《舊唐書·曹憲傳》云：江淮間爲《文選》學者本之於憲，又有許淹、李善、公孫羅復相繼以《文選》教授。《許淹傳》云：潤州句容人也。阮太傅《揚州隋文選樓記》云：及曹君門人，句容處士許淹，皆世傳其學。李氏之弟子自外郡至者，莫著於丹徒馬懷素。《舊唐書·李善傳》云：嘗注解《文選》，以教授爲業，諸生多自遠方而至。《馬懷素傳》：潤州丹徒人也，寓居江都，少師事李善。《嘉慶揚州府志·流寓門》中不列許氏之名，而馬氏則特據《唐書》補列。康熙、雍正《府志》「流寓門」皆未列馬氏，《江都縣志》亦然，嘉慶《府志》乃特筆補入。蓋兩人淵源相近，先後負笈於揚，而僑寄之期其久暫各别，故國史既有載有不載，郡志亦或收或不收耳。吾友黄君菊人家本上元，而僑居揚郡，所師事者爲江都梅藴生先生，即往來交游，大抵皆吾鄉之士。毓崧得聆教益十有五年，頃蒙示以《風雨泛家圖》，並述遷移歲月相告。竊謂其與馬氏之蹤跡相同者有四端焉：……馬氏親炙於李氏，私淑於曹氏，故熟精《選》理，發而爲文，馬公誌云：十五遍誦詩禮騷雅，能屬文。菊人受業於藴生先生，以上溯曹李之傳，其恪守師承，亦奉《選》學爲本，黄春谷先生《梅文學塾中祀曹憲徐鉉諸公記》云：「《説文》《文選》二書爲世間必不可無之模範。吾友梅子設帳於家，恒以二書教授，期於克紹前修，自勉而勉其弟子，乃於塾設二栗主，一以奉曹氏、公孫氏及魏氏、李氏父子，一以奉徐氏兄弟，朔望瓣香祀之。」其同三也。馬氏同門之友如魏氏景倩及李氏邕，皆以《選》學名家，志同道合，今案：魏、李皆曹氏弟子，其子與馬氏均爲曹氏再傳弟子，年輩相若，而所學又同，其爲執友無疑。菊人爲藴生先生高弟，與同學諸君亦以文字之交夙聯硯席，薛君介伯《嵇庵集後序》云：先師梅藴生先生及門中傳詩學者，菊人爲最。余如江都任漢卿、田季華、沈羨門，甘泉王竹溪，儀徵黄聖臺，句容陳卓人等，皆各有所得。其同四也。（《通義堂文集》卷一三）

## （清）俞樾

【取士議（節録）】三史之外，益以《文選》之學。考《舊唐書·儒學傳》曰：江淮間爲《文選》學者，本於曹憲，而李善等繼之。是唐時固有《文選》之學，故唐人所作詩文皆沈厚典雅，無宋元空疏之弊。今宜於第三場試史論外，更試詩一首，以《文選》出題，其所限官韻即用本篇題目中字。士子不知出處，不能押韻，則不得不熟讀《文選》矣。夫以經史爲之根柢，而又以《選》學佐之，

科場所得，必多華實並茂之士。數十年之後，經術吏治自將駕唐宋而上之矣。（《賓萌集》卷四）

【昭代叢書序（節録）】古書以十干編次者始於《管子》，《管子》有輕重甲、輕重乙、輕重丁、輕重戊、輕重己諸篇，而丙篇及庚篇以下俱亡。漢有令甲、令乙、令丙，師古謂若第一、第二，然亦徒存其目而已。昭明《文選》賦自賦甲至賦癸，詩自詩甲至詩庚，蓋亦仿漢令之意。（《春在堂雜文》續編卷二）

【任彦昇集箋注序（節録）】李善注《文選》，於任文多有未詳，如《爲范尚書讓吏部表》「金章有盈笥之談，華貂深不足之歎」，《王文憲集序》「掛服捐駒，前良取則」，皆二事並舉。李知其一而不知其二，是在唐人已不知其所徵引矣。（同上書三編卷三）

《文選》一書，詞賦家奉爲準繩，乃其體例，實多可議。如賦、詩宜以時代爲次，多爲標目，反或拘牽。且特立「耕藉」之目，而所録止潘安仁《藉田賦》一首；特立「論文」之目，而所録止陸士衡《文賦》一首。然則耕藉即潘賦之正名，論文乃陸賦之本意，題前立題，猶屋上架屋矣。又如《風》《月》《雪賦》謂之「物色」，義既不通，而《秋興》一賦，又非其倫，斯亦義例之未安者乎？（《湖樓筆談》卷六）

## （清）陳克劬

【詠懷古跡五首·文選樓】文章三代後，此《選》足千秋。帝子名猶昔，蕭梁去不留。我來逢九日，

把卷上層樓。欲采馨香薦，茫茫杜若洲。（《晴漪閣詩》卷二）

【李陽河謁昭明太子祠有序】夙聞池州有昭明文選樓，到池訪問居人，並無知者。時兵燹之後，求志乘檢閲又不可得，心甚歉然。四月一日由池往安慶，舟行過此，風逆不得發。登岸瞻矚，則廟祀存焉。屋僅三楹，略無碑碣，不得其奉祀之由，意選樓遺址即在是歟？前星早殞，渥澤未覃，而遺愛在人，不與蕭梁俱逝，蓋文章之力所及者遠矣！式瞻祠像，遠慕無已，喟然有作：

六經有删訂，在義不在辭。大雅日云遠，屬辭亦漸漓。昭明病其蕪，積卷手自披。洪爐範金錫，衆器同一規。側聞在當時，行卷到處隨。安知操筆地，非此叢薄祠。荒荒叢薄祠，俯仰令我悲。帝子不可作，繼思將在誰？流波日湯湯，灌莽相離離。千秋寄遐心，瞻拜靈其知。（同上書卷三）

（清）王棻

【與友人書（節録）】古今稱能詩者必曰杜甫氏，甫之言曰「讀書破萬卷」，又曰「熟精《文選》理」。由前之言，則甫之學爲甚博；由後之言，則甫之詩學爲甚精。是甫所以雄一時而名後世者，非獨才高使然，亦其學之博大精深，有以匠其才而成其器也。……學詩之法必以杜爲宗，……規《騷》《選》，攬宋唐，以正其趨。（《柔橋文鈔》卷一二）

## （清）李慈銘

唐人李善之注《文選》，顔籀之注《漢書》，古今並傳，以爲絶學。然顔實非李比，兩注相斠，優劣懸絶。蓋李精通訓詁，淹串古義；顔擩染俗學，多昧本文。據《唐書·文苑傳》，言善注《文選》，釋事而忘義，書成以問子邕，邕謂宜事義並釋，善乃令邕補之，遂兩書並行。按今《文選注》往往兼釋事義，則已有邕注倂入其中，而不復能別。師古之注《漢書》，本於其叔父游秦，故稱爲小顔注；而師古不標明游秦之説，遂令大顔之注，無從分別，故前人譏師古爲攘先善。是則《文選注》以父掩子，殆出北海之意，不失爲恭；《漢書注》以後攘先，竟成秘監之私，殊害於義。兩書非特疏密難同，亦且從違迥判。（《越縵堂讀書記》一二《劄記》）

## （清）平步青

《文選》中賦之多者安仁，詩之多者靈運。有賦，無詩、雜文者十人：惠姬、武仲、季長、正平、文考、平叔、子期、元虚、子安、興公也。有賦、詩，無雜文者六人：平子、仲宣、茂先、太沖、景純、明遠也。有賦、雜文，無詩者八人：宋玉、賈誼、長卿、子雲、子淵、叔皮、孟堅、希逸也。有詩、雜文，無賦者十七人：少卿、子桓、德璉、嗣宗、季倫、孟陽、景陽、越石、子荆、仲文、元亮、蔚宗、僧達、玄暉、彦昇、休文、希範也。賦、詩、雜文俱有者，祇子建、叔夜、士衡、安仁、靈運、惠連、延年、文通八人而已。自子夏至徐敬業，凡百二十七人。自周至梁，凡八代，著作兼該衆體，何止八人。而入選樓者僅僅有此，蓋奄有衆長之難也。無字者十一人：宋玉、李斯、韋孟、賈誼、劉安、鄒陽、郭泰機、歐陽建、王康琚、謝靈運、謝惠連、王僧達。（《霞外攟屑》卷七上）

## （清）汪之昌

【唐人漢書文選之學考（節録）】《隋書·蕭該傳》：該撰《漢書》及《文選》音義，咸爲當時所貴。是隋時已以《漢書》《文選》名所學，該尤以兼通著稱。……李善撰《漢書辨惑》三十卷。善固以《文選》學見推唐世者。善學受之曹憲，撰《文選》注，合六十卷。本傳歷叙初注、覆注、三注、四注之别，畢生學力，當在是書。與善同爲《文選》學者，有許淹、僧道淹，與善同師曹憲者，魏模、公孫羅，姓字具見《唐書》。《李邕傳》稱其父善始注《文選》，釋事而忘義，書成以問邕，邕意欲有所更，善因令補益之。邕乃附事見義，故兩書並行。是《文選》之學，善、邕洵爲後先濟美。開元時，吕延祚集吕延濟、劉良、張銑、吕向、李周翰五人之注，表進於朝。或謂勦善之説，詆善之短，然五人於《文選》學，究非一無所知者。《唐·藝文志》康國安《注駁文選異義》二十卷，殆有見於雜説之不倫，辨駁而著爲專書。常寶鼎撰《文選著作人名》三卷，觀其命名，似亦無關要義，要亦爲《文選》不可無之書。李匡乂《資暇集》雖非爲《文選》學而作，而考訂善注各條，足證平日之留心關覽，不必爲《文選》學，而無不可爲《文選》學之一助。杜甫詩「熟精《文選》理」，甫一詩人，而云「熟精」，正可見唐時《文選》之學，詞章家亦知通習也。吁，漢儒傳注之學，無嫌墨守一家，至唐人撰「正義」而一變，然若師古之注《漢書》，李善之注《文選》，家學師法，歷歷可稽，爰考其大略如此。（《青學齋集》卷一九）

【家塾芻言（節録）】近世論文者必曰以唐宋八大家爲軌範，詢其故，曰八家原本《史》《漢》，得力在此，傳世亦在此。夫既當學《史》《漢》之八家，何不徑學八家所學之《史》《漢》，而取法乎上歟？吾謂初學文者，宜取昌黎集中所自謂文從字順之作數十首，授令誦習，以疏其氣，然後量其能否，試諸文字，可望有成者，專令熟讀《文選》，導以作文門徑，必蹤跡於馬《史》班《書》，以盡文章能事，則所見不雜俗下，下筆斷無不古雅之理。（同上書附《裕後録》卷上）

## （清）張之洞

讀昭明《文選》宜看注。李善注最精博，所引多古書，不獨多記典故，於考訂經史、小學，皆可取資。不知《選》注之用者，不得爲《選》學。胡刻精，葉刻亦好。五臣注不善。

學《選》體當學其體裁、筆調、句法，不可徒寫難字。試看《選》中詩文，前人評論、激賞多在空靈波瀾處，至其臚陳物類、佶屈聱牙，未聞稱道之者，可悟。

《選》學有徵實、課虛兩義：考典實，求訓詁，校古書，此爲學計；摹高格，獵奇采，此爲文計。生典奇句可用，僻字不可用。

淺學讀《文選》，亦宜看全本。即擇尤而讀，亦宜睹其原書。若坊刻《文選集腋》，譌脱瑣碎，首尾不具，掇拾入文，無益有害。《文選》詞句宜於五經文詩古駢體，於八股不盡相宜。時文用《文選》詞藻，止可相題摘用，或一半句，或三數字，或段落文摹其調。此間生童試卷喜填《文選》泛話，動輒數十句，並不切合，此於文體既乖，亦於試場有礙。（以上《輶軒語·語學第二》）

## （清）袁昶

【懷甯雜詩其一】少時讀《選》苦不爛，大字明琱今眼明。老學庵供續兒讀，評箋掃盡葛藤縈。昨得新安吳勉學刻大字本《文選》十二卷，無箋無評，文句不隔，意脈相貫，便於老來補讀。（《于湖小集》詩四）

## （清）朱一新

問：《古文辭類纂》流別甚精，其斥蕭《選》爲破碎，允否？答：若姚氏斥蕭《選》爲破碎，是固有之。蕭《選》兼綜周秦以下之作，體制不同，有雄偉者，有嘽緩者，要莫不有濃彧之味。桐城所

短，乃正在此，亦不必是丹非素也。（《無邪堂答問》卷二）

## （清）張佩綸

【以文選善注授阿復並簡夢所】蕭梁以來重《文選》，集釋尤倚崇賢功。俗口雌黄誚「書簏」，要與《詩》箋《騷》注同。想見殺青寫定本，臣善手録傳臣邕。拾遺早與北海契，疑得鴻寶祕枕中。古今自闢詩世界，直薄漢魏追《國風》。晚將《選》理獨傳子，此念無乃私不公。嗟余結習珍綺麗，偶拾香草資童蒙。阿復峥嵘好頭角，辟咡而對經龘通。便宜操縵及詩事，若翁聲譽長楊宫。自云文辭頗妨道，壯夫不爲陋雕蟲。雖然幼學有次第，要識流别同朝宗。文饒家法不蓄《選》，意在矯枉吾勿從。君看子瞻挾盛氣，呵斥德施識凡庸。顧矜善注手不釋，字字赤琥兼黄琮。前掩羅、該殆培塿，後掃五臣真蠛蠓。就中逸書往往見，殘經逸史胥包籠。國朝儒流競疏證，如吕生子根於鐘。豈惟逸思想陶謝，芟落八代瀾迴東。與君日下角詞賦，並驅何止文章雄。君今一麾困簿領，我更卧守荒亭熢。獵餘疲馬偶相過，入門豪氣空如虹。賸將末技望後起，小年筆掃千人鋒。我家兒子亦不劣，眼前況得荀家龍。餘事和聲自鳴盛，相期命達過兩翁。（《澗于集》詩卷三）

（清）文廷式

李善《文選》注亦有用古人之説，而不著所出者。卷二十八《漢高祖歌》注云：「威加海内，言已静也。夫安不忘危，故思猛士以鎮之。」按《大風》「安不忘危」，文中子之言也，崇賢蓋善其説而用之。卷二十一郭璞《游仙詩》注云：「璞文多自叙，雖志狹中區，而辭無此字疑誤俗累，見非前識，良有以哉。」按鍾嶸《詩品》云：「郭璞《游仙》之作，辭多慷慨，乖遠玄宗，乃是坎壈詠懷，非列仙之趣也。」崇賢所謂「前識」蓋即指鍾嶸而言。余謂事實必標出處，而論議不妨隱括其詞，崇賢云云諒非掠美。近人有撰《文選注例》者，未知曾論及此否耳。

崇賢亦頗糾昭明之誤。左太沖《招隱詩》注云：「《雜詩》，左居陸後，而此在前，誤也。」此特時代之小舛耳。劉越石《扶風歌》注云：「集云《扶風歌》九首，然以兩韻爲一首，今此合之，蓋誤。」余按：昭明選録，頗有改訂，不依原集，故題昭明太子撰也。此譏其與集不同，亦非確論。（《純常子枝語》卷四〇）

（清）童槐

【葉氏睿吾樓文話叙（節録）】在昔六經，並著政治倫理之大，以逮名物之纖悉，一繫於文；周、秦諸子與史家迭出，各自成體；孫卿、屈原，或賦或騷，更擅其變。由今辨之，並得爲文章之祖。自賈生、枚叔、相如、子雲、孟堅、季長、平子之徒繼踵而起，相與琱章瑑句，下啓建安，浸淫至乎江左，於是目紀叙爲「筆」，惟沈思翰藻乃稱「文」焉，故昭明操選與彦和之論相標準。此漢以後一大職志也。……昌黎稱「韓筆」，亦曷嘗不精《選》理？（《睿吾樓文話》卷首）

（清）孫萬春

宋時諺語云：「《文選》爛，秀才半。」言《文選》爛熟，秀才已有一半了。今則全個秀才《文選》爛熟者幾人乎？……《隨園詩話》中謂：某先生教一庶常云：「已讀過之書不可不温。此外《唐宋詩醇》及《文選》均讀之爛熟，詞林中便錚錚矣。」可見從前均以讀書爲務。（《縉山書院文話》卷四）

# 近代

## 錢桂笙

【蘇子瞻不取文選説】自唐初以來，《選》學盛行，故雖以杜少陵之雄視百代，其訓子猶勖其熟精，而子瞻題是書後，獨譏其文體卑弱，去取失當者，何哉？大抵駢儷之文，足供辭人採獵，而擅古文者多嗤之。少陵工詞賦，《大禮》《太清》諸作，希蹤魏晉，其餘表狀碑誌，亦沿六代餘習，時尚藻麗，《文選》固所枕葄矣。子瞻爲古文，微特途與《選》殊，其卓越陵轢之氣，亦視此誠有所不屑。然文章關乎風氣，未可以一格繩。蕭梁之際，曼聲縟采，風扇藝林。昭明是選，猶能導源屈宋，遠溯揚班，則所目想心游，固非狃近代之靡靡者。至其偶儷居宗，葩華是擷，則當時風氣爲之。令子瞻而處斯世，亦未必不徇所尚，又何必以一己之愛憎，程墨前古耶。夫子瞻喜陶，而少陵謂其非知道，可知文人祈嚮，性情既殊，恉趣斯異。苟執一爲定評，則循聲失實，古人之譔述可廢者多矣。《文選》網羅衆家，諸體咸備，而搜珍翦穢，文質相扶，固後生英髦所爲準的者矣。淵明之詩，不因少陵一言而見損；昭明之《選》，豈以子瞻不取而可棄乎。若夫李陵之詩與答

蘇武之書，僞體失裁，則尺璧之瑕，誠不能爲昭明掩，然劉知幾《史通》已議之，亦不自子瞻始云。（《錢隱叟遺集》卷四）

## 吴曾祺

今有人於蕭《選》一書，全未寓目，則其爲文，色不澤而枯，字不雅而俗，其去古也遠矣，而猶號於人曰：「吾之文固以氣勝！」其孰信之？故人當少時，不獨《楚辭》當讀，必取秦漢之文數十篇，朝夕諷誦，使吾之神明意象，日與之習，久而自化，則雖率意之作，而氣味固自不同。（《涵芬樓文談·誦騷第四》）

人但知《文選》一書爲講駢文者不可不讀，余則謂講散文者亦不可不讀，蓋以求音韻之諧者，莫此爲近。（同上書《切響第十三》）

## 康有爲

辭章之學，先讀《楚辭集注》，次讀《文選》，武昌胡克家翻宋本爲佳，次則葉樹藩朱墨本亦可。則材骨立矣。《文選》先讀文，次詩，次賦。讀賦每夕一篇，四十九篇，月餘畢矣。《文選》當全讀，學其筆法、調法、字法。兼讀《駢體文鈔》，則能文矣。（《康有爲學術著作選·桂學答問》）

## 李詳

明吴瑞徵《世説序》「騁劇談於黄馬，縱雄辨於碧雞」《廣絶交論》，「班生有餘事之談」《賓戲》，「揚子有雕蟲之歎」《法言》，亦見曹子建《與楊德祖書》。又「能使俗士頩濯其鄙吝，庸流輸寫其憒濁」《七發》。皆見《文選》。余特爲注出，知明人尚有愛重《文選》者。（《李審言文集·媿生叢録》卷三）

【答江都王翰棻論文書（節録）】稍觀古人文字，喜蔚宗《漢書》、昭明《文選》，以求阮氏文言之旨。阮氏之言，亦昭明立意能文之區畫也。文章自六經周秦兩漢六代以及三唐，皆奇耦相參，錯綜而成。六朝儷文，色澤雖殊，其潛氣内轉，默默相通，與散文無異旨也。（《李審言文集·學製齋書札》卷上）

【答如皋宗敬之孝忱書（節録）】論文以左氏爲宗，與人言文章，自左氏下逮昭明《文選》，上溯漢魏，復由唐末逮於宋初，僅有《左傳》《文選》兩部爲文人資料。試取兩漢以下文集及《唐文粹》讀之，有不從此兩書出入者，有幾人耶？（同上書卷下）

## 姚永樸

總集古以《文選》爲美備。故王厚齋應麟《困學紀聞》云：「李善精於《文選》，爲注解，因以講授，謂之《文選》學。少陵有詩云：『續兒誦《文選》。』又訓其子云：『熟精《文選》理。』蓋《選》學自成家。」陸放翁《老學庵筆記》亦云：「宋初此書盛行，士爲之語曰：『《文選》爛，秀才半。』」然其中録文既繁，分類復瑣。蘇子瞻題之云：「恨其編次無法，去取失當。」亦不可謂盡誣。蓋文有名異而實同者，此種只當括而歸之一類中，如騷、七、難、對問、設論、辭之類，皆詞賦也；表、上書、彈事，皆奏議也；箋、啓、奏記、書，皆書牘也；詔、册、令、教、檄、移，皆詔令也；序及諸史論贊，皆序跋也；頌、贊、符命，同出褒揚；誄、哀、祭、弔，並歸傷悼。此等昭明皆一一分之，徒亂學者之耳目。自是以後，或有以時代分者，或有以家數分者，或有以作用分者，或有以文法分者，衆説紛紜，莫衷一是。（《文學研究法》卷一《門類》）

## 章太炎

昭明太子序《文選》也，其於史籍，則云「事異篇章」；其於諸子，則云「不以能文爲貴」。此爲裒次總集，自成一家，體例適然，非不易之定論也。若以文筆區分，《文選》所登，無韻者故不少。若云文貴其彣耶，未知賈生《過秦》、魏文《典論》，同在諸子，何以獨堪入録？有韻文中，既録漢祖《大風》之曲，即《古詩十九首》亦皆入選，而漢晉樂府，反有佚遺。是其於韻文也，亦不以節奏低卬爲主，獨取文采斐然，足耀觀覽，又失韻文之本矣。是故昭明之説，本無以自立者也。

《文選》之興，蓋依乎摯虞《文章流别》，謂之總集。《隋書·經籍志》曰：「總集者，以建安之後，辭賦轉繁，衆家之籍，日以孳廣，晉代摯虞，苦覽者之勞倦，於是芟翦繁蕪，自詩賦下各爲條貫，合而編之，謂之《流别》。」然則李充之《翰林論》，劉義慶之《集林》，沈約、丘遲之《集鈔》，放於此乎。《七略》惟有詩賦，及東漢銘誄論辯始繁，荀勗以四部變古，李充、謝靈運繼之，則集部自此著。總集者，本括囊别集爲書，故不取六藝、史傳、諸子，非曰别集爲文，其他非文也。《文選》上承其流，而稍入詩序、史贊、《新書》《典論》諸篇，故名不曰集林、集鈔，然已痟矣。其序簡别三部，蓋總集之成法，顧已迷誤其本。以文辭之封域相格，慮非摯虞、李充意也。《經籍志》别有《文章英華》三十卷，《古今詩苑英華》十九卷，皆昭明太子撰。又以詩與雜文爲異，即明昭明義例不純，《文選序》率爾之言，不爲恒則。（以上《國故論衡》中卷《文學總略》）

余以爲持誦《文選》，不如取《三國志》《晉書》《宋書》《弘明集》《通典》觀之，縱不能上窺九流，猶勝於滑澤者。（同上書中卷《論式》）

晉宋兩代，駢已盛行。然屬對自然，不尚工切。晉人作文，好爲迅速。《蘭亭序》醉後之作，文不加點，即其例也。昭明《文選》則以沉思翰藻爲主，《蘭亭》速成，乖於沉思，文采不艷，又異翰藻，是故屏而弗録。然魏晉佳論，譬如淵海，華美精辨，各自擅場。但取華美，而棄精辨，一偏之見，豈爲允當。顧《文選》所收對偶之文，猶未極其工切也。（《國學講演録·文學略説》）

## 孫德謙

【文選偏重六朝】六朝以前文章無有選本，昭明《文選》固後世選家之所宗也。惟選文當以體裁爲主，昭明之選，其例誠善，宜爲姚鉉而下遞相師祖。但每類之中所用子目，如賦之曰「志」、曰「情」，不免爲細已甚。即賦爲六義附庸，今先賦後詩，識者譏之，是也。至其自序，以明經、史、諸子不入選輯。或謂昭明所選，乃是必文而後選，誠哉是言！吾謂登選之文，雖甄録《楚辭》與子夏《詩序》，上起成周，其實偏重六朝。何以知之？試觀「令」載任彦昇《宣德皇后令》一首，「教」載傅季友《爲宋公修張良廟教》《修楚元王廟教》二首，「策秀才文」則祇有王元長與彦昇兩家，以及「啓」類、「彈事」類、「墓誌」、「行狀」、「祭文」諸類，彦昇爲多，其餘即沈約、顔延之、謝惠連、王僧達數人之文，豈非以六朝爲主乎？不然，自「啓」以下，古人詎無作此體者？近世之論駢文，有所謂「《選》體」，蓋亦詔人以學六朝乎？（《六朝麗指》）

## 程先甲

【報丹徒陳善餘明經慶年書（節録）】古無總集之名，詩三百篇，聖賢士女鳩諸一帙，宜若總集之椎輪。然煌煌經訓，未聞名以集者，懼其褻也。摯虞有《流别》，又已佚失，不得不推昭明之書稱首已。俗士耳食，區昭明書以儷體，屏不與齒。夫昭明所選，魏晉之際多駢散兼行之作，宋齊梁純乎駢體，纖麗誠亦不免，然而歷代古文家户尊而家拜，所謂周秦兩漢者，《選》中未嘗寡有也。即魏晉宋梁所録而爲古文家所取者，亦何嘗不在昭明紘網中邪？不論年代，不訊臧否，一語涉《選》，回面闔目，殆非平心之論矣。自唐以後，駢散始分，昭明之書，斟酌八代，豈惛于流别，雜糅奇偶爲一冶哉，時爲之也。況文章體裁粲然大備，所闕者傳記兩端耳，故更歷千有四百餘載，古古相傳，紹述罔替。非第如此，其所載皆函茹雅故，惟宋齊梁三朝崇尚清新，喜隸事，古義始熄。今論者一切土苴，然則昌黎造句，痛嗜卿、雲，柳州師表《離騷》，李翺于三家外並敬宋玉、李斯、賈、枚。姚纂《古文辭》，賦不廢，曾文正居平詔入選爲初桄者，皆非歟？即以詩論，所録既囊括盡美，漢魏閒多近雅頌，晉以下多近風，後之文士，拾其唾沫皆成家，而去其蔽者爲之，則撏撦毛鞹，遺棄精采，則學者之過，非是詩之咎也。李斯亂天下，豈孫卿所及料哉？而詩家動以《選》體相訾謷，此余所大惑不解五也。平心論之，昭明書中，詩無可商，其文若以古文法繩之，可汰其什之二三。然自崇賢注出，其爲用至廣極大，乃與酈道元《水經注》、裴松之《三國志注》卓然爲三大注家。《四庫提要》嘗並舉之。而昭明書乃屹不動。（《選雅》卷首附録）

## 曹典球

【文選學賦以「文選自成一家」爲韻并序】《文選》之學，詞章家多據《舊唐書·儒學傳》云江淮間爲《文選》學者始於曹憲，而不知以《文選》講授，始於曹氏，究之「《文選》學」之名，不始於曹氏也。按汪氏《文選理學權輿》云昭明集文士十人，時謂之「高齋十學士」，然則蕭梁當日已能以選學成家。惜陳隋世變，其學失傳，昭明不録，未克終其注《選》之志，使《文選》之學至唐始昌，亦時勢爲之也。獨曹氏著《文選音》十卷，始開後儒注《選》家法，而又享年百餘，克終其纂述舊志。今曹氏撰著雖不傳，得李氏注以承其絶學，亦可以不朽矣。顧李氏之學，一變於五臣，再變於六臣。五臣注則詆訾不休，六臣注則珠礫並雜，所以李匡乂、邱光庭、蘇東坡極詆五臣之失，而反復申明李氏學，殆以此爲《選》學中不祧之祖與。至宋熙、豐而後，士以穿鑿談經，而《選》學寖廢，爲是學者皆擬續家、評論家，孫氏《四六叢話》「叙選」已標其目。而於李氏學無所發明。至明張鳳翼《文選纂注》十二卷，其考證舊文處，又不明所依據之書，未免失其體例，雖其書可以補證李氏者不下數十條，而掠美之愆，終不能掩。然則張氏亦非《選》學正宗矣。又若明儒《文選章句》《文選尤》《文選瀹注》各書，皆爲制藝而設，非所以辨章學術，揚搉群言也。夫《選》學萌於梁，盛於唐，衰於宋，再衰於元明，我國朝諸大儒昌明《選》學，皆能以小學餘力治功於此，殆有以昌李氏之絶學，而補其未逮也。讀《選》之暇，爰即斯學升降源流細釐別之，歸諸風厲，勒成一賦。其詞曰：

振風騷於屈宋，擷麗藻於卿雲，兼氾濫乎百氏，羌放佚於舊聞。乃登選樓，考皇墳，歷文苑，理書芸，稟成式於蕭梁，挹清芬乎十君。知箋注之不詳，徒枋選之紛紜；獨奈何遭隋代之五厄，盡諸家舊注於一焚。所以何承天注《演連珠》，久空書於《隋志》；張平子注《思玄賦》，徒僞託乎班薰。歎《選》學之失傳，嗟門户之大分。徒見乎尚華藻者取資於司馬，言音韻者假口於休文。厥有曹學士憲者，距昭明數百餘年，讀古書三千萬卷，苑林侈其《叢談》，《廣雅》注成經典。當隋季而唐初，獨微燭而幽闡，持《選》學之絶續，恒鏗鏘而力辨。守厥師承，實惟李善。通小學則詮釋無訛，精史學則引徵不舛。義理少而考據繁，體例微而理解顯。門類既有專精，表進實非雕篆，所以居汴鄭而講授也。仍舊注則無掠美之愆，精校讎永當崇賢之選。當其時，句容許淹，號爲同堂，江夏公孫，實其同地。何以朝稽夕考，雜録不傳訂訛，疏委揚源，分校不聯同志。蓋李氏編成四注，乃爲絶筆之文，諸家雖得一蠡，詎有不刊之義。心極雕龍，人誰附驥？今日者《新唐書》傳爲父子相習，讀《資暇録》而知其誣。單行本知爲毛晉所遺，訪汲古閣恒搜其異。於以知李氏之卓卓於文選臺者，其考訂非無所自。厥後蕭嵩欲表其先業，開元群進其品評，宣公移板於三館，少陵自命爲專精。顧一則以解蹲鴟，院中資爲嘲笑；一則以叙王暕，《野客》致其紛争；一則於《儒林公議》標榜其號，而傳本因之以少；一則以《歲寒詩話》標明其説，而《選》理因之以宏。雖歷數百年言《選》學不絶，而未嘗汰其蕪詞，豁其清英。闡變學究爲秀才之理，去謂小兒强解事之名。故《選》學之衰，一衰於談經之謬，一衰於持論不平。如今之治《選》者，苟以李氏爲宗旨，而益考訂之明，復何事訪《補遺》於仁子，搜《遺集》於蘭成？是故以義理言《選》學者失於迂，以議論言《選》學者浮於實，以補續言《選》學者多離宗，以文評言《選》學者多拘律。未若以小學通《選》學，則奇字不僻乎《太玄》；以史學通《選》學，則異書不驚乎石室。且言漢學者恒據《文選》之字，考覈六經；著札記者恒考《文選》之辭，編成四筆。蓋《選》學之盛也，繇於詞章之興；《選》學之衰也，繇於時藝之出。所以自唐迄明，惟李氏六十卷之書爲第一。我國朝西山考典，甲館流霞，宏儒代出，采奇擷葩。已足追江都之盛軌，掃百氏之萌芽。然後知《文選》者駢體之統紀，考據者《選》學之津涯。然操騷壇之令，擷詞苑之華者，尤當崇實學、尚清嘉。放《文選錦字》之書，鈔撮詞藻，屏《文選集腋》之帙，類對浮誇。此類書一興，《選》學所以無專家也。（《沅湘通藝録》卷七）

## 劉師培

六朝以來，風格相承，刻鏤之精，昔疏而今密，聲韻之叶，舊濇而新諧。凡江、范之弘裁，沈、任之巨製，莫不短長合節，追琢成章。故《文選》勒於昭明，屏除奇體；《文心》論於劉氏，備列偶詞，體製謹嚴，斯其證矣。厥後《選》學盛行，詞華聿振，徐、庾遷聲於河朔，燕、許振采於關中，排偶之文，於斯爲盛。（《文說·耀采篇》第四）

【文章原始（節録）】魏晉六朝，崇尚排偶，而文與筆分。偶文韻語者謂之文，無韻單行者謂之筆。觀魏晉六朝諸史各列傳中，多以文筆並言，則當時所謂筆者，乃直樸無文之作也。或用之記事之文，或用之書札之文，體近於語，復與古人之語不同。梁元帝《金樓子》云：「至如不便爲詩如閻纂，善爲章奏如伯松，若此之流，泛謂之筆。吟詠風謡，流連哀思者謂之文。」劉彦和《文心雕龍》云：「今之常言，有文有筆，無韻者筆也，有韻者文也。」文筆區分，昭然不爽矣。故昭明之輯《文選》也，以沉思翰藻者爲文，凡文之入選者，大抵皆偶詞韻語之文，即間有無韻之文，亦必奇偶相成，抑揚詠歎，八音協唱，默契律吕之深，故經子諸史悉在屏遺，是則文也者，乃經史諸子之外別爲一體者也。（《左盦外集》卷一三）

## 劉咸炘

【文選序說】七略漸變而爲四部。劉氏「詩賦」一略，王氏《七志》更爲「文翰」，阮氏《七略》又改「翰」爲「集」，而「文集」之名成。蓋詩賦之體，流變爲頌贊箴銘，設詞連珠，而其風勢推用於一切告語之文，必稱翰而後可該。而集之爲稱，自隋以前固專指篇翰之出於詩教者也。經説、史傳各爲成書，子家别爲專門，故詞賦之流專稱爲集，非後世雜編爲集之例也。《書》《禮》《春秋》皆主質，故《詩》之流、藻韻之作專稱爲文，非著述統號爲文之名也。文也，集也，皆大其名而狹其實。此義不明，則六藝源流混，而文體不可復别。《文選》之爲世詬病以此。蘇子瞻首詆其無識，姚姬傳復譏爲破碎可笑。章實齋作《詩教》《文集》二篇，發明隋前篇翰之源，正後世文集之謬，而不知《文選》之例即主詩教，故但表其輔史，摘其分門之誤，而未明本旨。阮芸臺撰《文言説》《書〈文選序〉後》二篇，發明六朝文筆之辨，專以藻韻爲文，以救後世偏尚散行之謬。而不知藻韻源於詩教，故偏主排偶。至牽涉《四書》文而不爲通論，其不知史子集部源流，與蘇、姚同。吾既明章氏之義，乃知昭明本叙固已明言，阮氏亦未能細讀。就文説之，其義可瞭也：書名《文選》，猶之劉義慶之《集林》、沈約之《集鈔》，本專指當時之集而言。《序》先論詩，而舉六義，明乎詞賦一流皆源六義。又曰：「古詩之體，今則全取賦名。」此言後世之賦，以附庸而成大國，兼該六義，足以當古之詩也。次論騷者，騷爲賦祖也。次論詩，次論頌。頌名猶沿於古詩，不但義同。箴戒起於上世，其藻韻與詩同，而《抑》及《卷阿》，列於《三百》。銘誄固詩之流，贊亦頌之類。以上皆詞賦正傳，源於詩教者也。惟箴下銘上雜入論體，似不倫，殆以箴戒言理而連及之與？此下乃言告語之文，蓋告語單篇，與經説、史傳、子家殊途。《三百篇》中有書簡哀弔之義；春秋賦詩酬答，其義亦取主文。而枚、馬書檄原於縱横，《東漢・文苑傳》書教與賦頌並列。詔誥教令，上告下也；表奏箋記，下告上也；書誓符檄，告敵體也；弔祭悲哀，告鬼神也；末乃終以答客指事之設詞，三言七字之異句，以該諸未舉之例。篇辭、引序、碑碣、誌狀，皆屬單篇，特爲統舉之詞。篇辭本非一體，引序則一書之附物，碑碣與誌乃刻石之文，其詞簡渾與銘頌同，後世用史傳法，非古也。先後次第既已粲然，乃發其選輯之例：經不可選，不特尊經也。六經皆史，體制各殊，本非文集之流，亦不得割成書爲單篇也。昭明但言「日月俱懸，鬼神爭奥，豈可芟夷剪裁」，姚姬傳從之，止知尊經，已非了義。曾滌生則謂諸文皆本於經，經非不可選，遂徧選之。夫《詩》本單篇，列之賦頌弔哀猶可也。《尚書》，因事名篇之史也，而割分於典志、傳狀、詔令、論著。《禮記》，記也，而割分於典志、序跋。黎庶昌沿之，竟以《堯典》入於傳狀。此豈復可與考文體乎！然後知昭明不選之爲深晰源流也。不選子家，曰「以立意爲宗，不以能文爲本」，深辨文質之言也；不選説辭，曰「雖傳之簡牘，而事異篇章」，斯語尤精。曾滌生譏姚姬傳選太史談《論六家要旨》，謂其文乃史遷所述，非談本有一篇，當矣；而於姚氏選《國策》諸説辭略不譏議，且沿之焉，此豈非撰《國策》者所記，非本有一篇者乎？是知一十而不知二五也。夫事異篇章，不特説辭爲然，凡子史部成書，皆非詩教一流單篇抒采之比也。故昭明又曰：「記事之史，繫年之書，方之篇翰，亦已不同。」其義亦明爽矣。然其書又選史論贊，恐後人疑爲自亂其例，則又曰：「贊論之綜緝辭采，序述之錯比文華，事出沈思，義歸翰藻，故雜而録之。」明乎其選論序，亦以其藻韻合於詩教而録之，此即實齋所謂「詩教入於《春秋》，史家抑揚詠歎，原出《風》《雅》」者也。由是以推，論爲子家而選諸論；狀雖單篇，亦屬史流，而選《竟陵文宣王行狀》；《過秦》本《新書》之一篇，而割采之。蓋皆以其沈思翰藻也。不取西漢奏疏，以其質也。其他各類，皆以此爲斷，去取之旨，猶可推尋。惟《毛詩序》《尚書序》《左傳序》，皆非沈思翰藻，而亦録之。殆以本書主於詩教，故録《詩序》以見宗主，而《書》《春秋》二篇，又以旁備文史源流耳。《典論·論文》亦全書之一篇，而亦割録之，蓋猶之選《詩序》也。然全書之中，亦有未安者三端：一曰次序倒，二曰立目碎，三曰選録誤。實齋謂詩賦不當冠篇，後世沿之爲陋，其説苛矣。既知文章源於詩教，而不知《文選》專主詩流，是明於彼而暗於此也。實齋選《文徵》皆以奏議爲首，此乃《文徵》輔史之當然，非選文通例。今且就文爲著述統稱之廣義而言，亦不得先奏議也。惟是昭明既主於詩，則當先詩，次騷，次賦，源流乃明。今乃先賦，次詩，而又自解之曰「古詩之體，今則全取賦名」。夫賦雖兼該六義，今固猶有詩存，非賦所能該也。此倒者一也。《序》中分詞賦、告語爲二，劃部明析，而編録乃於賦、詩、騷、七之後，遂列詔、册、令、教、文、表、上書、啓、彈事、箋、書、檄諸告語文，而又繼以對問、設論、辭、頌、贊、符命之出於詩賦者，又繼以史論、論之旁出史子者，又繼以連珠、箴、銘、誄、哀、碑、誌、弔、祭之出於詩賦者，忽此忽彼，雜亂無序。狀出史家而間於誌後，以與誌近而附焉，猶可也。序間於辭、頌之間，何説耶？此所謂倒者二也。賦之源出於詩騷，志情紀行，乃真詩騷之遺，郊祀、耕藉、畋獵出於雅頌，哀傷出於國風，斯當類而次之，依其源之先後爲次第，今乃隨意編之，以情居末，猶可云防淫，其他則混矣。京都之體最後，而乃以爲首，此蓋文士之見，愛其篇體廣博耳。昭明於詩一類，略依風雅頌爲次第，首尾明白，何於賦乃混亂如此？此倒者三也。「游覽」一目，可並於紀行。既有物色，便該萬象。宫殿特出，猶云擬於京都。鳥獸非物乎？江海非色乎？不必分而分。音樂中，簫、笛，器也，舞、嘯，事也，不當合而合。賦人事者多，賦動植者亦多，豈得以所選有鳥獸而無草木，有舞嘯而無釣弋，遂立一偏之目乎？騷、七不當别爲一目，符命立名不安，述贊誤認班書，章實齋已譏之。吾謂七當並於設論而改爲「設詞」。符命之名不足該括，彦和稱「封禪」亦然，當依李氏《駢體文鈔》稱「雜颺頌」，又不當如實齋之説並於設論也。《秋風辭》，詩也；《歸去來》，賦類也；宋玉《對楚王問》，設詞也。「辭」與「對問」二目，皆可省也。此皆所謂碎者也。以愚臆見，更定其次，當先詩，次賦，分爲楚辭、情志、紀行、京都、宫苑、典禮、人事、物色、哀傷八類，而論文附焉；次頌、次贊、次雜颺頌、次箴、次銘、次連珠、次設詞、次碑、次誌、次誄、次哀、次弔、次祭。然後次詔、次册、次令、次教、次策文、次表、次上書、次彈事、次啓、次箋、次奏記、次書、次移、次檄。告語之文既終，然後繼以序論行狀，則正附明矣。頌、贊，令、教，箋、啓，皆可並二爲一，不並尚無害也。若夫撰録之誤，章氏謂《過秦》無論名，與班書序傳不當選，是也。雖主翰藻，子書不可割，序傳尤不可割也。《難蜀父老》乃設詞頌德，非檄也，附於檄末，不安也。《聖主得賢臣頌》《四子講德論》，皆颺頌之文，《封禪》《典引》之類，而歸於頌論，與四言之頌、樹義之論同列；《非有先生論》乃答難之流，而亦與樹義之論同列：此皆泥名而忘實也。雖然，其全書大體，疆畛固甚明白，固非不知源流者所得毛舉以相譏矣。劉彦和氏《文心雕龍》兼該六藝、諸子，與昭明之主狹義不同。其上廿五篇，《宗經》《正緯》之後，即繼以《辨騷》《明詩》《樂府》《詮賦》《頌贊》，此皆詞賦本支，又次以《祝盟》《銘箴》《誄碑》《哀弔》《雜文》，皆詩之支流，終以近詩之《諧隱》，然後次以《史傳》《諸子》《論説》，然後次以告語之文《詔策》《檄移》《封禪》《章表》《奏啓》《議對》《書記》，而於《書記》篇末，乃廣論經史諸流及日用無句讀之文，其叙次亦與《文選序》大略相同。此二書上推劉氏《七略》，貌同心異，端緒秩然。而論文體者竟不推究，姚、曾諸人稍稍就所見之唐宋文字分立目録，遂已爲士林實重，矜爲特出，亦可慨矣哉！

先賦後詩，今覺其不可輕非，《七略·詩賦略》亦先賦後詩，蓋當時自以漢賦直承《三百篇》。五言詩初興，境猶未廣。古人視詩、賦爲一，不似後人之分別。昭明之叙次，實承《七略》耳。己巳十月自記。（《文學述林》）

# 紀事

# 唐前

## （隋）侯白

【石動筩（節録）】（北齊）高祖嘗令人讀《文選》，有郭璞《游仙詩》，嗟嘆稱善。諸學士皆云：「此詩極工，誠如聖旨。」動筩即起云：「此詩有何能，若令臣作，即勝伊一倍。」高祖不悦，良久語云：「汝是何人，自言作詩勝郭璞一倍，豈不合死？」動筩即云：「大家即令臣作，若不勝一倍，甘心合死。」即令作之。動筩曰：「郭璞《游仙詩》云：『青溪千餘仞，中有一道士。』臣作云：『青溪二千仞，中有兩道士。』豈不勝伊一倍？」高祖始大笑。出《啓顔録》。（《太平廣記》卷二四七）

## 大業拾遺記

（隋煬）帝嘗幸昭明文選樓，車駕未至，先命宫娥數千人，升樓迎侍。（《説郛》卷一一〇上引《大業拾遺記》）

## 北史

蕭該，蘭陵人。梁鄱陽王恢之孫，少封攸侯。荆州平，與何妥同至長安。性篤學，《詩》《書》《春秋》《禮記》並通大義，尤精《漢書》，甚爲貴游所禮。開皇初，賜爵山陰縣公，拜國子博士，奉詔與妥正定經史。然各執所見，遞相是非，久而不能就。上譴而罷之。該後撰《漢書》及《文選》音義，咸爲當時所貴。（《北史》卷八二列傳第七〇《儒林》下）

（杜）正玄，字知禮，少傳家業，耽志經史。隋開皇十五年，舉秀才，試策高第。曹司以策過左僕射楊素，怒曰：「周孔更生，尚不得爲秀才，刺史何忽妄舉此人？可附下考。」乃以策抵地，不視。時海内唯正玄一人應秀才，餘常貢者，隨例銓注訖，正玄獨不得進止。曹司以選期將盡，重以啓素。素志在試退正玄，乃手題使擬司馬相如《上林賦》、王褒《聖主得賢臣頌》、班固《燕然山銘》、張載《劍閣銘》《白鸚鵡賦》，曰：「我不能爲君住宿，可至未時令就。」正玄及時並了。素讀數徧，大驚曰：「誠好秀才！」（同上書卷二六）

# 唐五代

## （唐）劉肅

江淮間爲《文選》學者，起自江都曹憲。貞觀初，揚州長史李襲譽薦之，徵爲弘文館學士。憲以年老不起，遣使就拜朝散大夫，賜帛三百疋。憲以仕隋爲祕書，學徒數百人，公卿亦多從之學，撰《文選音義》十卷，年百餘歲乃卒。其後句容許淹、江夏李善、公孫羅相繼以《文選》教授。開元中，中書令蕭嵩以《文選》是先代舊業，欲注釋之。奏請左補闕王智明、金吾衛佐李玄成、進士陳居等注《文選》。先是，東宮衛佐馮光震入院校《文選》，兼復注釋，解「蹲鴟」云：「今之芋子，即是著毛蘿蔔。」院中學士向挺之、蕭嵩撫掌大笑。智明等學術非深，素無修撰之藝。其後或遷，功竟不就。（《大唐新語》卷九《著述》）

### 附録

（唐）韋述

開元十九年三月，蕭嵩奏王智明、李元成、陳居注《文選》。先是馮光震奉敕入院校《文選》，上疏以李善舊注不精，請改注，從之。光震自注得數卷。嵩以先代舊業，欲就其功，奏智明等助之。明年五月，令智明、元成、陸善經專注《文選》，事竟不就。（《玉海》卷五四引唐韋述《集賢注記》）

（唐）胡璩

【馮光震】唐率府兵曹參軍馮光震入集賢院校《文選》，嘗注「蹲鴟」云：「蹲鴟者，今之芋子，即是著毛蘿蔔也。」蕭令聞之，拊掌大笑。出《譚賓録》。（《太平廣記》卷二五九《嗤鄙》二引唐胡璩《譚賓録》）

（宋）黄朝英

【踆鴟】《貨殖傳》云：「吾聞岷山之下，沃野下有踆鴟，至死不饑。」注云：「踆音蹲，踆鴟，謂芋也。根可食以充糧，故無饑年。」《華陽國志》曰：「都安縣有大芋，如踆鴟也。」東坡云：「岷山之下，凶年以蹲鴟爲糧，不復疫癘，知此物之宜人也。」《本草》謂芋，土芝，益氣充肌。余案《大唐新語》載東宫衛佐馮光震入院校《文選》，解蹲鴟云：「今之芋子，即是著毛蘿蔔也。」蕭嵩聞之，撫掌大笑。又，案《顔氏家訓》云：「江南有一權貴，讀誤本《蜀都賦》注解

『蹲鴟芋也』，乃爲「羊」字，人饋羊肉，答云『捐惠蹲鴟』，舉朝驚駭。」尤可嗤笑。（《靖康緗素雜記》卷五）

（宋）吴聿

《譚賓録》載唐率府兵曹參軍馮光震入集賢院校《文選》，注「蹲鴟」云：「今之芋子，即著毛蘿蔔。」又温庭筠《乾𦠆子》所載不同，云：「蕭嵩以《文選》是先代舊書，欲注『蹲鴟』云：『今芋子，乃著毛蘿蔔。』」未知孰是。（《觀林詩話》）

**編者按**：《觀林詩話》所引温庭筠《乾𦠆子》文疑有脱誤。

（清）王鳴盛

【曹憲吕向文選】劉肅《大唐新語·著述》篇：「江淮間爲《文選》學者，起自江都曹憲。貞觀初，徵爲宏文館學士，不起，就拜朝散大夫。撰《文選音義》十卷。年百餘歲卒。」憲之書不傳，傳者獨有李善及五臣。《新唐書·文藝傳》：「憲始以《文選》授諸生，同郡李善相繼傳授。」是也。《肅宗紀》，初封陝王，玄宗遣賀知章等侍讀，中有吕向，殆即五臣注《文選》者之一。鶴壽按：曹憲在《新唐書·儒學傳》，不在《文藝傳》，其文云：「始以梁昭明太子《文選》授諸生，而同郡魏模、公孫羅，江夏李善，相繼傳授，其學大興。」先生蓋檢錯卷數也。若吕向則在《文藝傳》，其文云：「字子回，涇州人。開元十年，召入翰林，兼集賢院校理。嘗以李善釋《文選》爲繁冗，與吕延濟、劉良、張銑、李周翰等，更爲詁解，時號五臣注。」先生不引此而獨引《肅宗紀》，且云「殆即五臣注《文選》者之一」，豈未見《新唐書》耶？《藝文志》云：「曹憲《文選音義》卷亡，李善注六十卷，公孫羅注《文選》六十卷，《音義》十卷，五臣注三十卷，衢州常山尉吕延濟、都水使者劉承祖男良、處士張銑、吕向、李周翰注。開元六年工部侍郎吕延祚上之。」（《蛾術編》卷一四）

## 舊唐書

曹憲，揚州江都人也。仕隋爲秘書學士。每聚徒教授，諸生數百人。當時公卿已下，亦多從之受業。憲又精諸家文字之書，自漢代杜林、衛宏之後，古文泯絶，由憲此學復興。大業中，煬帝令與諸學者撰《桂苑珠叢》一百卷，時人稱其該博。憲又訓注張揖所撰《博雅》，分爲十卷，煬帝令藏于祕閣。貞觀中，揚州長史李襲譽表薦之，太宗徵爲弘文館學士，以年老不仕，乃遣使就家拜朝散大夫，學者榮之。太宗又嘗讀書有難字，字書所闕者，録以問憲，憲皆爲之音訓及引證明白，太宗甚奇之。年一百五歲卒。所撰《文選音義》，甚爲當時所重。初，江、淮間爲《文選》學者，本之於憲，又有許淹、李善、公孫羅復相繼以《文選》教授，由是其學大興於代。

許淹者，潤州句容人也。少出家爲僧，後又還俗。博學洽聞，尤精詁訓。撰《文選音》十卷。

李善者，揚州江都人。方雅清勁，有士君子之風。明慶中，累補太子内率府録事參軍、崇賢館直學士，兼沛王侍讀。嘗注解《文選》，分爲六十卷，表上之，賜絹一百二十匹，詔藏于祕閣。除潞王府記室參軍，轉祕書郎。乾封中，出爲涇城令。坐與賀蘭敏之周密，配流姚州。後遇赦得還，以教授爲業，諸生多自遠方而至。又撰《漢書辨惑》三十卷。載初元年卒。

公孫羅，江都人也。歷沛王府參軍，無錫縣丞。撰《文選音義》十卷，行於代。（《舊唐書》卷一八九《儒學》上《曹憲傳許淹李善公孫羅附》）

## 附録

### 新唐書

曹憲，揚州江都人。仕隋爲祕書學士，聚徒教授凡數百人，公卿多從之游。於小學家尤邃，自漢杜林、衛宏以後，古文亡絶，至憲復興。煬帝令與諸儒譔《桂苑珠叢》，規正文字。又注《廣雅》，學者推其該，藏于祕書。貞觀中，揚州長史李襲譽薦之，以弘文館學士召，不至，即家拜朝散大夫，當世榮之。太宗嘗讀書，有奇難字，輒遣使者問憲。憲具爲音注，援驗詳複，帝咨尚之。卒，年百餘歲。憲始以梁昭明太子《文選》授諸生，而同郡魏模、公孫羅、江夏李善相繼傳授，於是其學大興。句容許淹者，自浮屠還爲儒，多識廣聞，精故訓，與羅等並名家。羅官沛王府參軍事、無錫丞。模，武后時爲左拾遺。子景倩亦世其學，以拾遺召，後歷度支員外郎。（《新唐書》卷一九八《儒學》上《曹憲傳》）

（唐）劉禹錫

【唐故監察御史贈尚書右僕射王公神道碑（節録）】公諱俊，字真長。……享齡五十五，葬於河南府偃師縣亳邑鄉，後以子貴，累贈禮部尚書，至右僕射。夫人江夏李氏祔焉。李門多奇才：父暄，起居舍人；暄子鄘，門下侍郎平章事；高叔祖善，蘭臺郎、崇文館學士，注《文選》行於時；善子邕，北海郡太守，有重名，四方之士求爲碑誌者傾天下。故夫人於盛宗禮範可法，累贈至江夏郡夫人。（《劉禹錫集》卷三九）

（唐）李褒

【唐故綿州刺史江夏李公（正卿）墓誌銘并序（節録）】公實趙人，其先食菜武昌，子孫因家焉，□爲江夏李氏。曾祖善，貫通墳史，注《文選》六十卷，用經籍引證，研精而該博，學者開卷自得，如授師説。官至秘書郎、弘文館學士、沛王侍讀。（《全唐文補遺》第一輯）

（宋）王溥

（顯慶）六年正月二十七日，右内率府録事參軍崇賢館直學士李善，上《注文選》六十卷，藏于祕府。（《唐會要》卷三六《修撰》）

（宋）釋贊寧

釋玄晏，江夏人也，姓李氏。祖善而博識多學，注《文選》，行講集於梁宋之間。（《宋高僧傳》卷二九《唐鄂州開元寺玄晏傳》）

（宋）錢易

公孫羅爲沛王府參軍，撰《文選音義》十卷。羅，唐初人。（《南部新書》甲）

李善于梁宋之郊，開《文選》學，乃注爲六十卷。（同上書丙）

李邕，廣陵江都人。父善，嘗受《文選》於同郡人曹憲，後爲左侍極賀蘭敏之所薦引，爲崇賢館學士，轉蘭臺郎。敏之敗，善坐配流嶺外。會赦還，因寓居汴、鄭之間，以講《文選》爲業。年老疾卒。所注《文選》六十卷，大行於時。（《舊唐書》卷一九〇《文苑》中《李邕傳》）

# 附録

## 新唐書

李邕字泰和，揚州江都人。父善，有雅行，淹貫古今，不能屬辭，故人號「書簏」。顯慶中，累擢崇賢館直學士兼沛王侍讀。爲《文選注》，敷析淵洽，表上之，賜賚頗渥。除潞王府記室參軍，爲涇城令，坐與賀蘭敏之善，流姚州，遇赦還。居汴、鄭間講授，諸生四遠至，傳其業，號「文選學」。邕少知名。始善注《文選》，釋事而忘意。書成以問邕，邕不敢對，善詰之，邕意欲有所更，善曰：「試爲我補益之。」邕附事見義，善以其不可奪，故兩書並行。既冠，見特進李嶠，自言「讀書未徧，願一見祕書」。嶠曰：「祕閣萬卷，豈時日能習耶？」邕固請，乃假直祕書。未幾辭去，嶠驚，試問奥篇隱帙，了辯如響，嶠歎曰：「子且名家！」（《新唐書》卷二〇二《文藝》中《李邕傳》）

（宋）鄧名世

江夏李氏：漢酒泉太守護，次子昭。昭少子就，後漢會稽太守、高陽侯，徙居江夏平春。六世孫式，字景則，東晉侍中。生嶷。嶷生尚，字茂仲。生矩，字茂約，江州刺史。生充，字弘度，中書侍郎。生顒，郡舉孝廉。七世孫元哲，徙居廣陵，生善、昉。善，蘭臺郎，憙《文選》學，人謂之「書簏」。生邕，字泰和，北海太守，工文章，天下謂之「李北海」。昉生璞。璞生瑄，起居郎，生鄆、鄘。鄘字建侯，相憲宗，以吐突承璀所薦，恥之，辭相位去。生拭，起居舍人。拭生磎，字景望，相昭宗，即劉崇魯掠其麻誣沮之而不得者。磎生沆，字東濟。（《古今姓氏書辯證》卷二一）

**編者按**：「崇魯」原作「崇龜」，「其麻」原作「白麻」，據新舊《唐書·李磎傳》改。

## （宋）晁公武

（李）善，高宗時爲弘文學士，博學，經史百家，無不備覽，而無文，時人謂之「書簏」。初爲輯注，博引經史，釋事而忘其義。書成上進，問其子邕，邕無言。善曰：「非邪？爾當正之。」於是邕更加以義釋，解精於五臣。今釋事加義者兩存焉。（《郡齋讀書志》卷二〇）

## 四庫全書總目

《新唐書·李邕傳》稱其父善始注《文選》，釋事而忘義，書成以問邕。邕意欲有所更，善因令補益之，邕乃附事見義，故兩書並行。今本事義兼釋，似爲邕所改定。然傳稱善注《文選》在顯慶中，與今本所載進表題顯慶三年者合。而《舊唐書·邕傳》稱天寶五載坐柳勣事杖殺，年七十餘。上距顯慶三年凡八十九年，是時邕尚未生，安得有助善注書之事。且自天寶五載上推七十餘年，當在高宗總章、咸亨間，而《舊書》稱善《文選》之學受之曹憲，計在隋末，年已弱冠。至生邕之時，當七十餘歲，亦決無伏生之壽，待其長而著書。考李匡乂《資暇録》曰：李氏《文選》有初注成者，有覆注，有三注、四注者，當時旋被傳寫，其絶筆之本皆釋音訓義，注解甚多。是善書定本，本事義兼釋，不由於邕。匡乂唐人，時代相近，其言當必有徵。知《新唐書》喜采小説，未詳考也。（《四庫全書總目》卷一八六《文選注提要》）

（清）江昱

李善，據《唐書》，江都人，且云初江淮間爲《文選》學者本於曹憲，而同邑李善等繼之。然稱江夏李善者，亦《唐書》也。杜《八哀詩》作「江夏李公邕」，邕，善子也，是善又江夏人矣。今武昌洪山下有修静寺，爲邕故宅，寺後石壁邕題字猶存。（《瀟湘聽雨録》卷三）

（清）張雲璈

【李善注有數本】《舊唐書·儒學傳》：「李善，揚州江都人，崇賢館直學士。嘗注解《文選》，分爲六十卷。表上之，賜絹一百二十匹，詔藏於秘閣。」《新唐書·文藝傳》云：「善淹貫古今，而不能屬文，人號爲『書簏』。注《文選》釋事而忘意，書成以示子邕，邕嘿然，意欲有所更，善曰：『試爲我補益之。』邕附事見義，善以其注不可易，故兩書並行。」又《李邕傳》：「父善嘗受《文選》於同郡人曹憲，後爲賀蘭敏之所薦引，爲崇賢館學士，轉蘭臺郎。敏之敗，善坐配流嶺外，會赦還。因寓居汴、鄭之間，以講《文選》爲業。」又李濟翁《資暇録》云：「李氏《文選》有初注、覆注、三注、四注，其絶筆之本皆釋音訓義。」據此，則李注有數本，今惟顯慶所上之本，此外絶不可見，即邕書亦不傳，反留乖謬之五臣，與李注並傳不朽，亦有幸有不幸也。又李氏於《選》注之外又撰《漢書辨惑》三十卷，必有與《選》注互相發明者，其書竟不傳，其惜哉。黄士珣按：李注中如劉孝標《廣絶交論》、王簡棲《頭陀寺碑》，皆先釋意而後疏典，其體例特異於它篇。此外如《北征》《東征》《西征》《天台》《歎逝》諸賦，及顔延年《陶徵士誄》、陸士衡《弔魏武文》，間亦附事見義，其諸邕所補益者乎？雲璈又按：《舊唐書》以李善爲揚州江都人，而《新唐書》則以爲江夏，考北海邕之先自高陽侯就至六世孫武仕晉爲侍中，皆居江夏，其後孫元哲乃徙居廣陵，元哲生善，善生邕，邕之再居江夏不可知矣。然李白《題江夏修静寺》詩云：「我家北海宅，作寺南江濱。空庭無玉樹，高殿坐幽人。書帶留青草，琴堂幂素塵。平生種桃李，寂滅不成春。」注云「此寺是李北海舊宅」，是邕蓋復歸江夏，故江都、江

夏得兩稱也。(《選學膠言》卷一)

高步瀛

新、舊《書》李善及子邕傳皆云江都人。《新書·儒學·曹憲傳》稱「江夏李善」,蓋其郡望。《廣韻·六止》李字下載李姓十二望,有江夏,可證也。又案:高宗子弘,顯慶元年立爲太子,上元二年卒。始立賢爲太子。賢於永徽元年封潞王。龍朔元年,徙封沛王,見《舊書·高宗諸子傳》。而賢外不聞別有沛王、潞王。則新、舊《傳》言善先兼沛王侍讀,後除潞王府記室參軍,疑「沛」、「潞」二字互誤也。賀蘭敏之,武后姊韓國夫人子。武后殺兄子維良等,取敏之爲其父士彠後,賜姓武。咸亨二年,以罪流雷州死。朝士坐與交游流放者甚衆。見新、舊《外戚傳》及《舊·高宗紀》。李善流姚州,當在此時。至上元元年大赦,凡三年。善還居汴、鄭間教授,當在此時。……(《新唐書》)又謂善注《文選》,釋事忘意,與子邕所更者,兩書並行。晁公武《郡齋讀書志》亦取其説,實亦誣枉。清《四庫全書總目》曰(見上文)。步瀛案:《四庫書目》從李濟翁説,以今本事義兼釋者爲李善定本,其説甚是,足正《新傳》之誣。然顯慶三年表上之本,必非其絶筆之本。《書目》既以今本爲定本,則雖冠以顯慶三年上表,其書爲晚年定本固無妨也。至謂善受《文選》在隋末,生邕時當七十餘歲,則非是。《舊傳》：善卒在載初元年，即永昌元年。上推至貞觀元年，凡六十三年。《舊書·儒學傳》言曹憲百五歲卒。《新書·文藝傳》亦言憲百餘歲卒。使貞觀元年憲七八十歲，尚有三二十年以外之歲月。善弱冠受業，當在唐初，不在隋末也。由此言之，假使善生貞觀初年，則總章、咸亨間亦僅四十餘歲，安得謂七十餘歲始生邕哉？（《文選李注義疏》）

高宗以（裴）行儉工於草書，嘗以絹素百卷，令行儉草書《文選》一部。帝覽之稱善，賜帛五百段。（《舊唐書》卷八四《裴行儉傳》）

孟利貞者，華州華陰人也。父神慶，高宗初爲沁州刺史，以清介著名。利貞初爲太子司議郎，中宗在東宫，深懼之。受詔與少師許敬宗、崇賢館學士郭瑜、顧胤、董思恭等撰《瑶山玉彩》五百卷，龍朔二年奏上之，高宗稱善，加級賜物有差。利貞累轉著作郎，加弘文館學士。垂拱初卒。又撰《續文選》十三卷。（同上書卷一九〇上《文苑》上《孟利貞傳》）

時吐蕃使奏云：「（金城）公主請《毛詩》《禮記》《左傳》《文選》各一部。」制令祕書省寫與之。正字于休烈上疏請曰：「臣聞戎狄，國之寇也；經籍，國之典也。戎之生心，不可以無備；典有恒制，不可以假人。《傳》曰：『裔不謀夏，夷不亂華。』所以格其非心，在乎有備無患。昔東平王入朝求《史記》、諸子，漢帝不與。蓋以《史記》多兵謀，諸子雜詭術。夫以東平，漢之懿戚，尚不欲示征戰之書；今西戎，國之寇讎，豈可貽經典之事！且臣聞吐蕃之性，剽悍果決，敏情持鋭，善學不迴。若達於書，必能知戰。深於《詩》，則知武夫有師干之試；深於《禮》，則知月令有興廢之兵；深於《傳》，則知用師多詭詐之計；深於《文》，則知往來有書檄之制。何異借寇兵而資盜糧也！臣聞魯秉周禮，齊不加兵；吴獲乘車，楚疲奔命。一以守典存國，一以喪法危邦，可取鑑也。……臣忝叨列位，職刊祕籍，實痛經典，棄在戎夷。昧死上聞，惟陛下深察。」疏奏不省。（同上書卷一九六上《吐蕃傳》上）

## 附録

### 册府元龜

裴光庭，開元中爲侍中，時有司寫《毛詩》《禮記》《左傳》《文選》各一部賜金城公主，從其請也。祕書省正字于休烈表投招諫匭言曰：……表入，敕下中書門下議，光庭奏曰：「西戎不識禮經，心昧德義，頻負盟約，孤背國恩，今則計窮，求哀稽顙，聖慈含育，許其降和，所請書隨事給與，庶使漸陶聲教，混一車書，文軌大同，斯可致也。休烈雖見情僞變詐於是乎生，而不知忠信節義於是乎在。」帝曰善，乃以經書與之。（《册府元龜》卷三二〇《宰輔部·識量》）

（宋）王溥

開元十九年正月二十四日，命有司寫《毛詩》《禮記》《左傳》《文選》各一部，以賜金城公主，從其請也。（《唐會要》卷三六《蕃夷請經史》）

（宋）王應麟

【唐賜吐蕃五經】《會要》兼本傳：開元十九年，《實録》十八年吐蕃請五經，《吐蕃傳》：又請五經，敕祕書寫賜。正月二十四日，賜以《毛詩》《禮記》《左傳》《文選》。于休烈上疏言不可，裴光庭曰：「西戎請詩書，庶使漸陶聲教。」上曰善，乃與之。《實録》：七月癸未，命有司寫《詩》《禮》，賜金城公主，休烈諫。八月辛卯，降書與吐蕃。《通鑑》：十九年正月辛未，遣崔琳使吐蕃。金城公主求書，《實録》誤在前年七月。（《玉海》卷一五四）

（大和七年四月）壬辰，集賢學士裴潾撰《通選》三十卷，以擬昭明太子《文選》。潾所取偏僻，不爲時論所稱。（《舊唐書》卷一七下《本紀》第一七下《文宗》下）

（大和）七年，（裴潾）遷左散騎常侍，充集賢殿學士。集歷代文章，續梁昭明太子《文選》，成三十卷，目曰《大和通選》，並音義、目録一卷，上之。當時文士，非素與潾游者，其文章少在其選，時

論咸薄之。（同上書卷一七一《裴潾傳》）

## 附録

### 册府元龜

裴潾，文宗時爲右散騎常侍，太和八年，集歷代文章，自梁昭明太子著《文選》外，合於典雅者古今通選，勒成三十卷，目爲《太和通選》，並意義、目録一卷，進上。潾之所著偏僻，時論以爲不當。（《册府元龜》卷六〇七《學校部·譔集》）

### （宋）計有功

（裴）潾，河東人。柳泌爲憲宗治丹劑，潾上疏極諫，帝卒以藥棄天下，世以爲知言。潾以兵部侍郎卒。嘗裒古今辭章，續《文選》，號《大和通選》，上之。當時之士，非與游者不取，世恨其隘。（《唐詩紀事》卷五二）

時左僕射王起頻年知貢舉，每貢院考試訖，上榜後，更呈宰相取可否。後人數不多，宰相延英論言：「主司試藝，不合取宰相與奪。比來貢舉艱難，放人絶少，恐非弘訪之道。」帝曰：「貢院不會我意。不放子弟，即太過，無論子弟、寒門，但取實藝耳。」李德裕對曰：「鄭肅、封敖有好子弟，不敢應舉。」帝曰：「我比聞楊虞卿兄弟朋比貴勢，妨平人道路。昨楊知至、鄭朴之徒，並令落下，抑其太甚耳。」德裕曰：「臣無名第，不合言進士之非。然臣祖天寶末以仕進無他伎，勉强隨計，一舉登第。自後不於私家置《文選》，蓋惡其祖尚浮華，不根藝實。然朝廷顯官，須是公卿子弟。何者？自小便習舉業，自熟朝廷間事，臺閣儀範，班行準則，不教而自成。寒士縱有出人之才，登第之後，始得一班一級，固不能熟習也。則子弟成名，不可輕矣。」（《舊唐書》卷一八上《本紀》第一八上）

## 附録

### 新唐書

武宗即位，宰相李德裕尤惡進士。……德裕嘗論公卿子弟艱於科舉，武宗曰：「向聞楊虞卿兄弟朋比貴勢，妨平進之路。昨黜楊知至、鄭朴等，抑其太甚耳。有司不識朕意，不放子弟，即過矣。但取實藝可也。」德裕曰：「鄭肅、封敖子弟皆有才，不敢應舉。臣無名第，不當非進士。然臣祖天寶末以仕進無他歧，勉彊隨計，一舉登第。自後家不置《文選》，蓋惡其不根藝實。然朝廷顯官，須公卿子弟爲之。何者？少習其業，目熟朝廷事，臺閣之儀，不教而自成。寒士縱有出人之才，固不能閑習也。則子弟未易可輕。」德裕之論，偏異蓋如此。然進士科當唐之晚節，尤爲浮薄，世所共患也。（《新唐書》卷四四《選舉志》）

（高麗）俗愛書籍，至於衡門廝養之家，各於街衢造大屋，謂之扃堂，子弟未婚之前，晝夜於此讀書習射。其書有五經，及《史記》、《漢書》、范曄《後漢書》、《三國志》、孫盛《晉春秋》、《玉篇》、《字統》、《字林》，又有《文選》，尤愛重之。（《舊唐書》卷一九九上《東夷·高麗傳》）

## （唐）張九齡

【故光禄大夫右散騎常侍集賢院學士贈太子少保東海徐文公神道碑（節録）】（徐堅）蓋嘗注《史記》，修《晉書》，續《文選》《大隱傳》，及有文集三十卷，皆咨於故實，博於遺訓，古今通變，河漢共一作其高，或藏名山，或昇天府，亹亹然各得其所。（《文苑英華》卷八九三）

### 附録

新唐書

開元中，詔張説括《文選》外文章，乃命（徐）堅與賀知章、趙冬曦分討，會詔促之，堅乃先集詩

賦二韻爲《文府》，上之，餘不能就而罷。（《新唐書》卷六〇《藝文志》）

（宋）王應麟

【唐文府】《志》：徐堅《文府》二十卷。開元中詔張説括《文選》外文章，乃命堅與賀知章、趙冬曦分門討，會詔從之，堅乃先集詩賦二類爲《文府》，上之，餘不能就而罷。《會要》：開元十九年二月，禮部員外郎徐安正等撰《文府》二十卷上之。《集賢注記》：燕公初入院，奉詔搜括《文選》外文章，別撰一部，於是徐常侍及賀、趙分部檢討，徐等且集詩賦二類，獨簡雜文，歷年撰成三十卷。燕公以所撰非精，更加研考。及蕭令嵩知院，以《文選》是先祖所撰，喜於嗣美，十九年嵩爲學士知院事。奏皇甫彬、徐安正、孫逖、張環修續《文選》。徐、孫所取，與常侍相乖，別爲二十卷，張始興嫌其取舍未允，其事竟寢。（《玉海》卷五四）

（唐）張鷟

【張簡（節録）】唐國子監助教張簡，河南緱氏人也。曾爲鄉學講《文選》。有野狐假簡形講一紙書而去。須臾簡至，弟子怪問之，簡異曰：「前來者必野狐也。」出《朝野僉載》（《太平廣記》卷四四七）

## 新唐書

吕向，字子回，亡其世貫，或曰涇州人。少孤，託外祖母隱陸渾山。工草隸，能一筆環寫百字，若縈髮然，世號「連錦書」。彊志于學，每賣藥，即市閲書，遂通古今。玄宗開元十年，召入翰林，兼集賢院校理，侍太子及諸王爲文章。時帝歲遣使采擇天下姝好，内之後宫，號「花鳥使」，向因奏《美人賦》以諷，帝善之，擢左拾遺。天子數校獵渭川，向又獻詩規諷，進左補闕。帝自爲文，勒石西嶽，詔向爲鐫勒使。以起居舍人從帝東巡。……久之，遷主客郎中，專侍皇太子，眷賚良異。……再遷中書舍人，改工部侍郎，卒，贈華陰太守。嘗以李善釋《文選》爲繁釀，與吕延濟、劉良、張銑、李周翰等更爲詁解，時號《五臣注》。（《新唐書》卷二〇二《文藝》中《吕向傳》）

## （唐）顔真卿

【銀青光禄大夫海濮饒房睦台六州刺史上柱國汲郡開國公康使君神道碑銘（節録）】君諱希銑，字南金。……父國安，明經高第，以碩學掌國子監，領三館進士教之，策授右典戎衛録事參軍，直崇文館太學助教，遷博士，白獸門内供奉，崇文館學士，贈杭州長史。……君之先君崇文學士府君有文集十卷，《注駁文選異義》二十卷，《漢書□》十卷。（《顔魯公文集》卷七）

（唐）封演

【制科（節録）】開元中，有唐頻上《啓典》一百三十卷，穆元休上《洪範外傳》十卷，李鎮上《注史記》一百三十卷，《史記義林》二十卷，辛之諤上《叙訓》兩卷，卜長福上《續文選》三十卷，……如此者並量事授官，或霑賞賚，亦一時之美。（《封氏聞見記》卷三）

附録

（唐）林寶

開元中，卜長福獻《續文選》三十卷，杭州富陽縣尉。（《元和姓纂》卷一〇）

（唐）劉肅

張由古有吏才，而無學術。累歷臺省，嘗於衆中歎班固大才，文章不入《文選》。或謂之曰：「《兩都賦》《燕山銘》《典引》等並入《文選》，何爲言無？」由古曰：「此並班孟堅文章，何關班固

事！」聞者掩口而笑。（《大唐新語》卷一一《懲戒》）

（唐）段成式

（李）白前後三擬詞選，不如意，悉焚之，惟留《恨》《别》賦。（《酉陽雜俎》前集卷一二《語資》）

附録

（清）潘德輿

王氏士禎曰：唐五言古詩，「李白、韋應物超然復古」。按左司五古，高步三唐，然持較青蓮，色味不欠，形神頓蹶，似難連類而及。且左司割秀於六朝者也，漁洋以太白、左司並言，疑所謂復古者，復《選》體之古焉耳。太白胸次高闊，直將漢、魏、六朝一氣鑄出，自成一家，拔出建安以來，仰承《三百》之緒，所謂「志在删述」、「垂輝千春」者也，豈專主《選》體哉！予謂漁洋能揭明李詩五言之復古，而恐其以《選》體當之，猶非了義也，故録而辯之。若《酉陽雜俎》謂「太白前後三擬《文選》，不成悉焚之，唯留《恨》《别》二賦」，此真夢囈。夫《文選》三十卷，太白全擬之，則有此才力而無此文體。試問卜子夏、孔安國《詩》《書》序，亦可擬乎？此劉晝賦《六合》之爲耳，太白爲之乎？若有擬有否，又不可徑謂其擬《文選》也。段氏徒見集中有《恨》《别》二賦，遂傳此大語，以尊太白，而不知其庸且妄耳。總之，李、杜無所不學，而《文選》又唐人之所重，自宜盡心而學之，所謂「轉益多師是汝師」也。若其志向之始，成功之終，則非《選》詩所得而囿。故謂太白學古兼學《文選》可，謂其復古爲復《選》體則不可，謂其擬古屢擬《文選》則尤不可。（《養一齋李杜詩話》卷一）

（唐）竇蒙

（竇臮）及乎晚年，又著《述書賦》，總七千六百四十言，精窮旨要，詳辨秘義，無深不討，無細不因，徵五典、三墳，九丘、八索，《詩》《騷》《禮》《易》，《文選》《詞林》，猶不盡所知。（《述書賦》下）

（唐）韓愈

【中大夫陝府左司馬李公墓誌銘（節録）】公諱郱，……年十四五，能闇記《論語》《尚書》《毛詩》《左氏》《文選》，凡百餘萬言。（《韓昌黎文集校注》卷七）

## （唐）闕名

【秋胡變文（節録）】辭妻了道，服得十袠文書，並是《孝經》《論語》《尚書》《左傳》《公羊》《穀梁》《毛詩》《禮記》《莊子》《文選》。（《敦煌變文集》卷二）

## 江西通志

熊暄，南昌人。家貧，躬耕力學。大曆中，擢進士第，授秘書省校書郎。著《文選穎悟》，並文集五卷。《白志》（《〔雍正〕江西通志》卷六六《人物·南昌府·唐》）

## （唐）張讀

元和初，有進士陸喬者，好爲歌詩，人頗稱之。……一夕，風月清瑩，有扣門者，出視之，見一丈夫，衣冠甚偉，儀狀秀逸。喬延入與坐，談議朗暢，出於意表。喬重之，以爲人無及者。因請其名氏，曰：「我，沈約也。聞君善詩，故來候耳。」……約呼左右曰：「往召青箱來。」俄有一兒至，年可十歲餘，風貌明秀。約指謂喬曰：「此吾愛子也。少聰敏，好讀書。吾甚憐之，因以青箱爲名焉，欲使繼吾學也。不幸先吾逝矣。今謁君。」即命其子拜喬。又曰：「此子亦好爲詩，近從吾與僕射同過臺城，因相與感舊，援筆立成，甚有可觀者。」諷之，曰：「六代舊江川，興亡幾百年。繁華今寂寞，朝市昔諠闐。夜月琉璃水，春風柳色天。傷時與懷古，垂淚國門前。」喬賞歎久之。因問約曰：「某常覽昭明所集《文選》，見其編録詩句，皆不拘音律，謂之『齊梁體』。自唐朝沈佺期、宋之問方好爲律詩。青箱之體乃效今體，何哉？」約曰：「今日爲之，是爲今體。亦何訝乎？」（《宣室志》卷四）

（唐）范攄

【古製興（節録）】文宗元年秋，詔禮部高侍郎鍇，復司貢籍，曰：「夫宗子維城，本枝百代，封爵便宜，無令廢絶。常年宗正寺解送人，恐有浮薄，以忝科名。在卿精揀藝能，勿妨賢路。其所試，賦則準常規，詩則依齊梁體格。」乃試《琴瑟合奏賦》《霓裳羽衣曲詩》。主司先進五人詩，其最佳者，其李肱乎？次則王收《日斜見賦》，則《文選》中《雪賦》《月賦》也。（《雲谿友議》卷上）

附録

（宋）計有功

【李肱（節録）】肱開成二年試《霓裳羽衣曲詩》也。是年秋，帝命高鍇復司貢籍，詔曰：「夫宗子維城，本枝百代，封爵所宜，無令廢絶。常年宗正寺解送人，恐有浮薄，以忝科名。在卿精揀藝能，勿妨賢路。所試賦則準常規，詩則依齊梁體格。」乃試《琴瑟合奏賦》《霓裳羽衣曲詩》。主司先進五人詩，其最佳者李肱，次則王收，乃以榜元及第。帝覽之曰：「近屬如肱者，其不忝乎？」高鍇奏曰：「臣鍇昨日奉宣進旨，令將進士所試詩賦進來者。……就中進士李肱《霓裳羽衣曲詩》一首，最爲迥出，更無其比。詞韻既好，去就又全，臣前後吟詠近三五十遍，雖使何遜復生，亦不能過，兼是宗枝，臣與狀頭第一人，以奬其能。次張棠詩一首，亦絶好，亞次李肱，臣與第二人。其次沈黄中《琴瑟合奏賦》，又似《文選》中《雪》《月》賦體格，臣與第三人。其次王收賦，自立意緒，言語不凡，臣與第四人。」（《唐詩紀事》卷五二）

**編者按**：上《雲谿友議》與《唐詩紀事》所載爲同一事，然事實有出入，《雲谿友議》所記文字似有淆亂不通之處，當以《唐詩紀事》所記爲優。

## 抒情詩

【武昌妓】韋蟾廉問鄂州，及罷任，賓僚盛陳祖席，蟾遂書《文選》句云：「悲莫悲兮生别離，登山臨水送將歸。」以牋毫授賓從，請續其句。座中悵望，皆思不屬，逡巡，女妓泫然起曰：「某不才，不敢染翰，欲口占兩句。」韋大驚異，令隨口寫之：「武昌無限新栽柳，不見楊花撲面飛。」座客

無不嘉歎。韋令唱作《楊柳枝詞》，極歡而散，贈數十牋，納之，翌日共載而發。出《抒情詩》（《太平廣記》卷二七三）

（宋）計有功

甘露事後，帝不樂，往往瞠目獨語云：「須殺此輩，令我君臣間絶。」後賦詩曰：「輦路生春草，上林花滿枝。憑高無限意，無復侍臣知。」翌日，觀牡丹，誦賦吟罷，始憶舒元輿之詞，歎息泣下。因命作樂，聊自適。宫人沈翹翹者，歌《河滿子》，有「浮雲蔽白日」之句，其聲宛轉。上因欷歔，問曰：「汝知之耶？此《文選》古詩第一首，蓋忠臣爲姦邪所蔽也。」乃賜金臂環。（《唐詩紀事》卷二《文宗》）

册府元龜

梁孫隲，開平初歷諫議、常侍。隲雅好聚書，有六經、《史》、《漢》、百家之言凡數千卷，洎李善所注《文選》，皆簡幹精至，校勘詳審。（《册府元龜》卷八一一《總録部·聚書》）

（宋）王明清

毌丘儉貧賤時，嘗借《文選》于交游間，其人有難色，發憤異日若貴，當板以鏤之遺學者。後仕王蜀爲宰，遂踐其言刊之。印行書籍，創見於此。事載陶岳《五代史補》。後唐平蜀，明宗命太學博士李鍔書《五經》，倣其製作，刊板于國子監。監中印書之始。今則盛行于天下，蜀中爲最。

（《揮麈録·餘話》卷二）

**編者按**：「毌丘儉」當作「毋昭裔」，毋昭裔所仕爲孟蜀，非王蜀，參王國維《五代兩宋監本考》。

## 附録

（宋）秦再思

【毋公印書】毋公者，蒲津人也，仕蜀爲相。先是，公在布衣日，嘗從人借《文選》及《初學記》，人多難色。公浩歎曰：「余恨家貧，不能力致，他日稍達，願刻板印之，庶及天下習學之者。」後公果於蜀顯達，乃曰：「今日可以酬宿願矣。」因命工匠日夜雕板，印成二部之書。公覽之，欣然曰：「適我願兮。」復雕九經諸書，兩蜀文字，由是大興。洎蜀歸國，豪貴之族以財賄禍其家者十八九。上好書，命使盡取蜀文籍及諸印板歸闕，忽見板後有毋氏姓名，乃問歐陽烱，烱曰：「此是毋氏家錢自造。」上甚悦，即命以板還毋氏，至今印書者徧於海內。於戲，毋氏之志本欲廣學問於後世，天果從之。大凡處重位，居富貴，多是急聚斂，恣聲色，營第宅，植田産，以爲子孫之計，及一旦失勢，或爲不肖子所蕩，至其後曾無立錐之地。獨毋氏反以印書致家累千金，子孫禄食。初，其在蜀雕印之日，多爲衆所鄙笑，及其後，乃往假貸。雖樊侯種杞梓，未可同年而語。仲尼之教，福善餘慶，一何偉歟！左拾遺孫逢吉嘗話及，因紀之，以爲世戒。出秦再思《紀異録》（《新編分門古今類事》卷一九《爲善而增門》）

宋史

昭裔性好藏書，在成都令門人勾中正、孫逢吉書《文選》《初學記》《白氏六帖》鏤板，守素齎至中朝，行於世。大中祥符九年，子克勤上其板，補三班奉職。（《宋史》卷四七九《毋守素傳》）

（宋）鄭文寶

後主壬申，張佖知貢舉，試《天雞弄和風》。佖但以《文選》中詩句爲題，未嘗詳究。有進士白曰：「《爾雅》：螒，天雞；鶾，天雞。未知孰是？」佖大驚，不能對。亟取《爾雅》檢之，一在《釋蟲》，一在《釋鳥》，果有二，因自失。（《困學紀聞》卷八翁元圻注引《南唐近事》）

# 附録

## 談苑

淮南張佖知舉，進士試《天雞弄和風》。佖但以《文選》中詩句爲題，未嘗詳究也。有進士白試官云：「《爾雅》：螒，天雞；鶾，天雞。天雞有二，未知孰是？」佖大驚，不能對。亟取《爾雅》，檢《釋蟲》有「螒，天雞，小蟲，黑身赤頭，一名莎雞，一名樗雞」。《釋鳥》有「鶾，天雞，赤羽，《逸周書》曰：文鶾若彩雞。成王時，蜀人獻之」。江東士人深於學問，有如此者。《談苑》

（《詩話總龜》前集卷三一《正訛門》）

# 宋金元

## 太平御覽

《襄沔記》曰：「金城内刺史院有高齋，梁昭明太子於此齋造《文選》焉。鮑至云：『簡文爲晉安王，鎮襄陽，日又引劉孝威、庾肩吾、徐防、江伯操、孔敬通、惠子悦、徐陵、王囿、孔鑠等於此齋綜覈詩集。』於時鮑至亦在數，凡十人，資給豐厚，日設肴饌，於時號爲『高齋學士』。」《雍州記》云：「高齋，其泥色甚鮮浄，故此名焉。南平世子恪臨州，有甘露降此齋前竹林。昭明太子於齋營集道義，以時相繼。」（《太平御覽》卷一八五《居處部一三·齋》）

## 附録

（宋）楊億

【豫章東湖涵虚閣記（節録）】集《文選》於南荆者，層樓尚在；草《太玄》於西蜀者，高臺未傾。吴興有韻海之堂，秣陵有烏衣之舍。載之圖牒，芬若椒蘭。（《〔雍正〕江西通志》卷一二三《藝

文·宋》）

（宋）王象之

【文選樓】《舊經》云：梁昭明太子所立，以撰《文選》。聚才人賢士劉孝威、庾肩吾、徐防、江伯操、孔敬通、惠子悦、徐陵、王囿、孔鑠、鮑至等十餘人，號曰「高齋學士」。（《輿地紀勝》卷八二《京西南路·襄陽府》）

（宋）祝穆、祝洙

魏泰《文選樓賦》：「漢流東下，楚山南峙，西挾沮、漳，北通鄧鄙。據蜀、粤之上流，云云。雲夢七澤之富，方城、漢水之大，畫工吟筆之所不能盡者，皆致吾几席之中。」

【文選樓】梁昭明太子立，聚賢士共集《文選》。（以上《方輿勝覽》卷三二《京西路·襄陽府》）

（金）李俊民

【文選樓】在子城南門。按《祥符圖經》云：梁昭明太子於此樓撰《文選》，聚才人賢士劉孝威等一十餘人，資給豐厚，日設珍饌。諸才子號曰「高齋學士」。又云世傳《文選》成，樓下所棄書與樓齊。朝朝暮暮蠹書魚，選盡人間得意書。常恐不能精此理，祇緣老杜近樓居。注：杜詩「熟精《文選》理」。又：眼前文字積如山，想見中間筆削難。一自登樓開卷後，滿天依舊斗星寒。（《莊靖先生遺集》卷六）

明一統志

【文選樓】在府治西，梁昭明太子統所建，聚賢士劉孝威、庾肩吾、徐防、江伯操、孔敬通、惠子悅、徐陵、王囿、孔鑠、鮑至等十餘人，號曰「高齋學士」，著《文選》於此，今有臺址存。（《明一統志》卷六〇《襄陽府·宫室》）

（明）楊慎

【集文選文士姓名】梁昭明太子統，聚文士劉孝威、庾肩吾、徐防、江伯操、孔敬通、惠子悅、徐陵、王囿、孔爍、鮑至十人，謂之「高齋十學士」，集《文選》。今襄陽有文選樓，池州有文選臺，未知何地爲的。但十人姓名，人多不知，故特著之。（《升庵集》卷五二）

（明）陳耀文

此《統志》所載已誤，今云「特著之」，又誤。庾肩吾初爲晉安王國常侍。王每徙鎮，肩吾常隨府。在雍州被命與劉孝威、江伯摇、申子悦、徐摛、孔鑠等十人抄撰衆籍，號「高齋學士」。《南史·肩吾傳》襄陽有文選樓，金城内刺史院有高齋，昭明於此造《文選》。《襄沔記》隋煬帝自達江陵，嘗幸昭明文選樓。車駕未至，先命宫娥數千人升樓迎侍。微風東來，宫娥衣被風綽直泊肩項，帝觀之，色荒愈熾。《隋遺録》徐摛初爲晉安侍讀，簡文置文德省學士，摛子陵充其選。陵、操、惠、爍字俱誤。《統志》文選閣，云「臺」亦誤。（《正楊》卷四）

**編者按：** 此條專駁上文楊慎説。

（明）王世貞

《襄沔記》稱襄陽城内刺史宅有高齋，梁昭明太子於此齋造《文選》，今襄陽有文選樓。按梁武帝破臺城後，昭明始生，未幾即立爲太子，何嘗出督襄陽？《文選》乃東宫所編次，於襄陽亦無關也。常熟虞山福地俗名李王宫七星檜甚奇，中有臺，《志》以爲昭明太子讀書臺，檜乃昭明手植，蓋亦此類。（《弇州四部稿》卷一五九《説部·宛委餘編四》）

（明）周聖楷

【文選樓考】《襄沔記》稱襄陽城内刺史宅有高齋，梁昭明太子於此齋造《文選》，故襄陽有文選樓。按丁貴嬪生三男，長昭明太子統，次太宗簡文帝綱，次廬陵威王續。昭明以齊中興元年九月生于襄陽。《梁書》云武帝義師起，昭明太子始誕育，因晉貴嬪，與昭明在州城，京邑平，乃還京師，即立爲太子，何嘗出督襄陽？今襄陽文選樓或本其所生之地，以爲樓則可，若《文選》乃東宫所編次，於襄陽無關也。（《楚寶》卷二九）

高步瀛

《太平御覽·居處部》十三引《襄沔記》曰：「金城内刺史院有高齋，昭明太子於此齋造《文選》。」又引《雍州記》曰：「高齋，其泥色甚鮮浄，故此名焉。昭明太子於齋營集道義，以時相繼。」王象之《輿地紀勝》：京西南路襄陽府古跡有文選樓，引舊《圖經》云：梁昭明太子所立，以撰《文選》。聚才人賢士劉孝威、庾肩吾、徐防、江伯操、孔敬通、惠子悦、徐陵、王筠、孔鑠、鮑至等十餘人，號曰「高齋學士」。升庵之説，殆本此，而改王筠爲王囿是也。然此説乃傳聞之誤。昭明爲太子，當居建業，不應遠出襄陽。考襄陽於梁爲雍州襄陽郡。《梁書·簡文帝紀》曰：「天監五年，封晉安王。普通四年，由徐州刺史都督雍、梁、南北秦四州郢州之竟陵司州之隨郡諸軍事、雍州刺史。」《南史·庾肩吾傳》曰：「初爲晉安王國常侍，王每徙鎮，肩吾常隨府。在雍州，被命與劉孝威、江伯操、孔敬通、申子悦、徐防、徐嶠、王囿、孔鑠、鮑至等十人，抄撰衆籍，豐其果饌，號『高齋學士』。」是高齋學士乃簡文遺跡，而無關昭明選文也。大抵地志所稱之文選樓，多不足信。揚州文選樓，在今江蘇江都縣東南，或云曹憲以教授生徒所居。池州文選閣，在今安徽貴池縣西，則後人因昭明太子祠而建者也。升庵狃於俗説，不能據《南史》是正，而反詡十學士姓名人多不知，陋矣。（《文選李注義疏》）

## （宋）祝穆、祝洙

【文選樓】王觀《揚州賦》曰：「帝子久去兮，空文選之樓。」《圖經》云：文樓巷即其處，曰煬帝嘗幸焉。（《方輿勝覽》卷四四《淮東路·揚州·樓閣》）

## 附録

### 明一統志

【文選樓】在府治東南，《圖經》：文樓巷即其處。王觀賦曰：「帝子久去兮，空文選之樓。」隋煬帝嘗幸焉。（《明一統志》卷一二《揚州府·宫室》）

清一統志

【文選樓】在府治東南，相傳梁昭明太子撰《文選》於此，一云隋曹憲以《文選》教授生徒，所居號「文選巷」，樓以是得名。《明統志》：《圖經》有文選巷，即其處。（《〔乾隆〕清一統志》卷六七《揚州府·古跡》）

江南通志

【揚州文選樓】《明一統志》：曹憲爲隋祕書監，以《文選》教授生徒，李善、魏模輩皆出其門。所居名文選巷，故樓以憲得名。按《大業拾遺記》云：梁昭明文選樓，隋煬帝嘗登眺焉。是樓以昭明得名，不因憲也。（《〔康熙〕江南通志》卷二〇〇《雜類志·辨訛》）

（宋）程俱

至道元年四月，敕御史臺於三館不得與京百司同例。六月戊戌，上召史館編修舒雅、杜鎬、吴淑、吕文仲於便殿，人讀古碑一篇，讀畢，又令文仲再讀，因賜章服，命爲翰林侍讀。翼日，再召文仲讀《文選》，賜鞍勒馬。又翼日，再召讀《江》《海》賦，賜錢三十萬，命於御書院與侍書王著夜直，

以備顧問。（《麟臺故事校證》卷五《恩榮》）

**編者按**：「至道元年」有誤，詳參張富祥校證。

## 附録

### （宋）王應麟

【太平興國讀文選（節録）】《吕文仲傳》：興國中，上召文仲與舒雅、杜鎬、吴淑詣便殿，讀古碑一篇，又令文仲讀《文選》，賜鞍勒。翌日，又召文仲讀《江》《海》賦，賜錢三十萬。（《玉海》卷二六）

### 宋史

太平興國中，上每御便殿觀古碑刻，輒召文仲與舒雅、杜鎬、吴淑讀之。嘗令文仲讀《文選》，繼又令讀《江》《海》賦，皆有賜賚。（《宋史》卷二九六《吕文仲傳》）

### （清）徐松

（宋真宗景德）四年八月，詔三館秘閣直館校理分校《文苑英華》、李善《文選》，摹印頒行。《文苑英華》以前所編次未精，遂令文臣擇古賢文章，重加編録，芟繁補闕，换易之，卷數如舊。又令工部侍郎張秉、給事中薛映、龍圖閣待制戚綸、陳彭年校之。李善《文選》校勘畢，先令刻版，又命官覆勘。未幾，宫城火，二書皆燼。至天聖中，監三館書籍劉崇超上言：「李善《文選》援引該贍，典故分明，欲集國子監官校定浄本，送三館雕印。」從之。天聖七年十一月板成，又命直講黄鑑、公孫覺校對焉。（《宋會要輯稿》第五五册《崇儒》四）

（天禧五年）七月，内殿承制兼管勾國子監劉崇超言：本監管經書六十六件，印板内《孝經》《論語》《爾雅》《禮記》《春秋》《文選》《初學記》《六帖》《韻對》《爾雅釋文》等十件，年深訛闕，字體不全，有妨印造。……内《文選》只是五臣注本，竊見李善所注該博，乞令直講官校本，別雕李善注本。

編者按：上兩條資料載劉崇超上言似爲一事，然一稱天禧五年，一稱天聖中，據奎章閣本《文選》於「天聖三年五月校勘了畢」，若校勘需數年，則上言事當以天禧五年爲是。可知北宋監本《文選》

（天聖）三年二月，國子監言：準中書劄子，《文選》《六帖》《初學記》《韻對》《四時纂要》《齊民要術》等印板，令本監出賣。今詳上件《文選》《初學記》《六帖》《韻對》並抄集小説，本監不合印賣。今舊板訛闕，欲更不雕造。從之。（以上同上書第七五册《職官》二八）

# 附録

(宋)王應麟

【雍熙文苑英華(節録)】《會要》兼《寶訓》：太平興國七年九月，帝以諸家文集其數至繁，各擅所長，蓁蕪相間，乃命翰林學士承旨李昉、學士扈蒙、直院徐鉉、中書舍人宋白、知制誥賈黄中、吕蒙正、李至、司封員外郎李穆、庫部員外郎楊徽之、監察御史李範、秘書監丞楊礪、著作佐郎吴淑、吕文仲、胡汀、戴貽慶、國子監丞杜鎬、將作監丞舒雅凡十七人，以徽之尤精風雅，特命編詩爲百八十卷。閲前代文章，撮其精要，以類分之，爲千卷，目録五十卷，雍熙三年十二月壬寅書成，號曰《文苑英華》。後李昉等相繼改外任，續命翰林學士蘇易簡等共成之。帝覽之稱善，降詔褒諭，以書付史館，賜器帛各有差。景德四年八月丁巳，詔三館分校《文苑英華》，以前所編次未盡允愜，遂令文臣擇前賢文章重加編録，芟繁補缺，换易之，卷數如舊。景德中，上謂宰臣曰：「今方外學者少書，誦讀不能廣博。《文苑英華》，先帝纘次，當擇館閣文學之士校正，與李善《文選》並鏤板頒布，庶有益於學者。」《實録》：雍熙三年十二月壬寅，翰林學士宋白等上。宋白等表曰：席繙經史，堂列縑緗，咀嚼英腴，總覽翹秀，撮其類列，分以部居，使沿泝者得其餘波，慕味者接其妍唱。上覽而善之，詔答曰：「近代以來，斯文浸盛，雖述作甚多，而妍媸不辨，遂令編緝，止取菁英，所謂擿鸞鳳之羽毛，截犀象之牙角，書成來上，實有可觀，宜付史館。」景德四年八月丁巳，命直館校理校勘《文苑英華》及《文選》，摹印放行。祥符二年十月己亥，命太常博士石待問校勘，十二月辛未，又命張秉、薛映、戚綸、陳彭年覆校。孝宗以祕閣本多舛錯，命周必大校讎以進。淳熙八年正月二十二日，以一百十册藏祕閣。（《玉海》卷五四）

（宋）宋祁

【宋府君玘行狀（節録）】（宋玘）雅性强記，闇誦諸經及梁昭明《文選》，以教授諸子。（《名臣碑傳琬琰之集》中卷四二）

（清）鄭傑

【劉夔】夔字道元，崇安人。擢祥符八年進士，由屯田員外郎權侍御史，歷官江浙淮南轉運使，知陝州、廣州，有廉名。帥湖南，平桂陽寇。京東盗起，又知鄆州，發廩賑貸，盗以衰息。後知福州，改建州，尋以户部侍郎致仕。英宗立，遷吏部，卒。著有《文選筆粹》《晉書指掌》《春秋褒貶志》《武夷山志》。（《閩詩録》丙集卷一）

（宋）吴處厚

公晏殊風骨清羸，不喜肉食，尤嫌肥羶，每讀韋應物詩，愛之曰：「全没些脂膩氣。」故公於文章尤負賞識。集梁《文選》以後迄于唐，别爲《集選》五卷，而詩之選尤精，凡格調猥俗而脂膩者皆不載也。（《青箱雜記》卷五）

（宋）王得臣

鄉人傳元憲母夢朱衣人畀一大珠，受而懷之，既寤猶覺煖，已而生元憲。後又夢前朱衣人攜《文選》一部與之，遂生景文，故小字「選哥」。（《麈史》卷中《神受》）

予幼時，先君日課，令誦《文選》，甚苦其詞與字難通也。先君因曰：「我見小宋説手鈔《文選》三過，方見佳處。汝等安得不誦？」由是知前輩名公爲學，大率如此。（同上書卷中《學術》）

（宋）錢易

鮑照字明遠。至唐武后，諱減爲「昭」，後來皆曰鮑昭。惟李商隱詩云：「嫩割周顒韭，肥烹鮑照葵。」又元稹詩云：「樂章輕鮑照，碑版笑顔竣。」今人家有收得隋末唐初《文選》，並鮑照爾。

(《南部新書》壬)

## (宋)高似孫

唐仲彦有《子鈔》,虞世南有《北堂書鈔》,皮日休有《鹿門書鈔》,唐人有《碎金鈔》,張九齡有《珠玉鈔》,蘇易簡有《文選鈔》,凡言「鈔」者,皆擷其英、獵其奇也,可爲觀書之法也。(《史略》卷四)

## (宋)田況

孫奭敦守儒學,務去浮薄,判國子監積年,討論經術,必請精摩。監庫舊有五臣注《文選》鏤板,奭建白内于三館,其崇本抑末,多此類也。(《儒林公議》)

## 附録

### (清)孫梅

《儒林公議》:孫奭敦守儒學,判國子監。庫舊有五臣注《文選》鏤板,奭建白内於三館。崇本抑末,多此類也。案:宣公移監庫《文選》鏤板於三館,於義當矣,非欲廢《選》學也。使四

門之士競慕《文選》，則不免浮薄；使三館之士不習《文選》，又豈群雅之材哉？（《四六叢話》卷二）

## （宋）晁説之

【文林啓秀序（節録）】公晁宗慤於學則微悉密緻，與癯儒等嘗以《文選》《續文選》《藝文類聚》《初學記》《文苑英華》、南北朝洎隋唐人之文集，美字粹語，分百七十有四門，十卷，名之曰《文林啓秀》，玩之發人藻思，目無遺物，動涉芳塵，如游玉田芝房，其名曰啓秀，宜也。（《嵩山文集》卷一七四）

## （宋）葉寘

東坡作《艾子》，中有一條以彭祖八百歲，其婦哭之，以九百者尚在。李方叔問東坡曰：「俗語以憨癡駘騃爲九百，豈可筆之文字間乎？」坡曰：「子未知所據耳。張平子《西京賦》云：『乃有秘書，小説九百。』蓋稗官小説凡九百四十三篇，皆巫醫厭祝及里巷之所傳言，集爲是書。西漢虞初，洛陽人，以其書事漢武帝，出入騎從，衣黄衣，號黄衣使者。其説亦號九百，吾言豈無據也。」方叔後讀《文選》，見其事具《文選》注，始嘆曰：「坡翁於世間書何往不精通邪。」近見雜

說載此，乃知前輩考證，無所不至。（《愛日齋叢抄》卷五）

（宋）樓鑰

【朝請大夫吴公並碩人姚氏墓誌銘（節録）】君諱津，字仲登，世爲台之仙居人。……君幼嗜學強記，博通群書，尤熟《文選》，或覆誦終帙。年十有五，以詞賦魁鄉校。（《攻媿集》卷一〇八）

（宋）李心傳

（紹興十有四年六月）辛卯，普安郡王府學教授趙衛等言王已誦《文選》，稍通經書。（《建炎以來繫年要録》卷一五一）

（宋）李心傳

乾道九年冬，有大理人李觀音得等二十二人，至横山求市馬，知邕州姚恪盛陳金帛誇詡之，其人大喜，出一文書，稱「利貞二年十二月」，約來年以馬來，所須《文選》《五經》《國語》《三史》《初學記》及醫、釋等書，恪厚犒遣之，而不敢奏也。（《建炎以來朝野雜記》甲集卷一八）

# 附録

## 宋史

乾道九年，大理人李觀音得等二十二人至横山砦求市馬，知邕州姚恪盛陳金帛誇示之。其人大喜，出一文書，稱「利貞二年十二月」，約來年以馬來。所求《文選》《五經》《國語》《三史》《初學記》及醫、釋等書，恪厚遺遣之，而不敢上聞也。（《宋史》卷一九八《兵志》第一五一《兵十二》）

## （元）馬端臨

乾道癸巳冬，忽有大理人李觀音得、董六斤黑、張般若師等，率以三字爲名，凡二十三人，至横山議市馬，出一文書，字畫略有法，大略所須《文選五臣注》《五經廣注》《春秋後語》《三史加注》《都大本草廣注》《五藏論》《大般若十六會序》及《初學記》《張孟押韻》《切韻》《玉篇》《集聖曆》《百家書》之類。（《文獻通考》卷三二九《四裔考六·南詔》）

## （宋）吴曾

【誤認黄華作菊華】袁州自國初時，解額以十三人爲率。仁宗時，查拱之郎中知郡日，因秋試進士，以「黄華如散金」爲詩題，蓋取《文選》詩「青條若總翠，黄華如散金」是也。舉子多以秋景賦之，惟六人不失詩意。由是只解六人，後遂爲額。無名子嘲之曰：「誤認黄華作菊華。」（《能改齋漫録》卷五）

（宋）陳思

喻良能，字叔奇，義烏人，與兄良倚同入太學，同年登進士第。……兄良倚，字伯壽，卒官臨海丞，有惠政，所著《唐論》四卷，詩文十卷，《策斷》二卷，《文選補》一卷。（《兩宋名賢小集》卷一七九）

（宋）周密

【賈廖刊書（節録）】廖群玉諸書，則始《開景福華編》，備載江上之功，事雖誇而文可采。江子遠、李祥父諸公皆有跋。九經本最佳，凡以數十種比校，百餘人校正而後成，以撫州萆抄紙、油烟墨印造，其裝褫至以泥金爲籤，然或者惜其删落諸經注爲可惜耳，反不及韓、柳文爲精妙。又有《三禮節》《左傳節》《諸史要略》及建寧所開《文選》諸書，其後又欲開手節《十三經注疏》，姚氏注《戰國策》，注坡詩，皆未及入梓，而國事異矣。（《癸辛雜識》後集）

## （明）廖道南

【陳桂孫子仁子】陳桂孫，茶陵人，父天福，歲凶發廩平糶，貧不能糴者周之。有羽士從天福丐米，福畀之，不受其值，羽士題其壁曰：「他年桂子與蘭孫，平步玉堂與金馬。」其子桂孫、蘭孫果登甲第。置經濟倉，歲豐則隨時入糴，歲凶則視值出糶，自撰序志。子仁子，字同甫，宋季請漕舉。屬國易姓，弗仕，營東山書院以自終焉。博學好古，著述尤富，輯《文選補遺》四十卷，廬陵趙文叙曰：「同甫少講學家庭，以爲昭明所選《封禪書》何如仲舒《三策》，《劇秦論》何如更生《封事》，《九錫文》何如《出師表》。且詔令，人主播告之章，奏疏，人臣經濟之略，凡此未備，宜録補遺，其爲世教民彝之助，豈小補哉？」其甥學録譚紹烈校之，今行于世。史南曰：臣艤棹維揚，有葛生澗者持《文選補遺》于舟中讀之，見其用心精密，著論詳縝。嗣後梅國劉司寇衍爲《廣文選》，所收雖富，未必如仁子之醇也，博雅君子其必有所擇矣。贊曰：淮巖桂茂，澧浦蘭香。紉蘭倚桂，雲霽青蒼。厥孫仁子，藝圃幽光。薄言采之，湘水浩茫。（《楚紀》卷四三《考履外紀》前篇）

## （元）方回

【送陳子振池州學正鐸平江人】聞説池陽郡，初能曲突虞。學官如舊否，《文選》尚存無。魚蟹江淮聚，桑麻雨露腴。物平仍酒賤，時佩翠微壺。（《桐江續集》卷二二）

（元）揭傒斯

【逸士陳君墓誌銘（節録）】逸士陳君諱殷，字嘉靖。……君少孤，母王教育之。年十五而天下易代，辟地母家，因受學舅氏。博覽强記，尤好讀梁太子統《文選》，故下筆爲文章，皆有規矩。（《揭傒斯全集》卷八）

（元）袁桷

【江陵儒學教授岑君墓誌銘（節録）】延祐五年，岑君良卿以詩義上禮部第二，桷時爲殿試讀卷官，定甲乙。七年，其弟士貴貢于鄉。桷以至治元年再入集賢，預校《文選》，詞賦工者擢前列，暨拆名，則士貴也。（《清容居士集》卷第二九）

（元）舒頔

【懷秋浦】我昔客秋浦，竊食居芹宫。朝游望京門，莫宿齊山東。看花拂曉露，騎馬踏春風。稽首昭明祠，香火千古崇。釣魚池尚在，讀書臺已空。當時不知幾，亦墮元惡中。辛勤注《文選》，休名照蒼穹。（《貞素齋集》卷五）

# 明代

## 明一統志

【文選閣】在府城西五里，以梁昭明太子祠在焉，池人因建此閣。（《明一統志》卷一六《池州府》）

## 附録

### 池州府志

【文選閣】在城西五里西廟，貯梁昭明《文選》，有址。羅隱詩：間生元子出蕭梁，作《選》爲書化萬邦。三代已東成冠絶，六朝餘外更無雙。今朝集是群英仰，昨日談非衆恥降。輔國安民新試閣，滕王空作問臨江。（《〔嘉靖〕池州府志》卷三）

### 杏花邨志

文選閣，在西廟正寢殿右，今遺址尚存。順治己亥司李錢黯擬重建貯《文選》版，因海兵犯池，未果。此古蹟之最著者，亟宜修復之。……福清林古度《文選樓詩》曰：秋浦樓過文選樓，隋梁勝跡在池州。細看萬事皆虚往，不及昭明姓字留。桐城周蔚《文選樓詩》曰：熟君《文選》薄輕衣，百尺高樓世所依。若把《華林》家法用，宏詞博學與時違。劉廷鑾《九日訪文選樓故址詩》曰：梁家帝子到林丘，此地猶傳文選樓。石鏤斷殘學士姓，銅扉僅見老僧游。衣冠故冢山中在，廟食無魚池上秋。向道登高能作賦，講堂前席邈難儔。晉江陳寶鑰《文選閣詩有序》曰：兩漢不得不六朝也，猶六朝不得不八大家也，氣運使然，質者豈爲功，文者烏足罪耶？雖然，綺麗傷意，流連傷情，繁蕪並陳，瑜瑕不掩，而大雅于是乎闕矣。登斯閣者，得無嘆濫觴之首乎？抑有説焉，士必窮愁而後著書，若富貴場中人聞愁嘆聲則曰：彼咄咄者何爲乎？昭明生帝王家，習見華靡，宜其厭淳而喜紛也。嗚乎，不有昭明，曷見昌黎，功越大禹，而任等孟軻也。詩曰：都從字句巧争奇，六代芳華此一時。錦即成裘需碎後，金當躍冶孰陶之。風翻蝌蚪明窗入，夜唤蟫魚古壁知。摘去樓梯深歲月，心精未許旁人知。又曰：名山藏實豈藏虚，美市都成忠孝餘。僞晉未删令伯語，《劇秦》多録子雲書。乾坤一鏡懸孤榻，今古雙珠照石渠。此日濫觴都散盡，總緣蘩蕪兆丘墟。宛平汪元綬《文選閣詩》曰：青宫弘睿藻，開閣對名山。萬古文章地，諸峰錦繡環。簪纓隨扈從，風雨失丹顔。重建楹榱焕，輝聯星斗間。餘杭嚴曾榘《憶池陽文選樓送宗鶴問官其地詩》曰：高樓迴與白雲連，名自蕭梁太子傳。六代繁華長已矣，千秋風雅尚依然。幾餘陳跡空江上，忽爾懷人落照邊。知向池陽官舍近，著書安肯讓前賢。江都吴綺前題詩曰：西風吹雁度江濱，送客還疑遠望真。地藉文章傳勝蹟，天留臺榭與才人。池魚入饌羹香美，山鶴聞琴舞態新。到日樓頭應有憶，不須鄉夢往來頻。秦中王賓前題詩曰：文選樓空鎖暮烟，郊西明月尚依然。大江忽憶池陽好，舊跡還因帝子傳。數百里中雲影接，一千年後墨光連。少文此去攀佳勝，如在邘關古寺邊。石埭曹有爲《文選樓懷古詩》曰：樓高瞻帝子，想見戀烟鬟。宫闕非梁代，衣冠冷秀山。魚嘉宜易號，《文選》敢重刪。地勝仍如昔，英風定往還。（《〔康熙〕杏花邨志》卷三《古跡》）

（清）梁維樞

王弇州在爽鳩署中，日與于鱗手抄《史記》《文選》各一部，舉觥抽誦，以記否爲賞罰。（《玉劍尊聞》卷三）

附録

（明）郭良翰

李于鱗五鈔《文選》，三録《兩漢》，不在張巡下。愚按古今文人率重手鈔者，蓋一經手鈔，一

字一畫不放過，與泛泛口耳自不同也。（《問奇類林》卷一七）

（明）湯顯祖

【與陸景鄴（節録）】僕少讀西山《正宗》，因好爲古文詩，未知其法。弱冠始讀《文選》，輒以六朝情寄聲色爲好，亦無從受其法也。規模步趨，久而思路若有通焉。（《玉茗堂全集·尺牘》卷四）

（明）孫鑛

（王）稚欽案上惟置《文選》一部，隨人揭問，輒暗誦無錯者。（《書畫跋跋》續卷一）

（明）鄧原岳

【盧將軍割軍租助刻《文選》賦謝】累從邊塞立功勳，況復風流雅好文。藝苑新傳梁太子，兵家舊識祭將軍。腰間寶劍爲君筮，篋裏黄金與士分。見説諸兒多汗馬，擕來箇三五花紋。（《西樓全集》卷七）

【與王百穀（節録）】校閲事竣，猶憶足下「贈章刻木無墳典」之句，思爲昆明一洗之，則爲求得李右率《文選》一部，擇善工梓之，已完其半，驟見之，決不以爲滇技也。俟卒業，或得郵致請政耳。

【寄薛鳴宇廉憲（節録）】事之隙也，爲滇士標一指南，校梓李善《文選》於此，剞劂頗工，計歲餘方得告成。以圖歸之人，作此長計，亦大不量耳。（以上同上書卷一八）

附録

雲南通志

鄧原岳，字汝高，福建閩縣人。萬曆間任提學僉事，敏練通達，所拔皆名士，尤善獎掖。手注《文選》，梓行於滇，以教後進。（《〔雍正〕雲南通志》卷一九《名宦》）

湖廣通志

杜詩，字友白，濟南人，萬曆中，以進士任湖廣左布政，至誠惻怛，愛人好士，居官手不釋卷，博洽淹雅，刻《離騷》《文選》及《海忠介疏》等書，俾士類務古人實學，成就者衆。（《〔雍正〕湖廣通志》卷四一）

（清）魏裔介

【趙郡張育華先生傳（節録）】張公諱居仁，字叔廣，號育華，趙州人。……刊有《十二家唐詩》《三

體唐詩》《皇明詩統》《明雋》昭明《文選》《宋鵝池詩》於世。(《兼濟堂文集》卷一一)

(明)黄道周

【陳繡林墓誌(節録)】公生而白晳,頎碩不好弄,十餘歲嗜古文詞,善《左氏》及《史記》《文選》,默識不遺一字,今世無誦《史記》《文選》者,有之,惟陳卧子。(《黄石齋先生文集》卷一一)

(明)費元禄

【文選樓】華雲遺構著書樓,雀啄簷牙墜瓦愁。文藻總歸梁代盛,才名寧讓孝王流。風亭芳樹無來往,月壁寒燈想校讎。不比名園歌舞地,珠簾甲帳使人憂。(《甲秀園集》卷一二)

【讀湯公孟文選續集】梁家太子已千秋,弔古人攀文選樓。代去江河銷王氣,君今儒雅繼風流。盈篇月露寒暉映,幾載星霜夜校讎。恐有紛紛遺藻在,蠹魚零落不曾收。(同上書卷一五)

(明)張鳳翼

【與徐侍讀公望書(節録)】邇來園居無所事事,特以《文選》注多紕複,僭爲纂輯,今已及十之八矣。第脱稿既乏人,而登梓又乏力,祇恐徒矻矻耳。

【答王敬美憲副書(節録)】野人兀兀無一善狀,恐負歲月,僅於《文選注》僭爲去取,計可數卷,勒成一家,乏人録副本,不得奉寄就正耳。

【答陸京卿進士書(節録)】《文選》之注,已三易稿,可語粗就。然非敢以冰蟲之技自雄也。

【答沈純父書(節録)】嘗病《文選》爲藝林所宗,而諸注紕冗,僭爲纂輯,方圖登梓以公同志,尚未落成,不得奉寄,先以一序上塵清覽,冀知鄙意所寓。

【與沈修撰君典書(節録)】《文選》之刻,藉閣下吹嘘,二令君極有捐俸助梓之意,僕恐二令君或未深諒意,僕祈閣下爲請,不惟自負生平,且蔽閣下憐才念舊之雅,故力辭之,而吴縣君爲遣吏督役,俾先期而完,其德醲於貲助,皆閣下賜矣。

【與陳倉部汝化書(節録)】《文選》之刻,託庇告成,敬致上一部,完舊約耳,惟賜存之。

【與君典書】《文選》之役,本欲盡洗故箋,一出胸臆,弟恐歲不我與,或不能竟,故不得不有所因。然創自已見者,十亦恒二三,自諒於藝林不無小補。向辱手教,問欲何如。夫《太玄》覆瓿,而桓譚稱絶;《詩細》罔聞,而蔡邕歎息。譬則荆山之璞,必有待於卞氏;冀北之良,不無假於孫陽。是在左右一游揚間耳。(以上《處實堂集》卷五)

【答唐禮部元卿書(節録)】每述生平相知,指不再屈,特以雲泥異致,越境成遥,而心不以迹曠,彼此能諒之也。《文選》之行,大得足下許可之力,私心銜之矣。

【答王胤昌太史書(節録)】《文選》一部,乃用純料綿紙雙上烟墨印成者,與通行者絶不同,可存鄴架。(同上書續集卷四)

予纂《文選》注既成,客有持示一貴游,貴游初不知爲何書,及閲其目云:「張君誤矣,既云《文選》,安得復選有詩哉?」客歸以語予,予曰:「此事當問蕭君,不干張君事也。」聞者無不失笑。(同上書續集卷四《譚輅續》)

予既纂《選》注,意欲續補至本朝,既乏書籍,亦懼歲不我與,不敢冒昧。不意坊間有《續文選》出,而弁以賤名,是重予罪過也,惟冀賢者察之耳。(《譚輅》卷上)

附録

(明)王穀祥

墨林老兄至契,别久,無任懷仰。……兹有門下友人欲以《文選纂注》求售,此書删煩就簡,正訛點句,大爲當今所推重,想鄴架亦在所需,謹爲先容。……侍生王穀祥頓首拜。(《夢園書畫録》卷一五《明人手札二十四種》)

（明）黄克纘

【柬張凌虚（節録）】不佞聞張孝廉之名舊矣，遺榮謝世，不上公車，以筆墨書史自娱，所著《文選纂注》，删六臣之繁蕪，而補其闕，爲昭明異代忠臣，斯亦千載不朽之業也。（《數馬集》卷三七）

（明）梅鼎祚

【答張伯起（節録）】《文選纂注》删繁會簡，提要鉤玄，兼以剞劂都工，豕魚悉正，一加拭目，便知苦心，寔足羽翼斯文，豈徒槖籥後進。（《鹿裘石室集·書牘》卷四）

（明）孫能傳

【文選纂注】吴中近刻《文選纂注》，一時盛行，幾掩五臣而凌李善矣，乃其謬妄處，正自不少。……以上數則辭旨甚明，本非艱晦，而注皆舛錯不通。如此序中乃盛自誇詡，謂因一言之益而義以彰，緣片言之損而辭以達，寧不爲李、吕諸公所笑！（《剡溪漫筆》卷五）

（明）王祖嫡

【訪張伯起幼于求志園不值留贈（節録）】君不見二陸相攜同入洛，提兵眼底無衛霍。保身不信泥塗龜，臨危始憶華亭鶴。又不見風流麗藻稱潘卿，《閒居賦》寫娱親情。乾没頓忘慈母誡，遂令千載身名傾。勾吴張氏好兄弟，連枝玉樹菰蒲生。辛苦耕田自食力，殷勤奉母無他營。伯也公車不肯赴，閉門改竄《文選注》。博識能令倚相驚，新聲解免周郎顧。（《師竹堂集》卷三）

（明）張采

【庶常天如張公行狀（節録）】（張溥）乃彙《文選》《廣文選》《唐文粹》《宋文鑑》《元文類》，芟複去雜，曰五刪。（《明文海》卷四三九《墓文》）

# 清代

## （清）王應奎

【馮氏之學（節録）】吾邑馮鈍吟之學，以熟精《文選》理爲主，文必如揚雄、鄒衍、李斯、司馬相如以至徐庾、王楊盧駱輩，而後爲正體也。詩必自蘇李、曹劉以至李杜，而得李杜之真者，李義山也。（《柳南隨筆·續筆》卷二）

## （清）傅山

【訓子姪（節録）】眉、仁素日讀書，吾每嫌其駑鈍，無超越兼人之敏。間觀人有子弟讀書者，復駑鈍於爾眉、仁，吾乃復少恕。爾兩兒以中上之資，尚可與言讀書者，此時正是精神健旺之會，當不得專心致志三四年？記吾當二十上下時，讀《文選》京都諸賦，先辨字，再點讀，三四上口，則略能成誦矣。（《霜紅龕集校補》卷二五《家訓》）

## （清）王士禛

【北征日記（節録）】（康熙二十七年正月）二十八日，兵部侍郎張公箸漢邀飯，祚庭在坐，副都御史鄭公山公見過，貽所刻《文選彙注》。（《王士禛全集·詩文集之八·漁洋文集》卷一三）

予幼入家塾，肄業之暇，即私取《文選》、唐詩洛誦之，久之，學爲五七字韻語。先祖方伯府君、先嚴祭酒府君知之，弗禁也。（《王士禛全集·雜著之一二·居易録》卷五）

## （清）錢泰吉

文道先生，長洲陳少章景雲之私謚也。早歲從義門游，窮究經史。著有《讀書紀聞》十二卷，《綱目訂誤》四卷，已刻。《兩漢舉正》五卷，《國志舉正》四卷，《韓集點勘》四卷，已刻。《柳集點勘》四卷，《文選舉正》六卷，《通鑑胡注舉正》十卷，今所刻者，僅一卷。《紀元要略》二卷，已刻，其子黄中補輯一卷附。《文集四卷》，更有《群經刊誤》，未知卷數。……鄱陽胡氏《文選考異》時引少章校語，可搜輯成卷。（《甘泉鄉人稿》卷八《曝書雜記》中）

## 附録

（清）李元度

【何義門先生事略（節録）】（門人）著録四百餘人，知名者三之一，吴江沈彤、陳景雲其最著也。……景雲字少章，……所著……《文選校正》三卷。（《國朝先正事略》卷三三）

清史稿

景雲，字少章，博聞彊識，能背誦《通鑑》。……少從焯游，焯殁，獨繫吴中文獻幾二十年。著有《讀書紀聞》，及《綱目》《通鑑》《兩漢書》《三國志》《文選》、韓柳集皆有訂誤，共三十餘卷。文集四卷，亦簡嚴有法。（《清史稿》卷四八四《文苑》）

（清）蕭穆

【劉海峰先生歷朝詩約選後序（節録）】考徵君《與姚比部手札》有「生平看古人書，亦多有標録而少批評，以批評則滯於語句之下，不能盡文字之妙」云云。今此編有標録而少批評，即是此意。

姚比部亦嘗言圈點啓發人意，勝於解説，與徵君所見正同。其五言律詩卷一小序明云：「使學者摘句而玩索之，不得云手録自玩，無意傳世也。」舊聞吾邑程氏有徵君手批昭明《文選》，張氏有手批杜詩，徐氏有手批王阮亭詩。（《敬孚類稿》卷二）

## （清）程晉芳

【文木先生傳（節録）】先生姓吴氏，諱敬梓，字敏軒，一字文木，全椒人。世望族，科第仕宦多顯者。先生生而穎異，讀書才過目，輒能背誦。……其學尤精《文選》，詩賦援筆立成，夙構者莫之爲勝。（《勉行堂文集》卷六）

【寄懷嚴東有三首其一（節録）】敏軒生近世，而抱六代情。風雅慕建安，齋栗懷昭明。（《勉行堂詩集》卷五）

## （清）陳兆崙

【周西隞表弟詩集序（節録）】方是時，余以時文授受，無甚高論，但程尺度，務速化，禁諸少年毋得泛覽。一日案頭《文選》忽失所在，索之急，群指讓谷嘗竊觀，意必在讓谷所。讓谷果首服，余恚甚，駡曰：吾不令若曹業此者，以時未至耳，奈何不聽余約。……今姑拈一題試若，若能即效其體爲之，吾將遂恣爾意，即不能當，奉約如初。題爲《齊景公待孔子》二章，讓谷援筆立就，且成其二，文采爛然。余讀之驚，轉謝讓谷，重奬之。（《紫竹山房詩文集》卷九）

（清）龔煒

【温習之功不可廢】王郗選輒取《文選》句試予，予十答其八九，蓋爾時吟誦倍於他書。以後自恃已熟，一閣數載，病中偶憶《七發》，試一背誦，格格不能成篇。温習之功，庸可廢乎！（《巢林筆談》卷五）

（清）郭麐

浙西詩家頗涉餖飣，隨園出而獨標性靈，天下靡然從之，然未嘗教人不讀書也。余見其插架之書無不丹黄一過，《文選》《唐文粹》尤所服習，朱墨圍無慮數十徧，其用心如此。（《靈芬館詩話》卷八）

（清）盧文弨

【麗景校書圖記（節録）】乾隆丁卯之夏，天子居圓明園，命選翰林十人、中書十人，校録唐李善所注《昭明文選》，以備清燕之覽，於是即張相國園而開館焉。麗景者，園之軒名也。……所選二十人者，校書軒中。上命大官具食，尚方給筆札，頻遣中貴人攜瓜果及荷囊香佩諸物，分賜諸臣。上所賜唯瓜果爲非常賜，非大臣及親近者不易得，而今咸以小臣拜賜，且訖事月餘，賜凡四五，斯亦遇之至榮者已。前輩錢赤岸先生，性慎密而多聞識，褎然爲中書領袖，選與兹事，文弨時亦從諸君子後，移席近先生。先生校勘精審，孜孜不倦，然諸人或各行其意。先是中使宣上旨云：「爾等俱是有學人，若書内誤處，皆當改正。」而大臣恐或蹈妄改之咎，又私相戒約，非灼知其誤，萬不可輕改。以故明達之人多務更正，慎重之士憚於改爲。予因知事無大小，總其成者爲要也。大官年高事繁，必不能復究心於文墨之事，安得如先生者合衆長而折衷之歟。書成，又録《考證》二册進呈，上命分置各卷之後，並書校寫者銜名。其冬又召諸臣入乾清門，至懋勤殿，令各鈐小印識之，上自爲之序。其書已裝潢成帙矣，書之前貌聖容焉。先是進呈之日，又人賜紗葛各一端。文弨欲爲文記之，尚未成也。今先生榮君恩，寫之爲圖，以文弨之亦與其事也，屬爲記。嘗考古者有寫書之官，校讎之司，其事曠而弗舉，於今乃復見之，禮意加優渥焉。先生適當其盛，將之以勤恪，譌則正，疑則闕，不牽於異同之論，可不謂賢乎。自是役後，有謂細事不足煩聖慮者，於是凡有校寫，皆開局於武英殿，大臣監理之，外饔供其食，書成請旨，賞賚而已，文弨亦一再與焉。迴思昔日與先生在軒中散衣帶，時水風清暑，花香襲人，珍賜頻仍，中使絡繹，此景何可多得。況四五年來，此二十人中已有化爲異物者，其仕於四方及歸其鄉者又有之。今先生又將歸矣，撫卷之下，不勝悵然。他日從先生於明湖之濱，縱談舊事，再出此圖，其感歎又將若何也！因具録其姓名於左。翰林十人：王錦改外、王居正休致、朱佩蓮丁憂、湯大紳休致、王際華丁憂、歐陽正焕、蔣元益、徐開厚故、許荚改外、馮秉彝告假，後又益一人曰温敏；中書十人：張敬業、劉大佑故、祝維誥、眭朝棟、程燾、龐廷驥告假、金燾、毛永燮。先生名在培，與文弨共爲十人。收掌則待詔吴自高也。乾隆辛未除夕前一日書。（《抱經堂文集》卷二五）

## （清）余廷燦

【答朱伯壎書】辱惠書至衡陽，責取《史記》《漢書》《文選》者，伸紙展讀，義正芒寒，驚愕不定。徐復循忖，足下琅琅數十言，總以廷燦必不歸還三書爲疑。古學缺絶不講蓋久，讀古書如煙海浩浩，莫識津逮。是三書，震川、義門、望溪諸老，後先抉摘崖略，分疏黑白，昆甫先生蒐採之，足下寶蓄之，皆毅然以古學自任，凜凜爲人世護持斯文苦心，其用意固不僅在書矣。即廷燦昔歲乞觀三書，亦藉以窺尋匠契，鑽仰絶業，廷燦之用心，其必顓顓在是三書，與其不必在是三書，俱可與足下、與昆甫、與震川諸老之用心共揭日月，質鬼神而無疑者，其敢容一毫曖昧。《文選》一書，往歲楊子安不時索閲，亦隨時索回。丁亥，子安罷官去，其族叔楊八翁浮寄邵州，不聊賴，又索閲度日。無何，廷燦偶歸長沙，而楊八翁一聞子安信到，即倉黄去邵州，歸關中。每念是書，杳杳忡忡，大懼無以對足下者。《史記》一部好貯篋中，冬月即送上。《漢書》曾攜至京師，今年出國門日，車重不行，揀留書箱四隻，是書竟閣貯在京。二書俱細字密評，首尾完整，劇不可不收還郭氏，以存昆甫疇曩孤心，一或殘斷，一字一金，廷燦請以身保任，足下無疑無疑。《文選》則僅了及詩賦數卷而止，廷燦豈有所愛。又年來居京師，見淮南阮氏所藏周白民臨何義門《文選》本，最精最詳，廷燦已就汲古閣本一再鈔寫讎校。即義門評點《左傳》《史記》《前漢》《後漢》《文選》諸書，近已全付剞劂，稍稍流播海内，家有其書，書不必私，而義門《文選》更無可私，無可私而獨私昆甫未了之手蹟，以取譏召鬧於足下，致足下取譏召鬧於郭氏，廷燦必不爲明矣。曾見友人收《如陽詩》一帙，昆甫手自楷寫者，廷燦力足爲郭氏取出，不知可許相準《文選》否？如必不獲命，惟有人赴關中，向楊八翁求索。足下肝膽如雪，惟諒之、鑒之，不宣。（《存吾文稿》）

## （清）翁方綱

【坳堂集序（節録）】乾隆辛未，予始從香樹錢先生論詩，先生於北方學者首推宋蒙泉、戈芥舟二君。時蒙泉與吾同年紀曉嵐鄰居，芥舟與曉嵐同里，故予知二君詩最早。及予授館職，甲戌夏，詔擇翰林十人於院廨校勘《文選》，芥舟與予同研席者匝月。（《復初齋文集》卷四）

附録

（清）陳康祺

乾隆甲戌夏，命翰林工楷書者梁國治、秦大士、梁同書、莊培因等，繕録昭明《文選》。又命朱珪、戈濤、盧文弨、翁方綱等，校對於翰林院後堂東寶善亭内。發出宋版《文選》一部，紙墨精好，古香襲人。每册有前賢手題墨蹟，第一册前有御筆題云：「此書在天禄琳琅中，亦不可多得。」（《郎潛紀聞初筆》卷三）

【送盧抱經南歸序（節録）】乾隆四十五年秋，餘姚盧抱經學士祝釐北來，其冬將南歸。同人集方綱詩境軒，各爲文以贈其行，而方綱序之曰：予同歲進士二百三十一人，予嘗自謂抱經校讎之精，用力之篤，惟予知之最詳。……君所校正書目甚繁，予初成進士時，喜讀遷、固之書，則借君所校三史録之。甲戌授館職後，借所校《文選》録之。（《復初齋文集》卷一二）

（清）張九鉞

【杜詩集説序（節録）】是時金壇于君晴川，亦以所集孫月峰、何義門兩先生《文選》評本開雕粤城，

贈余一册。（《紫峴山人全集》文集卷四）

## （清）畢沅

【昭明太子文選樓】衡文傳帝子，樓翼舊城隅。金粉齊梁擅，風騷楚漢殊。一斑窺霧豹，千腋集霜狐。豈似滕王閣，空描蛺蝶圖。（《靈巖山人詩集》卷六）

【延青弟手披文選書後】杏花零落早春天，碧草池塘痛惠連。未了緣猶期世世，難乾淚自灑年年。每聽夜雨慵登閣，曩在京邸，同居宣武門外聽雨樓。爲鞠孤兒早買田。今春節俸寄歸，爲姪裕曾在婁東置田三頃。掩卷幾番愁卒讀，朱書遺蹟在殘編。（同上書卷二七《青門集》）

## （清）江藩

（余蕭客）生平著述甚多，《爾雅釋》《注雅别鈔》悔其少作，不以示人。《文選音義》亦悔少作，然久已刊行，乃别撰《文選雜題》三十卷，又有《選音樓詩拾》若干卷。先生深於《選》學，因名其樓曰「選音」。疾革之時，以《雜題》《詩集》付弟子朱敬輿，敬輿寶爲枕中祕，以是學者罕知之。（《國朝漢學師承記》卷二）

## 附録

### （清）錢泰吉

吴縣余仲林撰集《古經解鉤沉》，極精博，所爲《文選音義》則體裁殊不稱，《四庫提要》詳言之，《漢學師承記》謂仲林亦悔其少作，别撰《文選雜題》三十卷，今未得見。然《音義》多用直音，便於省覽，載義門校語頗詳，亦初學所不廢也。（《甘泉鄉人稿》卷七《曝書雜記》上）

### 蘇州府志

余蕭客《古經解鉤沉》三十卷，《爾雅釋》，《注雅别鈔》，《畿輔水利志》，方觀承聘修。《文選音義》四卷，《文選紀聞》三十卷，一作《文選雜題》，嘉定錢大昕嘗見其前六卷，説見《竹汀日記鈔》。吴縣雷浚得其殘稿，自十四卷至三十卷，江山劉履芬近又得殘本一册，與《音義》合。蕭客門人朱邦衡録，即《漢學師承記》所云「蕭客疾革時，以《雜題》《詩集》付弟子朱敬輿，敬輿實爲枕中祕」者也。（《〔同治〕蘇州府志》卷一三七）

### （清）顧光旭

【送怡雲秩滿還京二首（其一）】軟紅塵裏得同舟，掃地焚香過一秋。憐我未除湖海氣，知君不戀舳艫侯。竹林别後風生户，《文選》修成月在樓。怡雲嘗居錫福樓注《文選》，手植竹木，時自灌溉，瀕行，書一册以付代者。檻外忽聞鳴鶴去，等閒飛起水邊鷗。（《響泉集》詩卷六《可耕餘藁》下）

## （清）錢大昕

【内閣侍讀嚴道甫傳（節録）】嚴長明，字冬友，號道甫，江寧人，幼讀書十行並下。……生平著述有《歸求草堂詩文集》《西清備對》《毛詩地理疏證》《五經算術補正》《三經答問》《三史答問》《淮南天文太陰解》《文選課讀》《文選聲類》……凡二十餘種。（《潛研堂集》文集卷三七）

## （清）阮元

【孫頤谷侍御史傳（節録）】侍御幼寡嬉戲，所樂讀書而已。群經、《文選》成誦，《易》而熟精其理，似素所習者。……侍御所著書有《家語疏證》六卷，謂王肅作僞難鄭，誣聖背經，既作《聖證論》以攻康成，又僞撰《家語》，飾其說以欺世。因博集群書，凡肅所剿竊者皆疏通證明之，如鞫盜之獲真藏也。其有功于鄭氏，似孫叔然。《文選考異》四卷，據潘稼堂、何義門諸校本，參稽衆說，仿朱子《韓文考異》之例，以正俗本之誤。《文選注補正》四卷，仿吴師道校《國策》之例，輯前賢評論及朋輩商榷之說，以補李注所未及。（《揅經室集》二集卷五）

## 附録

(清)阮元

孫志祖,字詒穀,一字頤谷,别字約齋,仁和人。乾隆丙戌進士,歷官江南道御史,著《頤谷吟稿》。事狀略曰:府君先世餘姚人,自安山公諱隆卜居仁和府。君生而穎悟,自云讀群經及《文選》等書,一似素所熟習者。……又謂毛刻《文選》,脱誤不少,作《文選考異》四卷,《選注補正》四卷,又因汪上湖《文選理學權輿》尚多闕略,補輯詳論一卷。以嘉慶辛酉二月卒,年六十五。(《兩浙輶軒録》卷三二)

(清)洪亮吉

【題孫侍御志祖深柳勘書堂遺照(其一)】深柳堂深昔繫舟,侍御有别業在西湖,昔曾以訪友至此。重來人憶舊風流。遺編合附儒林傳,絶學猶傳文選樓。一瓣香升通德里,百篇書黜大航頭。侍御辨僞《尚書》及王肅僞《家語》及《聖證論》甚力,又精于《文選》學,皆見所著《讀書録》中。先生志節居然異,丹墨應同白簡留。(《更生齋集》詩續集卷二)

（清）王昶

孫志祖，字詒穀，仁和人。乾隆三十一年進士，官至監察御史。有《頤谷吟稿》。《蒲褐山房詩話》：詒穀性情瀟澹，清修自好，由西曹而擢監垣，即以病歸湖上。中年後，留心經籍，作《家語疏證》六卷。蓋王肅假此以難鄭君，詒穀條分縷晰，解其癥結，有功于鄭學者甚大。其外如《文選理學權輿補》一卷，《考異》四卷，《李注補正》四卷，刻於桐鄉顧氏《讀畫樓叢書》中，皆見詳核。子同元，能傳家學。（《湖海詩傳》卷三一）

（清）趙懷玉

【葉星衛先生哀辭并序（節録）】乾隆四十九年四月癸丑，舅氏葉星衛先生卒於祥符戍所，春秋四十有五。……與海寧朱超之爲《文選》之學，闡闢悉有意義。（《亦有生齋集》文卷一〇）

附録

楊鍾羲

吴門葉樹藩海録軒所刻《文選》，爲朱予培纂校，陳惺齋輓予培句云：「一編《文選》在，著作

免終湮。」（《雪橋詩話》三集卷八）

（清）黄鉞

【王椒畦味道腴齋圖卷題跋】填修所志，守爾天符，委命供己，味道之腴。冬窗晚學，以《文選》爲日課，昔年所譔《讀選隨筆》，未妥者改正數則。今早讀班氏《答賓戲》，節此四語，爲見香封翁書之卷端，並佐以《隨筆》一部，郵寄蘇臺。時道光癸巳人日，左翁老人黄鉞。（《壬寅銷夏録》）

（清）法式善

【成均學選録序】乾隆甲寅，法式善再官成均，既倣前此刊刻課藝之例，輯制義若干首，附以五言排律，序而行之矣。敬維乙卯春，儤直西園，蒙恩召見。諭太學造士之法，制義僅帖括之一端，宜進以詩、古文詞，庶幾窺見古作者堂奥。且制義不從古文中出，則氣不盛，筆不遒，即制義亦必不工。大哉聖言！誠萬世爲學者之標準也。法式善稟承睿訓，退與諸生朝夕討論，月試制義、經義外，兼試之詩、古文，諸生中究心於此者，固樂以才自見，即素未嫻習者，皆得勉勉循循，觀摩興起。今行之三年，乃擇其尤者，彙爲一集，名之曰《成均學選録》，非專取「九變復貫」之義也。昔梁昭明甄錯歷代之文，謂之《文選》學，少陵詩云「續兒誦《文選》」，又訓其子云「熟精

《文選》理」，宋景文自言手鈔《文選》三過，《選》學之見重於前代如此。我朝恢張文治，尊崇儒術，凡試新進士以詔疏論詩，試庶吉士以賦詩，試翰林以賦疏詩，其體制皆備于《選》，高文典册，于是乎取之。矧太學爲儲才之地，又邀聖訓諄切，不獨六館諸生當濡染風雅，爲和聲鳴盛之先資，而官太學者，有司教之責，所以講誦解説，誘掖獎勸之，使不自安于固陋，更宜何如其兢兢耶。諸生由是進而上之，槖筆草制，宣天子命于四方，庶幾無忝厥職。即揚休述烈，上追《子虚》《長楊》《羽獵》諸篇，亦可自託于不朽。美哉斯編，其始基之矣。法式善將拭目以俟之焉。

（《存素堂文集》卷二）

徐太夫人，開封司馬許渭符佩璜母，錢塘徐清獻公女，名德音，熟精《文選》，老年猶日閲一寸書，有句云：「潮來初拍岸，雲起忽遮樓。」鮑謝遺音，不圖於搏香詠絮中得之，尤爲奇絶。（《梧門詩話》卷一二）

## （清）桂文燦

鍾君保岐名懷，揚州甘泉縣人。……所著凡十三種，……曰《讀選雜述》，補《文選》注之不及也。

（《經學博采録》卷四）

（清）阮元

【山東糧道淵如孫君傳（節録）】孫君諱星衍，字淵如，江蘇陽湖人。……君幼有異稟，讀書過目成誦，河曲授以《文選》，君全誦之。（《揅經室集》二集卷三）

附録

（清）錢泳

【淵如觀察】孫淵如觀察名星衍，陽湖人。父勳，舉人，爲山西河曲令。觀察生之夕，祖母許夢星墮于懷，因以名之。幼聰穎，年十餘齡，能背誦昭明《文選》，不遺一字。（《履園叢話》卷六《耆舊》）

（清）黄丕烈

【重雕曝書亭藏宋刻初本輿地廣記緣起（節録）】余喜藏書，而兼喜刻書。欲舉所藏而次第刻之，力有所不能也。會鄱陽胡果泉先生典藩吴郡，敷政之餘，留心《選》學，聞吴下有藏尤槧者，有

人以余對，遂向寒齋以百金借鈔，蓋酬余損裝之資，而實助余刻書之費，洵美意矣。（《蕘圃藏書題識》附録一）

## （清）顧廣圻

【和彭甘亭贈句（節録）】客歲交彭君，耕野獲結緑。潛心閲雙鬢，《文選》理精熟。博贍涉墳素，武庫便便腹。卓犖吐詞賦，群言受約束。壯采麗如春，虚懷謙若谷。（《思適齋集》卷二）

【彭甘亭全集序（節録）】予自識君到今，卅載而近，其間戊辰、己巳同校李善注《文選》，壬申、癸酉、甲戌同校胡三省注《通鑑》，兩書獲成，盛行於代，大抵多賴君力。（同上書卷一二）

【姜白石集跋】鄉者山尊學士見語曰：「子曾校《文選》，亦知《吴都賦》今本有脱句否？」予叩其故，則舉姜白石《琵琶仙》詞題中引《吴都賦》「户藏烟浦，家具畫船」二句，予心知白石雖聖於詞，而此卻不可爲典要，然當時無切證，未能奪之也。今校姚鼎臣《文粹》，至李庾《西都賦》有曰：「其近也，方塘含春，曲沼澄秋，户閉煙浦，家藏畫舟。」則正其所引矣，「藏」、「具」兩字皆誤，又誤「舟」爲「船」，致失原韻，且移唐之西都於吴都，地理尤錯，可見白石但襲志書或類書之舛耳，豈得便謂之《文選》脱文哉。知其所無，爲之一快，遂識於姜集後，以諗讀者。（同上書卷一五）

（清）陳鴻壽

甘亭仁兄大人侍下，愚弟陳鴻壽頓。久不見，況味想佳。……校勘淳熙本《文選》，想已刻板，務將樣本寄來一觀，緣有幾條蓄疑，要問個明白也。果泉中丞風流瀟洒，當學通天人者，莫如足下賓主相得，誠爲罕事，令人豔羡不已也。（《夢園書畫録》卷一六《國朝名人書册》）

（清）梅曾亮

【夏日雜詠（其二）】吴郡顧千里，儒林得大師。病猶思誤字，醒亦好微詞。潦倒依書卷，峥嶸仗酒巵。最憐《文選》學，不解《説難》悲。君校刻書數十種，皆有考異，極精核，《文選》《韓非子》其二種也。（《柏梘山房詩文集》詩集卷四）

（清）錢泰吉

（胡克家）嘉慶十四年刻《文選》，有《考異》十卷，元和顧君廣圻、鎮洋彭君兆蓀所撰，兩君皆精校勘，辨晰頗詳，所據爲淳熙辛丑尤延之刻於貴池之本，而以吴郡袁氏翻雕六臣本、茶陵陳

氏刻增補六臣本校其異同，並詳列何焯屺瞻、陳景雲少章校語，亦多辨正其非。（《甘泉鄉人稿》卷七《曝書雜記》上）

（清）馮登府

【兵部侍郎都察院右副都御史江蘇巡撫胡公神道碑（節録）】公餘，手校善本書，考其同異，得宋淳熙《文選》及宋刊《資治通鑑》，屬太倉彭兆蓀校定重刊，海内珍之。（《碑傳集補》卷一四）

楊鍾羲

吴韻皋《七贈詩序》謂：吴中經術則顧廣圻、徐頲，……顧澗蘋取邢子才語以「思適」名齋，爲從兄抱沖刻《列女傳》，爲孫淵如刻宋本《説文》《古文苑》《唐律疏義》，爲張古愚刻撫州本《禮記》《鹽鐵論》，爲黄蕘圃刻《國語》《國策》，爲胡果泉刻《文選》、元本《通鑑》，爲秦敦夫刻《揚子法言》《駱賓王集》《吕衡州集》，爲吴山尊刻《晏子》《韓非子》。每一書刻竟，綜其所正定者爲考異，或爲校勘記。嘗與劉金門、段懋堂以言語牴牾，韻皋詩所謂「少年盛意氣，小敵必殲剸。戈矛武庫森，月旦東國闈。俗情忌刻露，流輩許責善」者也。（《雪橋詩話》三集卷九）

趙詒琛

【顧千里先生年譜(節録)】嘉慶元年丙辰,三十一歲。八月,蕘圃以重價得馮竇伯、陸敕先手校《文選》六十卷,先生借周香巖藏宋尤槧本校補之。十二月二十日,先生跋蕘圃八月中所得馮、陸校本《文選》曰:此《文選》硃校出汲古主人同時馮竇伯手,其前二十卷又有藍筆,則陸敕先所覆校也。今年秋八月,予屬蕘圃以重價購之。復借香巖周氏所藏殘宋尤袤槧本即馮、陸所據者,重爲細勘,閲時之久,幾倍馮、陸。補其漏略,正其傳譌,頗有裨益。惜宋槧之尚非全豹也。竊思《選》學盛於唐,至王深寧時已謂不及前人之熟,降逮前明,幾乎絶矣。唯詞章之士,掇其字句以供聲帨。至其爲經史之鼓吹,聲音訓詁之鍵鑰,諸子百家之檢度,遺文墜簡之淵藪,莫或及也。其間字經淺人改易,文爲妄子刊削,五臣混淆善本,音注牴牾正文,又烏能知之。因訛致舛,其來久遠,承襲輾轉,日滋一日。卷帙鴻富,徵引繁多,詞意奥隱,不容臆測,義例深密,未易推尋。雖以陳文道之精心鋭志,既博且勤,而又淵源多助,然《舉正》一書猶時時有失。況余仲林《記聞》以下,撫華遺實,宜同自鄶矣。廣圻由宋本而知近本之謬,兼由勘宋本而即知宋本亦不能無謬。意欲準古今通借以指歸文字,參累代聲韻以區别句逗,經史互載者考其異,專集尚存者證其同。而又旁綜四部,雜涉九流,援引者沿流而溯源。

已佚者借彼以訂此，未必非此學之功臣也。體用博大，自慚譾陋，懼弗克任，姑識其願於此，並期與蕘圃交勖之焉。顧廣圻書於士禮居。

嘉慶九年甲子，三十九歲。孫志祖《文選考異》，甲子十一月粗閲一過，既鮮精深，亦未閎富，就其所及，仍饒疵纇，懸諸國門，詎爲不刊乎？澗蘋居士記，時在巢湖舟次。前年大隆得讀畫齋本《文選理學權輿》《文選李注補正》二種，皆澗蘋先生手校，朱墨紛然。適學南先生纂先生年譜，即將卷中所載年月録去，但私憾《文選考異》一種不知流在何方。去冬仲兄蔭嘉忽從坊肆無意遇之，延津之合，喜不自勝，而學南先生所編年譜已有定本，將壽諸木，爰録《考異》跋尾以備補入，並記得書之佳話。辛未端午前四日，補安記。

嘉慶十三年戊辰，四十三歲。七月，校孫志祖《文選李注補正》。王大隆案：先生手校本今藏余齋中，原本爲讀畫齋叢書初印本，批校塗抹殆遍，多駁斥怡谷誤處。想亦隨時批注，非一時所爲，中有一條記戊辰七月，故列此。

戊辰、己巳兩年爲胡果泉重刻宋淳熙辛丑尤延之刊本李善注《文選》。許翰屏爲之影宋寫樣，當時如士禮居黃氏、享帚樓秦氏、平津館孫氏、藝芸書舍汪氏，以及張古餘、吳山尊諸君所刻影宋本，皆爲翰屏手書，而不著名。李子仙寫明道本《國語》，陸損之寫汪本《隸釋刊誤》，均於本書著名。與彭甘亭同校之。

嘉慶十四年己巳，四十四歲。二月，胡果泉重刻宋淳熙本《文選》成，先生代撰序文，别與彭甘亭撰《考異》十卷，附刻於後，又代果泉撰《考異序》。三月十八日，校汪師韓《文選理學權輿》。大隆案：先生手校本，亦藏余齋中。與孫氏《文選李注補正》同爲讀畫齋初印本，中有一條記己巳三月十八日，故列此。

道光十年庚寅，六十五歲。再校孫志祖《文選李注補正》。

王大隆曰：澗蘋先生負才傲睨，盛氣淩人，與劉金門、段茂堂、黄蕘圃、李尚之始甚相投，終乃絶交，人所共知。余藏先生手校書數種，於《經典釋文》則斥臧庸堂爲「不識一字之庸妄人」，於《文選李注補正》則斥孫怡谷，一則曰「陋而無識」，再則曰「癡人説夢」。又有經韻樓刻《戴東原集》，亦先生批注於茂堂校語及校勘記，大點密義，幾無完膚，雖不記年月，知其必絶交後所爲也。（以上《顧千里先生年譜》）

（清）陳文述

【簡松草堂懷張仲雅】仲雅名雲璈，熟精《文選》，著《文選學》三十卷，工詩，有《簡松草堂集》，官湘潭令，謝病歸，晚年矍鑠，著録不休，今日之魯靈光也。曾種孤山幾樹梅，謝公屐齒有蒼苔。偶尋白石清泉去，疑是閒雲野鶴來。暮雨園林秋水闊，寒香籬落晚花開。新詩别有瀟湘意，袁趙何堪一代才。（《頤道堂集》詩選卷二一）

【輓張仲雅先生雲璈】瀟湘歸棹夕陽遲，魯殿靈光海内知。曹憲親傳《文選》學，君著《文選學》三十卷。江淹雜擬古人詩。君以簡松自號，謂簡齋雲松也。逸情澹遠閒鷗意，仙骨清癯瘦鶴姿。笠屐空存山

水約，草堂回首不勝悲。（同上書卷二五）

## （清）汪啓淑

【黄景仁傳（節録）】黄景仁字仲則，自號鹿菲子，江蘇武進縣人。四歲而孤，家徒壁立，母課之書，能刻苦力學，不沾沾帖括，古文則肆志《史》《漢》，詞賦則專心《文選》。（《續印人傳》卷六）

## （清）阮元

【胡西棽先生墓誌銘（節録）】先生姓胡，諱曰廷森，字衡之，號西棽。……元幼時以韻語受知于先生，先生授元以《文選》之學，導元從李晴山先生游。（《揅經室集》二集卷二）

【題嚴厚民杰書福樓圖】厚民湛深經籍，校勘精詳，因昔人云「書不飽蠹魚，不經俗子誤改，書之福也」，因以名樓。古書有古義，後人每未詳。俗子作聰明，何妄下雌黄。少見多所怪，以不狂爲狂。石經在開成，據宋已改唐。今石經「願車馬衣輕裘」，「輕」字等處皆後人妄添，幸碑跡可見。孰知據明監，更改金陀坊。大人自注：乾隆間，奉敕摹刻岳板五經，甚盛典也。余校石經時，見其誤字反與明監本同，大疑之，及訪之，始知原摹不誤，後爲武英殿校刻之人所倒改也。嚴子精校讎，館我日最長。校經校《文選》，十目始一行。大人自注：世人每矜一目十行之才，余哂之。夫必十目一行，始是真能讀書也。人有讀書福，書福人亦康。書樓畫爲册，樹石雜縹緗。北齊勘書圖，今復見錢塘。厚民比古人，遵明其可方。

勘書圖始於北齊。遵明謂齊儒徐遵明。（同上書續集卷六）

## 附録

### （清）汪遠孫

【題嚴丈鷗盟杰書福樓勘書圖用簡松老人題余松聲池館勘書圖韻四首（其二）】百事不挂眼，兩肘案常據。有時拈一義，疑者豁然悟。前人皮傅言，未免太癡瘀。湖湑開講舍，勘經朝夕與。插架十三經，一一目皆寓。衆人苦繁重，君獨得其趣。餘事及《文選》，何義門、陳少章盡沿誤。善注羼五臣，塵言撥雲霧。始令詞賦家，不敢鄙章句。（《借閒生詩》卷二）

### （清）張廷濟

鍾翁海六名駕鼇，字繩祖，歲貢生，嘉興新坊人。遷東門外，所居有金粟玉蘭齋，花木蕭疏，筆硯雅潔。熟精《文選》之學，長詩歌，刻有《選詩精理》《海六詩鈔》。善寫蘭。

金粟玉蘭處，髯公境亦仙。筆花留畫本，詩品説當年。《選》學今誰繼，何甥昔自賢。謂金金粟。猶

餘華札在，良訊話纏綿。辛酉壬戌，余客京師，明經書來致訊。（《桂馨堂集》卷一三《感逝詩》）

## （清）吴騫

【簡莊擬築文選樓余先爲作圖並係詩以趣之】君家世傳經，十二攻《選》學。人呼小秀才，豈特爛與熟。昔語云：「《文選》熟，秀才足。《文選》爛，秀才半。」逮乎徵車徵，猶日勤陶淑。宋元雕故精，近刻徒類鶩。建安麻沙翻，臨安書棚賣。五臣及六臣，較若辨眉目。研都復練京，注記窮隱伏。如彼安革猛，早著名輩録。君嘗辨潘岳《閑居賦》注「安革猛」、「革猛」乃「韋孟」之譌，「安」字羨文。錢宫詹載其説於《養新録》。載之津逮舫，沿泳日三復。前身豈小宋，夢授神人握。擬築百尺樓，並兼四部蓄。我聞爲欣然，亟翦鵝溪緑。雲煙雖小試，丘壑聊委縟。咄哉新坡南，斜露峰一角。從今士鄉堂，緬接昭明塾。却待松風來，時聞續兒讀。（《拜經樓詩集續編》卷二）

## （清）焦循

【亡友汪晉蕃傳（節録）】汪晉蕃，名光爔，號芝泉，以儀徵籍入學，補廩膳生，居江都。……蘇李建安而後，名家之詩多能成誦，每有吟詠，典麗端凝，不涉浮薄，熟《文選》理，不苟作。督學使侍郎胡公月課揚郡，取晉蕃卷，通屬第一，而疑其僞。按部時，扃試詩古文辭，慨然歎曰：「苦心孤詣，深得《選》體，非貌似者矣。」又以《秋興賦》見賞於轉運曾公，於是學者稍稍知晉蕃能駢體文。舊有肺疾，寒則舉發，去年爲甚，掌廷竭力醫治之，今春夏間少愈，秋八月應省試歸，病復作，遂卒。時爲嘉慶丁卯，年四十有三。病中尚手批《大戴禮記》《文選》不置云。（《雕菰集》卷二二）

## （清）陳璞

李黼平，字繡子，別字貞甫，嘉應州人。嘉慶乙丑進士，翰林院庶吉士。……卒年六十又三。著有《易刊誤》二卷，《毛詩紬義》二十四卷，《文選異義》二卷，《讀杜韓筆記》二卷，《堪輿六家選注》八卷，詩四集，曰《著花庵集》八卷，《吴門集》八卷，《南歸集》四卷，續集四卷，賦二卷，制藝四卷。（《番禺縣志稿》（《尺岡草堂遺集》卷四《擬廣東文苑傳》））

# 附録

## （清）桂文燦

李繡子庶常黼平，吾粤嘉應州人也。……阮文達公總督兩粤，延庶常授公子經。會開學海堂以課士，屬庶常定甲乙焉。庶常深於經學，著有《易刊誤》二卷，《毛詩紬義》二十四卷。精熟《文選》，著《文選異義》二卷。……云《文選·典引》本蔡中郎注「今其如台而獨闕也」，尤氏本、汲古閣本注：「《尚書》曰：夏罪其如台。孔安國曰：台，我也。」庶常有詩云：「諸儒不省太常儀，晚出群將孔傳疑。《典引》先存安國學，中郎注裏幾人知。」竟欲爲僞《孔傳》翻案。惟南宋贛州本「《尚書》曰」上有「善曰」二字，是引《尚書》及孔傳，仍是李注，非蔡注也。庶常之詩直戲言耳。（《經學博采録》卷五）

## （清）錢儀吉

【術算簡存序（節録）】（王）貞儀本籍泗州，……予姑適吴江蒯氏者，嘗僑居金陵。姑能詩畫，信厚而明達，貞儀一見如故，常以文字相往來。姑言貞儀於學無不聞。……後六年，予省姑於黎里，得見之《德風亭初集》十四卷，《二集》六卷，《繡紩餘箋》十卷，《星象圖釋》二卷，《籌算易知》《重訂策算證訛》《西洋籌算增删》《女蒙拾誦》《沈痾囈語》各一卷，及此書，姑總爲一縑囊珍貯之，未嘗示人。其詩文皆質實説事理，不爲藻采。又有《象數窺餘》四卷，《文選詩賦參評》十卷，則未之見也。貞儀没時年止三十。……竊謂班惠姬之後，一人而已。（《衎石齋記事稿》卷三）

## （清）劉文淇

【文學薛君墓志銘（節録）】君諱傳均，字子韻，揚州甘泉人。……君既博覽群籍，强記精識，於《十三經注疏》及《資治通鑑》功力尤深，凡反覆十數過，注疏本手自校勘，發明毛鄭賈服之説，其魏晉諸儒不守師法者概置焉。……而大端尤在小學，于許君原書鉤稽貫串，洞其義而熟其辭。近今小學家推嘉定錢氏大昕及其從子坫、金壇段氏玉裁，君謂段氏時雜臆説，錢氏較精審，大錢文集内有《説文答問》一卷，深明通轉假借之義，君博引經史以證之，成《説文答問疏證》六卷。又嘗以《文選》中多古字，條舉件繫，疏通證明，爲《文選古字通疏義》一書，甫草創，未就卷第。予每研藝，至偏旁疑似音韻傳訛者，必以質之君，君廣引證佐，隨方曉答，檢書探核，悉如所言。

（《青溪舊屋文集》卷一〇）

## 附録

（清）包世臣

【清故文學薛君之碑（節録）】道光九年八月二十日，甘泉薛君子韻歿於福建督學使者内閣學士新建陳用光汀州校士行署。先是，陳公讀子韻所著《説文答問疏證》之書而善之，以質太子少保閩浙總督金匱孫爾準。孫公故小學家也，嘆爲絶倫，議相與板行之，以嘉惠閩士。猝遘此變，陳公慎於殯之禮，留《疏證》六卷稿本，而遣使護喪歸揚州，厚資其葬。儀徵劉文淇孟瞻檢遺篋，得舊讀《十三經》本，集録其丹黄手勘之語，約可廿卷，《閩游草》一卷，《文選古字通疏義》十二卷，草創未卒業。（《藝舟雙楫》卷四）

（清）丁晏

【薛子韻傳（節録）】君諱傳均，字子韻，揚州甘泉人。篤志古學，于《十三經注疏》手自勘正，反覆數十過，曾不少倦。……又以《文選》中多古字，馬、揚雖詞賦家，然皆深明《蒼》《雅》之學，故能抉幽洞精。君排比鉤稽，雅材好博，爲《文選古字通疏義》，屬草未就。（《頤志齋文鈔》）

（清）張穆

【陽冰説答祁叔穎尚書（節録）】承詢《海賦》「陽冰」之義。案：李善注曰：「言其陽則有不冶之冰，其陰則有潛然之火也。」《晏子春秋》曰：陰冰凝，陽冰厚五寸。《説文》曰：冶，銷也。」注語本極分明，而或猶不達者，由未省注中二「其」字，即其，其海也。昔俞君理初嘗爲穆校《文選》，批二語於書眉曰：水北曰陽，南曰陰。據之則陽冰、陰火云云者，猶言北海有不冶之冰，南海有潛然之火耳。以南海北海詁陰陽二字，不惟實事實情，並注二「其」字亦軒然呈露矣。（《殷齋詩文集》文集卷一）

（清）梁章鉅

【文選樓】揚州有文選樓、文選巷之名，見於王象之《輿地紀勝》及羅願《鄂州集》，乃隋曹憲以《文選》學開之，唐李善等以注《選》繼之，非梁昭明太子讀書處也。儀徵師宅即文選巷舊址。嘉慶十年，始於阮氏家廟之西建隋文選樓，樓上祀隋祕書監曹憲，以唐沛王府參軍公孫羅、左拾遺魏模、模子度支郎景倩、崇賢館直學士李善、善子北海太守邕、句容處士許淹配之。吾師撰銘所謂「建隋選樓，用别於梁」者是也。余素仰樓名，初謁師宅，即擬登樓以慰夙願，而不知樓實在家廟之西，與吾師宅尚隔一衖也。一日，師折柬召余飲，且傳諭曰：席設文選樓。余爲之狂喜。吾師所藏鐘鼎古器，悉庋於此。是日，即飲於樓下，縱觀之時，無雜客，而錢梅溪適至，因同入座。師甚喜，曰：「似此三老一堂，而所摩挲皆三代法物，人間此會，能有幾回，不可無以紀之也。」時梅溪八十四，吾師七十九歲，余年最少，而獨居首坐，甚以爲愧。乃踰日，而朱蘭坡至，即留余寓園中。又數日而王子卿亦至，子卿亦八十四歲，蘭坡七十五歲，吾師方欲團爲五老會，而英船警報日迫，吾師已往南萬柳堂，梅溪、蘭坡均各回蘇。余不得已，亦挈眷匆匆渡江南返。回憶文選樓之會，竟可一而不可再，吾師若預知其幾者，不禁黯然也。（《歸田瑣記》卷一）

凡論人，當於有過中求無過，不當於無過中求有過。昔邵伯温讀《文中子》，至「諸葛武侯無死，禮樂其可興乎」，因著論駁之，以爲孔明雖不死，未必能興禮樂。康節見之怒曰：「使汝如武侯，尚不可妄論，何況萬萬不及乎？古人立心忠厚，雖論古亦不輕易如此，其於同時人可知矣。猶憶余十五六歲時，輒詆林西仲之《古文析義》、方伯海之《文選集成》、浦二田之《讀杜心解》爲兔園册。先大夫痛斥之曰：「待汝將《古文析義》中文字篇篇熟在胸中，又將《文選》《杜詩》皆全部熟讀，尚未可輕議前人，何況汝萬萬不能，而先學此輕薄言談，何濟於事！」余爲惕然汗下，至今思之，猶有餘慚也。（《退庵隨筆》卷二）

（清）桂文燦

又有林崇達孝廉茂春，邃於經學，讀書淵博。所著有《左傳補注》，近已散佚。又有《文選補注》手稿，旁行斜上，近爲他人所竊，更名曰《文選旁證》，刊以行世，郭象、何法盛之流，可深浩歎。（《經學博采録》卷三）

附録

（清）謝章鋌

林暢園先生在讀書社中著述最富，多巨帙，可以名家，而郭象之徒輒篡爲己有，如《文選》《三國志》諸種，近日皆見刊本。然而篡者即其受業之弟子也。逢蒙殺羿，又豈止巧偷豪奪哉！林暢園先生詩集予未之見。予嘗於舊書肆見先生所爲《文選李氏注補》殘稿數本，校之梁氏《旁證》，大略相同。梁氏《閩川詩話》亦云其師喜讀蕭《選》，薈萃舊聞，辨析疑義，用蠅頭小楷分注於書之上下方，幾無容隙，某曾借讀一過，近輯《旁證》，所述師説爲多。又云其師所著有《左傳補注》《漢書補注》諸稿，惜身後爲人所匿，不可復問。吾不知匿之者果何人乎！（《課餘續録》卷二）

（清）李慈銘

閲梁氏章鉅《文選旁證》，考覈精博，多存古義，誠《選》學之淵藪也。閩人言此書出其鄉之一老儒，而梁氏購得之。或云是陳恭甫氏稿本，梁氏集衆手稍爲增益者。其詳雖不能知，要以中丞他所著書觀之，恐不能辨此。（《越縵堂讀書記》八《文學》）

李詳

梁氏章鉅《文選旁證》，爲程春廬同文稿本。沈子培提學親爲余説。（《李審言文集·媿生叢録》卷五）

## （清）蘇源生

【書先師錢星湖先生事（節録）】先生名儀吉，字藹人，號星湖，浙江嘉興人。……先生之生，有五色文禽見於室，故初名逵吉，後改今名。少讀書海寧園花鎮外祖家，九歲侍母戚太恭人入都。十二歲，徧讀《十三經》，熟精《文選》，背誦不遺一字。（《碑傳集補》卷一〇）

## （清）吴慶坻

鄞人陳僅字餘山，又號漁珊。道光間官陝西，歷延長、紫陽、安康諸縣，有惠政。所著《濟荒必備》一卷、《捕蝗彙編》四卷、《南山保甲書》一卷、《竹林答問》一卷、《讀選意籤》一卷、《文莫書屋詹言》二卷、《繼雅堂詩集》二十卷，其《王深寧先生年譜》一卷，訂錢竹汀王譜之譌。尤四明文獻所繫也。（《蕉廊脞録》卷五）

## （清）汪士鐸

【胡君枕泉傳（節録）】君氏胡，諱紹煐，字蘗汀，一字枕泉，績溪人。……君取法金壇段氏、高郵王氏爲聲音訓詁之學，所著《文選箋證》三十二卷，已鋟木矣，旋毁於兵燹，幸其稿猶存，君子昌豐負以匿山谷者也。君所著此爲之冠，其他若《蠡説叢鈔》《細陽學舍雜著》《還讀我書室文》《毛詩證異》皆藏於家。（《碑傳集補》卷三二）

（清）龍啟瑞

【朱約齋先生時文序（節録）】吾鄉約齋朱先生以乾隆乙酉舉於鄉，時值海内經學之盛，而先生伏處偏隅，有志於學，無書可觀，僅得先輩所遺昭明《文選》《藝文類聚》二書讀之，而先生之文遂卓然有以自立於世，今其文孫少香銓部所刻爲《存真堂稿》者是也。吁，人苟如先生之嚮學，何患無書可讀？苟能讀書以積理，用之爲文，文奚有不工？不然，則昭明《文選》《藝文類聚》二書於制舉何與？而先生讀之，因以通於經義。（《經德堂文集》卷二）

（清）俞樾

【草心閣詩序】（徐肖坡）先生早年貧窶，至不能具脩脯，從坊刻時文中觀其評語，而得作文之法。年未弱冠，所擬鄉試題文已爲老輩所欣賞，可謂能自得師者矣。及成進士，入詞林，以未授職之庶吉士，奉敕分寫《文選》，同館咸以爲榮。（《春在堂雜文》五編卷七）

## （清）潘衍桐

汪澄之，字秋潭，海寧人，道光壬午副貢，官山東萊州同知，著《望雲山館詩集》。……生平精《文選》之學，著有《文選注釋》一書，未刊。（《兩浙輶軒續録》卷三〇）

周學洙，號詠華，烏程廩生，官兵部主事，著《文選擷英》二卷，《洛如花室詩草》一卷。（同上書卷四〇）

田大年，字漢川，山陰人，官江西泰和知縣。……著有《文選補注》，未梓。（同上書卷四二）

沈鏡煌，字翼心，號蓉初，會稽恩貢，就職直隸州州判。……著有《增訂翁注困學紀聞》，《校訂胡刻李善注文選》，《池南老屋遺詩雜體文》。（同上書卷五〇）

## （清）譚獻

閲《玉臺新詠》。時代、名氏、章句異同皆勝《文選》。予《古詩録》據《詩紀》本多從《文選》。徐氏如陳琳、徐幹、繁欽之歸漢，《十九首》八爲枚乘，《塘上行》爲文帝作，徐幹《室思》一篇五章無「雜詩」之目，皆當更定從之。（甲子）（《復堂日記》卷一）

今春校《文選》卒業。胡氏《考異》大旨矜慎，顧澗蘋、彭甘亭有力焉。顧精於讎校，彭熟於《選》理，宜是編詳而不濫也。予欲撰《文選疏》，蓋泰興吴師爲衣鉢之授。先求善注真本，傳校考異詁，將益以余氏《音義》、梁中丞《旁證》，寫定善本，乃爲疏通。不欲執古人例不破注之誼，而申注訂注，仿佛胡儀部之治《儀禮》。將以今年草創，明年粗就，四十生日前得成書，以告先師爲幸。舉節目於左：

先讀正，次章句，次列本注引書存亡同異。以上始事。次略刺五臣精語，次申注訓詁，次申注名物，次申注説誼（注中説誼多非善舊，一一審正，去蕪存真）。以上草創。次補注訓詁，次補注名物，次補注説誼，次訂注。以上成書。次音（舊音多改失當，用《經典釋文》例别撰附焉）。

治《文選》逾兩月矣。雜校群籍，短晷寂寥，頗謝人事。蕭然庭户，從事鉛槧。雖生事非裕，亦頗自怡。但此日不多得耳！

治《文選》三十卷一過。校讎甫畢，已將一年，可愧。（以上己巳）（同上書卷二）

《安徽通志》載乾隆間六安貢生鄧聶在虞有《文選集解》五十卷、涇朱珔蘭坡有《文選集釋》二十四卷，記此以求。蘭坡有《古文彙鈔》二百七十二卷，吴江沈氏已刻。又《詁經文鈔》六十二卷，不知世有傳本否。（丁丑）（同上書卷三）

閲龍翰臣方伯《古韻通説》。集衆家之成，而雙聲轉音亦得之錢詹事，而益鬯其旨。予於近儒小學成書足以名家者涉獵不少，亦微有識解，嘗欲撰《説文解字注疏》，盡收諸家之菁英（許珊林先生有《説文統編》，未布人間），久而未舉。年且五十，將疏爲條例，以待來者。《文選注疏》亦

例定，而無屬草告成之日。（己卯）（同上書卷四）

（清）張之洞

【國朝著述諸家姓名略·文選學家】國朝漢學、小學、駢文家皆深《選》學，此舉其有論著校勘者。錢陸燦。圓沙，常熟。潘耒。何焯。義門，長洲。陳景雲。余蕭客。汪師韓。嚴長明。孫志祖。葉樹藩。涵峰，長洲。彭兆蓀。甘亭，鎮洋。張雲璈。仲雅，錢塘。張惠言。陳壽祺。朱珔。薛傳均。（《書目答問》附録二）

附録

李詳

《書目答問》所列《文選》學家，如錢陸燦、潘耒、余蕭客、嚴長明、葉樹藩、陳壽祺，或詩文略摹《選》體，或涉獵僅窺一孔，未足名學，余爲汰去之。而補入段懋堂、王懷祖、顧千里、阮文達，此四君子乃真治《文選》學者。若徐攀鳳、梁章鉅亦可祔食廡下也。（《李審言文集·媿生叢録》卷六）

## 清史稿

咸豐間，膠州柯蘅妻李，名長霞，邃於《選》學，著《文選詳校》八卷。工詩，有《錡齋詩集》。（《清史稿》卷五〇八《列女》）

## （清）李慈銘

是日在肯夫處，見山東人柯劭忞詩一册。柯爲肯夫庚午所取士，年僅十八，詩皆十七歲以前作，擬古歌謡，俱戛戛獨造，語不猶人。五七言古近體學六朝三唐，亦皆老成。肯夫言其少孤，被母教《史》《漢》《文選》，皆全讀成誦，過目不忘。著有《文選補注》，洵異才矣。（《越縵堂詩話》卷中）

## （清）王懿榮

【天壤閣雜記（節録）】聞鹿氏有瓦當及彝器，未知何物。鹿在道光間亦曾官陝西，得宋贛州本大字《文選》六臣注殘本七十葉於蓬萊縣城太和銀樓。銀估好聚舊書，索重值，凡舊板必收之。此刻闕筆謹嚴，《天禄琳琅》所稱流傳者少，惜止此數十葉，已裝粗册。又得六臣注本《文選》，行款却與宋淳熙尤本同，缺卷甚多，皆明繙之一耳。（《王文敏公遺集》卷七）

## （清）葉昌熾

【興化李審言明經詳，江以北學者也，介積餘觀察過訪，投詩爲贄，即次原韻奉答（節録）】抱經昔聞盧弨弓，今來海上逢李翁。論詩家有《文選》學，一字不苟崇賢同。《膠言》《旁證》在祧列，蕭樓作者何匆匆。（《奇觚廎詩集》卷下）

丁丑二月十九日。至廠肆買書，得《篇韻》一部，澤存堂刻本。又得晉府本《文選》一部，共價京平銀十兩。芾卿同日得茶陵本《文選》，上兩册鈔補，有高郵王氏朱記。又有唐藩重梓本一部，原本成化間所鐫，翻張伯顔本。此又隆慶間所刊，價稍昂，未能得。（《緣督廬日記抄》卷一）

丙辰二月。十五日午後，益庵與曹揆一同來共商二劉事。……揆一言，曾見日本卷子本《文選》，木華《海賦》較今本增四句。「珊瑚碧樹」云云，下三句忘之。

丁巳二月十二日。鐙下檢建霞遺書，有錢圓沙批《莊子》，……丁儉卿批《文選》。（以上同上書卷一六）

## （清）袁翼

【重修昭明太子廟碑記】少海沖齡，繼宗祧而無禄；選樓大集，垂宇宙以常新。經緯天地，謂之文才逾八斗；朝野臣民，稱其孝德耀重輪。而乃祥占夢日，主七鬯於東宮；光貫前星，撤胄筵於南館。歡臚三慶，凋優曇一現之花；禱遍百神，少瑶島長生之藥。斯固蕭氏之運祚不長，抑亦江左之黔黎失望也。考太子生於齊中興元年，薨於梁中大通三年，年三十一歲。母丁貴嬪微時，高祖登武昌城樓，望見漢濱五采如龍，下有女子澼絖，即貴嬪也。聘以金環，誕生太子，䲨辰睿照，識洞著龜，綺歲虛襟，量包溟渤。過目有成誦之書，屬文無加點之筆。值新朝改朔之初元，定冢適加冠之隆禮。承乾作副，孝性夙成，出震升儲，仁心獨秀。守三朝之制，中寢問安；敦四友之交，樂賢繪像。主衣出絹，施孤獨之寒儒；奠爵崇師，立五經之博士。令聞令望，達於華夷。至於饜飫邱墳，咀含儒墨。飛觴掞藻，壯思流三峽之泉；倚馬揮毫，清章絢九苞之采。藝文餘技，不足爲太子頌也。然而五十年之江表，王業偏安；三十郡之全吴，輿圖褊小。讀賀琛之疏，而嗟禮教之淩夷；擢朱异之官，而歎公卿之邪僻。納降臣於拓跋，搆釁淮隄；竭庫藏於沙門，捨身同泰。大廈將傾，非一木能支矣。太子地處嫌疑，心存憂患，盛名招忌，積毁生殃。永福居喪，瘦減十圍之腰帶；華陽誌碣，勉裁尺幅之手書。卒至嗣德徂芳，繼明匿曜。子晉上賓，終莫挽緱山之駕；太丁即世，敢望立桐宫之孫。攘道士之鵝，金玦之寒離已兆；索浄居之蜜，獮猴之妖夢將徵。不永其年，實厚幸焉。夫臺築望思，雪戾園之無罪；曲傳寶慶，憫章懷之多文。載覽史编，猶深悼惋。況太子撫軍監國，久押慶會之班；訟獄謳歌，共戴元良之器。上方夏啓周釗而無忝，下擬漢莊晉紹而有餘。文集請編，子範上表而流涕；新安大好，家令出守以避讒。銅扉與銀牓齊傾，鴉散承華之樹；蜃輅共龍驂俱朽，狐眠幽隧之苔。陵壑遷移，典誥壽諸貞石；音顔杳邈，畫圖可證維摩。縱使賸馥殘膏，沾溉藝苑，琳宫紺宇，尸祝寰區，而遺民之懷德，又奚補在天之隱憾哉？江右德勝門外，章江之濱，舊有太子廟，年久漫漶，士民葺而新之，七旬工蕆，求記歲月。余謂江陰殄祚，永定建元，賀六渾之父子，羝羯揚腥；周黑獺之君臣，蜉蝣易主。中原板蕩，瓜判豆分，而北朝邊徼，亦爲太子立祠，豈非文孝之感人，有以淪肌浹髓乎？今者桂殿崇閎，疑開甲觀；蘭肴肸蠁，配食長琴。社賽春秋，競集村童之簫鼓；地聯吴楚，依然帝子之江山。緬三歲之受經，騎省垂髫而侍讀；弔六朝之如夢，安陵酹酒而興哀。手摘芙蓉，神游紫府元都之上；心皈迦葉，福佑西山南浦之間。（《邃懷堂全集·駢文箋注》卷一五）

# 附録

## 答晉安王書　蕭統

得五月二十八日疏并詩一首，省覽周環，慰同促膝。汝本有天才，加以愛好，無忘所能，日見其善。首尾裁浄，可爲佳作，吟玩反覆，欲罷不能。相如奏賦，孔璋呈檄，曹、劉異代，並號知音，發嘆「凌雲」，興言「愈病」，嘗謂過差，未以信然。一見來章，而樹諼忘痗，方證昔談，非爲妄作。炎涼始貿，觸興自高，覩物興情，更向篇什。昔梁王好士，淮南禮賢，遠致賓游，廣招英俊，非唯藉甚當時，故亦傳聲不朽。必能虛己，自來慕義，含毫屬意，差有起予。攝養得宜，與時無爽耳。既責成有寄，居多暇日，殺核墳史，漁獵詞林，上下數千年間無人，致足樂也。知少行游，不動亦静。不出户庭，觸地丘壑。天游不能隱，山林在目中。冷泉石鏡，一見何必勝於傳聞；松塢杏林，知之恐有逾吾就。静然終日，披古爲事。況觀六籍，雜玩文史，見孝友忠貞之跡，覩治亂驕奢之事，足以自慰，足以自言。人師益友，森然在目，嘉言誠至，無俟旁求。舉而行之，念同乎此。但清風朗月，思我友于，各事藩維，未克棠棣，興言届此，夢寐增勞。善護風寒，以慰懸想。

指復立此，促遲還書。某疏。（《昭明太子集校注》）

**編者按：**「攝養」上、「無人」上下疑有脱文。

## 答湘東王求文集及詩苑英華書　蕭統

得疏，知須《詩苑英華》及諸文製。發函伸紙，閲覽無輟。雖事涉烏有，義異擬倫，而清新卓爾，殊爲佳作。夫文典則累野，麗亦傷浮，能麗而不浮，典而不野，文質彬彬，有君子之致，吾嘗欲爲之，但恨未逮耳。觀汝諸文，殊與意會。至於此書，彌見其美，遠兼邃古，傍暨典墳，學以聚益，居焉可賞。吾少好斯文，迄兹無倦，譚經之暇，斷務之餘，陟龍樓而静拱，掩鶴關而高卧，與其飽食終日，寧游思於文林。或日因春陽，其物韶麗，樹花發，鶯鳴和，春泉生，暄風至，陶嘉月而嬉游，藉芳草而眺矚。或朱炎受謝，白藏紀時，玉露夕流，金風多扇，悟秋山之心，登高而遠託。或夏條可結，倦於邑而屬詞；冬雲千里，覩紛霏而興詠。密親離則手爲心使，昆弟晏則墨以情露。又愛賢之情，與時而篤，冀同市駿，庶匪畏龍。不如子晉，而事似洛濱之游；多愧子桓，而興同漳川之賞。漾舟玄圃，必集應阮之儔；徐輪博望，亦招龍淵之侣。校覈仁義，源本山川。旨酒盈罍，嘉肴溢俎。曜靈既隱，繼之以朗月；高舂既夕，申之以清夜。並命連篇，在兹彌博。又往年因暇，搜採英華，上下數千年間，未易詳悉，猶有遺恨，而其書已傳，雖未爲精覈，亦粗足諷覽。

集乃不工，而並作多麗。汝既須之，皆遣送也。某啓。（同上書）

## 昭明太子集序

劉孝綽

臣竊觀大《易》，重明之象著焉；抑又聞之，匕鬯之義存焉。故《書》有孟侯之名，《記》表元良之德。歷選前古，以洎夏周，可得而稱，啓誦而已。雖徹聖挺賢，光乎二代；高文精義，闃爾無聞。漢之顯宗，晉之肅祖，昔自春宫，益好儒術，或專經止于區《易》，或持論窮於「貞假」。子桓雖摛藻銅省，集講肅成，事在藩儲，理非皇貳。未有正位少陽，多才多藝者也。粤我大梁之二十一載，盛德備乎東朝。若乃有縱自天，惟睿作聖，顯仁立孝，行於四海。如圭如璋，不因琢磨之義；爲臣爲子，寧待觀喻之言？惟性道難聞，而文章可見。故俯同志學，用晦生知，以絃誦之餘辰，總鄒魯之儒墨。徧綈緗於七閣，彈竹素於九流。地居上嗣，實副元首。皇帝垂拱巖廊，委咸庶績。時非從守，事或監撫。雖一日二日，攝覽萬機，猶臨書幌而不休，對欹案而忘怠。況復延納侍講，討論經紀。去聖滋遠，愈生穿鑿，枝分葉散，殊路踳馳。靈臺辟雍之疑，禋宗祭社之繆，明章中老之議，通顔理王之説，量覈然否，剖析同異，察言抗論，窮理盡微。於時淹中、稷下之生，金華、石渠之士，莫不過衢樽而挹多少，見斗極而曉西東。與夫盡春卿之道，贊仲尼之宅，非賈誼於蘇林，問蕭何於棗據，區區前史，不亦恧歟！加以學貫總持，辨同無礙。五時密教，見猶鏡象；一乘妙旨，觀若掌珠。及在布金之園，處如龍之衆，開示有空，顯揚權實。是以徧動六地，普雨四花，豈直得解瓔須提，舍鉢瓶沙，騰曇言德，梵志依風而已哉！若夫天文以爛然爲美，人文以焕乎爲貴。是以隆儒雅之大成，游雕蟲之小道。握牘持筆，思若有神，曾不斯須，風飛雷起。至於宴游西園，祖道清洛，三百載賦，該極連篇。七言致擬，見諸文學；博弈興詠，並命從游。書令視草，銘非潤色。七窮煒燁之説，表極遠大之才。皆喻不備體，詞不掩義，因宜適變，曲盡文情。竊以屬文之體，鮮能周備。長卿徒善，既累爲遲；少孺雖疾，俳優而已。子淵淫靡，若女工之蠹；子雲侈靡，異詩人之則。孔璋詞賦，曹祖勸其修今；伯喈答贈，摯虞知其頗古。孟堅之頌，尚有似讚之譏；士衡之碑，猶聞類賦之貶。深乎文者，兼而善之，能使典而不野，遠而不放，麗而不淫，約而不儉，獨擅衆美，斯文在斯。假使王郎報箋，卞蘭獻頌，猶不足以揄揚著述，稱讚才章，況在庸臣，曾何仿佛！然承華肇建，濫齒時髦，居陪出從，逝將二紀。譬彼登山，徒仰峻極；同夫觀海，莫際波瀾。但職官書記，預聞盛藻，歌詠不足，敢忘編次。謹爲一帙十卷，第目如左。日升松茂，與天地而偕長；壯思英詞，隨歲月而增廣。如其後録，以俟賢臣。（同上書《附録》）

# 昭明太子集序　蕭綱

竊以文之爲義，大哉遠矣。故孔稱性道，堯曰欽明，武有來商之功，虞有格苗之德。故《易》曰：「觀乎天文，以察時變；觀乎人文，以化成天下」。是以含精吐景，六衛九光之度；方珠喻龍，南樞北陵之采。此之謂天文。文籍生，書契作，詠歌起，賦頌興，成孝敬於人倫，移風俗於王政，道綿乎八極，理浹乎九垓，贊動神明，雍熙鍾石。此之謂人文。若夫體天經而總文緯，揭日月而諧律吕者，其在兹乎！昭明太子懸明離之極照，履得一之休徵，曰孝與仁，窮神盡聖，豐下表異，垂髮應期。若夫嵩霍之峻，無以方其高；滄溟之深，不能比其大。二曜朓蝕，而凝明弗虧；四氣猶爽，而履信或一。言出知乎微，行立彰乎遠，湛然玄默，巍乎莊敬，居身以約，在滿必沖。九德之保，無以喻其審諭；六行之傳，豈可語其拾遺。叔譽知窮，師曠心服，行一物而三善，固無得稱焉。至如翠蕤晨興，斑輪曉驚，胡香翼蓋，葆吹從風。問安寢門之外，視膳東廂之側。三朝有則，一日弗虧。恭承宸扆，陪贊顔色。化闕梓於商庭，既欣拜夢；望直城而結軌，有悦皇心。此一德也。地德褰帷，天雞掩色，構傾椒殿，沴結堯門。水漿不入，圭溢罕進，喪過乎哀，毁幾乎滅。池紼既啓，探擗摽之慟；陵園斯踐，震中路之號。率由至要之道，以爲生民之則，固已事彰朱草，理感圖雲。此二德也。垂慈豈弟，篤此棠棣，善誘無倦，誨人弗窮，躬履禮教，俯示楷模。

群藩戾止，流連於終讌；下國遠征，殷勤於翰墨。降明兩之尊，匹姜肱之同被；紆作貳之重，弘臨菑而共館。此三德也。好賢愛善，甄德與能。曲閣命賓，雙闕延士，剖美玉於荆山，求明珠於枯岸。賞無繆實，舉不失才，巖穴知歸，屠釣棄業。左右正人，巨僚端士。丹轂交景，長在鶴關之内；花綬成行，恒陪畫堂之裏。雍容河曲，並當今之領袖；侍從北場，信一時之俊傑。豈假問謝鯤於温嶠，謀黄綺於張良？此四德也。皇上垂拱巖廊，積成庶務，式總萬幾，副是監撫。山依摇彩，地立少陽，物無隱情，人服睿聖。此五德也。罰慎其濫，書有作則；勝殘去殺，孔著明文。任刑逞威，伋疵淳化，終食不違，理符道德。故假約法於關中，秦民胥悦；感嚴刑於闕下，漢后流名。是以遠鑒前史，垂恩獄犴，仁同泣罪，幽比推溝，玉科歸理遣之恩，金條垂好生之德。黔首齊民，亭育含養，咸欣然不知所以然。此六德也。梧丘之首，魂沈而靡託；射聲之鬼，曝骨而無歸。起掩骼之慈，被錫槥之澤。若使驄馬知歸，感埋金於地下；書生雖殞，尚飛被於天上。恩均西伯，仁同姬祖。此七德也。玄冥戒節，沍陰在歲，雪號千里，冰重三尺。炎爐吐色，豐貂在御，留上人之重，愍終窶之氓。發於篇藻，形乎造次，輟宴心歡，矜容動色。歎陋巷之無褐，嗟負薪之屢亡，發私藏之銅凫，散垣下之玉粒。施周澤洽，無幽不普，銜命之人，不告而足。受惠之家，餐恩之士，咸謂櫟陽之金，自空而墮，南陽之粟，自野而生。此八德也。《陽阿》《渌水》，奇音妙曲，遏雲繁手，仰秣來風，靡悦於胸襟，非關於懷抱。事等棄琴，理均放鄭。豈同魏兩，作歌於《長笛》；終噪漢貳，託賦於《洞簫》。此九德也。怪寶奇琛，不留於器服；仙珠玉玦，無取於浮玩。土木無綈罽，宫殿靡磨礱。此十德也。承華廣闊，肅成旦啓，秋光洞入，春花灑樹。名僧結侶，長裾總集，吐納名理，從容持論。五稱既辯，九言斯洽，如觀巨海，如見游龍。令羅折談，名儒稱疾。無勞擁經入巷，豈假羊車詣門。此十一德也。研精博學，手不釋卷。含芳腴於襟抱，揚華綺於心極。韋編三絶，豈直爻象；起先五鼓，非直甲夜。而欹案無休，書幌密倦。此十二德也。群玉名記，洛陽素簡，西周東觀之遺文，刑名儒墨之旨要，莫不殫兹聞見，竭彼綈緗。總括奇異，徵求遺逸，命謁者之使，置籯金之賞。惠子五車，方兹無以比；文終所收，形此不能匹。此十三德也。借書治本，遠記齊攸，一見自書，聞之闕澤。事唯列國，義止通人。未有降貴紆尊，躬刊手掇，高明斯辯，己亥無違，有識□風，長正魚魯。此十四德也。至於登高體物，展詩言志，金銑玉輝，霞彰霧密，致深《黄竹》，文冠《緑槐》，控引解《騷》，包羅比興，銘及盤盂，讚通圖象，七高愈疾之旨，表有殊健之則。碑窮典正，每出則車馬盈衢；議無失體，才成則列藩擊缶。近逐情深，言隨手變，麗而不淫，周而不褻。如彼羽族，取喻於鸞鳳；猶斯女工，方之乎綺縠。盛德之源如彼，文章可聞如此。信允屬元良，獨高千載。既而春風委馭，零露摧華。豈因驎鬬，徒觀月毁。非聽雉雊，坐聞峰墜。悲纏教義，痛結三才。綱智乏效官，才無卓爾，結景雲霄，幼逢獎訓，左提右挈，寔仰聖慈，自頂至足，恩均鎔造。價由伯樂，此爲未儔，譬因元方，兹無以比。情深知己，愛切肌膚，慕德懷恩，何時可弭。是用編緝遺文，條流藻績，懸諸日月，貽範後來。凡二秩二十卷如左。（同上書《附録》）

**編者按**：自「周而不襲」下原闕，據《梁文紀》補。

## 蕭統及所交游文人學士傳略

【南史·昭明太子傳】昭明太子統字德施，小字維摩，武帝長子也。以齊中興元年九月生於襄陽。……天監元年十一月，立爲皇太子。時年幼，依舊居於内，拜東宫官屬，文武皆入直永福省。五年六月庚戌，出居東宫。太子生而聰叡，三歲受《孝經》《論語》，五歲徧讀《五經》，悉通諷誦。性仁孝，自出宫，恒思戀不樂。帝知之，每五日一朝，多便留永福省，或五日三日乃還宫。八年九月，於壽安殿講《孝經》，盡通大義。講畢，親臨釋奠於國學。……十四年正月朔旦，帝臨軒，冠太子於太極殿。舊制太子著遠游冠、金蟬翠緌纓，至是詔加金博山。太子美姿容，善舉止，讀書數行並下，過目皆憶。每游宴祖道，賦詩至十數韻，或作劇韻，皆屬思便成，無所點易。帝大弘佛教，親自講説。太子亦素信三寶，徧覽衆經，乃於宫内别立慧義殿，專爲法集之所。招引名僧，自立「二諦」、「法身義」。普通元年四月，甘露降於慧義殿，咸以爲至德所感。時俗稍奢，太子欲以己率物，服御朴素，身衣浣衣，膳不兼肉。……太子自加元服，帝便使省萬機，内外百司奏事者填塞於前。太子明於庶事，每所奏謬誤巧妄，皆即辯析，示其可否，徐令改正，未嘗彈糾一人。平斷法獄，多所全宥，天下皆稱仁。性寬和容衆，喜愠不形於色。引納才學之士，賞愛無倦。恒自討論墳籍，或與學士商榷古今，繼以文章著述，率以爲常。于時東宮有書幾三萬卷，名才並集，文學之盛，晉、宋以來未之有也。性愛山水，於玄圃穿築，更立亭館，與朝士名素者游其中。嘗泛舟後池，番禺侯軌盛稱此中宜奏女樂，太子不答，詠左思《招隱詩》云：「何必絲與竹，山水有清音。」軌慚而止。出宫二十餘年，不畜音聲。未薨少時，敕賜太樂女伎一部，略非所好。普通中，大軍北侵，都下米貴，太子因命菲衣減膳。每霖雨積雪，遣腹心左右周行閭巷，視貧困家及有流離道路，以米密加振賜，人十石。又出主衣絹帛，年常多作襦袴，各三千領，冬月以施寒者，不令人知。若死亡無可斂，則爲備棺櫬。每聞遠近百姓賦役勤苦，輒斂容變色。……太子孝謹天至，每入朝，未五鼓便守城門開。東宮雖燕居內殿，一坐一起，恒向西南面臺。宿被召當入，危坐達旦。（中大通）三年三月，游後池，乘雕文舸摘芙蓉。姬人蕩舟，没溺而得出，因動股，恐貽帝憂，深誡不言，以寢疾聞。武帝敕看問，輒自力手書啓。及稍篤，左右欲啓聞，猶不許，曰：「云何令至尊知我如此惡。」因便嗚咽。四月乙巳，暴惡，馳啓武帝，比至已薨，時年三十一。帝臨哭盡哀，詔斂以衮冕，謚曰「昭明」。五月庚寅，葬安寧陵，詔司徒左長史王筠爲哀册文。朝野惋愕，都下男女奔走宫門，號泣滿路。四方甿庶及疆徼之人，聞喪皆哀慟。……所著文集二十卷，又撰古今典誥文言爲《正序》十卷，五言詩之善者爲《英華集》二十卷，《文選》三十卷。（《南史》卷五三）

【梁書·徐勉傳（節録）】徐勉字脩仁，東海郯人也。……（天監年間）除散騎常侍，領游擊將軍，未拜，改領太子右衛率。遷左衛將軍，領太子中庶子，侍東宮。昭明太子尚幼，敕知宮事。太子禮之甚重，每事詢謀。（《梁書》卷二五）

【梁書·到洽傳（節録）】到洽字茂沿，彭城武原人也。……天監初，沼、溉俱蒙擢用，洽尤見知賞，從弟沆亦相與齊名。高祖問待詔丘遲曰：「到洽何如沆、溉？」遲對曰：「正清過於沆，文章不減溉，加以清言，殆將難及。」即召爲太子舍人。……七年，遷太子中舍人，與庶子陸倕對掌東宮管記。俄爲侍讀，侍讀省仍置學士二人，洽復充其選。……十四年，入爲太子家令。……十六年，遷太子中庶子。……（普通）五年，復爲太子中庶子，領步兵校尉，未拜。……大通元年，卒於郡，時年五十一。贈侍中。謚曰理子。昭明太子與晉安王綱令曰：「明北兖、到長史遂相係凋落，傷怛悲惋，不能已已。去歲陸太常殂殁，今兹二賢長謝。陸生資忠履貞，冰清玉潔，文該四始，學遍九流，高情勝氣，貞然直上。明公儒學稽古，淳厚篤誠，立身行道，始終如一，儻值夫子，必升孔堂。到子風神開爽，文義可觀，當官莅事，介然無私。皆海內之俊乂，東序之祕寶。此之嗟惜，更復何論。但游處周旋，並淹歲序，造膝忠規，豈可勝説，幸免祇悔，實二三子之力也。談對如昨，音言在耳，零落相仍，皆成異物，每一念至，何時可言。天下之寶，理當惻愴。……」

【梁書·明山賓傳（節録）】明山賓字孝若，平原鬲人也。……梁臺建，爲尚書駕部郎，遷治書侍御史，右軍記室參軍，掌治吉禮。時初置五經博士，山賓首膺其選。遷北中郎諮議參軍，侍皇太子讀。累遷中書侍郎、國子博士、太子率更令、中庶子，博士如故。……普通二年，徵爲太子右衛率，加給事中，遷御史中丞。……東宫新置學士，又以山賓居之，俄以本官兼國子祭酒。初，山賓在州，所部平陸縣不稔，啓出倉米以贍人。後刺史檢州曹，失簿書，以山賓爲耗闕，有司追責，籍其宅入官，山賓默不自理，更市地造宅。昭明太子聞築室不就，有令曰：「明祭酒雖出撫大藩，擁旄推轂，珥金拖紫，而恒事屢空。聞構宇未成，今送薄助。」……大通元年，卒，時年八十五。……昭明太子爲舉哀，賻錢十萬，布百匹，並使舍人王顒監護喪事。又與前司徒左長史殷芸令曰：「北兗信至，明常侍遂至殞逝，聞之傷怛。此賢儒術該通，志用稽古，温厚淳和，倫雅弘篤。授經以來，迄今二紀。若其上交不諂，造膝忠規，非顯外迹，得之胸懷者，蓋亦積矣。攝官連率，行當言歸，不謂長往，眇成疇日。追憶談緒，皆爲悲端，往矣如何！昔經聯事，理當酸愴也。」

【梁書·殷鈞傳（節録）】殷鈞字季和，陳郡長平人也。……及長，恬静簡交游，好學有思理。……

天監初，拜駙馬都尉，起家祕書郎、太子舍人、司徒主簿、秘書丞。鈞在職，啓校定祕閣四部書，更爲目録。又受詔料檢西省法書古迹，别爲品目。遷驃騎從事中郎，中書郎、太子家令、掌東宫書記。……東宫置學士，復以鈞爲之。……母憂去職，居喪過禮，昭明太子憂之。……服闋，遷五兵尚書，猶以頓瘵經時，不堪拜受，乃更授散騎常侍、領步兵校尉，侍東宫。尋改領中庶子。昭明太子薨，官屬罷，又領右游擊，除國子祭酒，常侍如故。

【梁書·陸襄傳（節録）】陸襄字師卿，吴郡吴人也。父閑，齊始安王遥光揚州治中。永元末，遥光據東府作亂，或勸閑去之，閑曰：「吾爲人吏，何所逃死。」臺軍攻陷城，閑見執，將刑，第二子絳求代死，不獲，遂以身蔽刃，刑者俱害之。襄痛父兄之酷，喪過于禮，服釋後猶若居憂。……昭明太子聞襄業行，啓高祖引與游處，除太子洗馬，遷中舍人，並掌管記。……昭明太子敬耆老，襄母年將八十，與蕭琛、傅昭、陸杲每月常遣存問，加賜珍羞衣服。……累遷國子博士，太子家令，復掌管記，母憂去職。襄年已五十，毁頓過禮，太子憂之，日遣使誡喻。服闋，除太子中庶子，復掌管記。中大通三年，昭明太子薨，官屬罷。（以上同上書卷二七）

【梁書·劉孝綽傳（節録）】劉孝綽字孝綽，彭城人，本名冉。祖勔，宋司空忠昭公。父繪，齊大司馬霸府從事中郎。孝綽幼聰敏，七歲能屬文。舅齊中書郎王融深賞異之，常與同載適親友，號曰神童。融每言曰：「天下文章，若無我當歸阿士。」阿士，孝綽小字也。繪，齊世掌詔誥。孝綽年未志學，繪常使代草之。父黨沈約、任昉、范雲等聞其名，並命駕先造焉，昉尤相賞好。范雲年長繪十餘歲，其子孝才與孝綽年並十四五，及雲遇孝綽，便申伯季，乃命孝才拜之。天監初，起家著作佐郎，爲《歸沐詩》以贈任昉，昉報章曰：「彼美洛陽子，投我懷秋作。詎慰耋嗟人，徒深老夫託。直史兼褒貶，轄司專疾惡。九折多美疹，匪報庶良藥。子其崇鋒穎，春耕勵秋穫。」其爲名流所重如此。遷太子舍人……尋補太子洗馬，遷尚書金部郎，復爲太子洗馬，掌東宮管記。……公事免。……遷太府卿、太子僕，復掌東宮管記。時昭明太子好士愛文，孝綽與陳郡殷芸、吴郡陸倕、琅邪王筠、彭城到洽等，同見賓禮。太子起樂賢堂，乃使畫工先圖孝綽焉。太子文章繁富，群才咸欲撰録，太子獨使孝綽集而序之。

【梁書·王筠傳（節録）】王筠字元禮，一字德柔，琅邪臨沂人。……累遷太子洗馬，中舍人，並掌東宮管記。昭明太子愛文學士，常與筠及劉孝綽、陸倕、到洽、殷芸等游宴玄圃，太子獨執筠袖撫孝綽肩而言曰：「所謂左把浮丘袖，右拍洪崖肩。」其見重如此。筠又與殷芸以方雅見禮焉。

（以上同上書卷三三）

【梁書·張緬傳（節録）】張緬字元長，車騎將軍弘策子也。……起家祕書郎，出爲淮南太守，時年十八。高祖疑其年少未閑吏事，乃遣主書封取郡曹文案，見其斷決允愜，甚稱賞之。還除太子舍人，雲麾外兵參軍。緬少勤學，自課讀書，手不輟卷，尤明《後漢》及晉代衆家。客有執卷質緬者，隨問便對，略無遺失。殿中郎缺，高祖謂徐勉曰：「此曹舊用文學，且居鵷行之首，宜詳擇其人。」勉舉緬充選。頃之，出爲武陵太守，還拜太子洗馬，中舍人。……大通元年，徵爲司徒左長史，以疾不拜，改爲太子中庶子。……中大通三年，遷侍中，未拜，卒，時年四十二。……昭明太子亦往臨哭，與緬弟纘書曰：「賢兄學業該通，莅事明敏，雖倚相之讀墳典，郄縠之敦《詩》《書》，惟今望古，蔑以斯過。自列宮朝，二紀將及，義惟僚屬，情實親友。文筵講席，朝游夕宴，何曾不同兹勝賞，共此言寄。如何長謝，奄然不追！……」緬性愛墳籍，聚書至萬餘卷，抄《後漢》《晉書》衆家異同，爲《後漢紀》四十卷，《晉抄》三十卷。又抄《江左集》，未及成。文集五卷。（同上書卷三四）

【梁書·文學下·劉勰傳（節録）】劉勰字彦和，東莞莒人。……勰早孤，篤志好學，家貧不婚娶，依沙門僧祐，與之居處，積十餘年，遂博通經論。……天監初，起家奉朝請，中軍臨川王宏引兼記室，遷車騎倉曹參軍。出爲太末令，政有清績。除仁威南康王記室，兼東宮通事舍人。……遷步兵校尉，兼舍人如故。昭明太子好文學，深愛接之。

【梁書·文學下·劉杳傳（節録）】劉杳字士深，平原平原人也。……復爲（湘東）王府記室，兼東宮通事舍人。大通元年，遷步兵校尉，兼舍人如故。昭明太子謂杳曰：「酒非卿所好，而爲酒廚之職，政爲不愧古人耳。」俄有敕代裴子野知著作郎事。昭明太子薨，新宮建，舊人例無停者，敕特留杳焉。仍注太子《徂歸賦》，稱爲博悉。（以上同上書卷五〇）

# 引用書目

## 一　經史

《韻補》（宋）吴棫撰《叢書集成三編》影印《江氏音學十書》本　臺北新文豐出版公司一九九七年版（本叢書下同）

《詩説》（宋）劉克莊撰《續修四庫全書》影印宋刻本　上海古籍出版社二〇〇二年版（本叢書下同）

《尚書古文疏證》（清）閻若璩撰　上海古籍出版社一九八七年版

《梁書》（唐）姚思廉撰　中華書局一九七三年版

《南史》（唐）李延壽等撰　中華書局一九七五年版

《北史》（唐）李延壽等撰　中華書局一九七八年版

《隋書》（唐）魏徵等撰　中華書局一九七三年版

《舊唐書》（後晉）劉昫等撰　中華書局一九七五年版

《新唐書》（宋）歐陽修等撰　中華書局一九七五年版
《宋史》（元）脱脱等撰　中華書局一九七六年版
《清史稿》　趙爾巽等撰　中華書局一九七七年版
《史記志疑》（清）梁玉繩撰　中華書局一九八一年版
《讀史札記》（清）盧文弨撰　《續修四庫全書》影印《聚學軒叢書》本
《廿二史劄記校證》（清）趙翼撰　王樹民校證　中華書局一九八四年版
《文史通義校注》（清）章學誠撰　葉瑛校注　中華書局一九八五年版
《校讎通義》（清）章學誠撰　民國吴興劉氏嘉業堂刊《章氏遺書》本
《麟臺故事校證》（宋）程俱撰　張富祥校證　中華書局二〇〇〇年版
《建炎以來繫年要録》（宋）李心傳撰　中華書局一九五六年版
《建炎以來朝野雜記》（宋）李心傳撰　徐規點校　中華書局二〇〇〇年版
《宋高僧傳》（釋）贊寧撰　范祥雍點校　中華書局一九八七年版
《駢志》（明）陳禹謨撰　影印文淵閣《四庫全書》本　臺灣商務印書館一九八六年版（本叢書下同）
《國朝漢學師承記箋釋》（清）江藩撰　漆永祥箋釋　上海古籍出版社二〇〇六年版

《國朝先正事略》（清）李元度撰　《續修四庫全書》影印清同治刻本
《續印人傳》（清）汪啓淑撰　《續修四庫全書》影印清道光二十年海虞顧氏刻本
《復堂日記》（清）譚獻撰，范旭侖、牟曉朋整理　河北教育出版社二〇〇一年版
《緣督廬日記抄》（清）葉昌熾撰　《續修四庫全書》影印民國上海蟫隱廬石印本
《顧千里先生年譜》　趙詒琛編　《叢書集成續編》本　臺北新文豐出版公司一九八九年版（本叢書下同）
《輿地紀勝》（宋）王象之撰　《續修四庫全書》影印清影宋鈔本
《方輿勝覽》（宋）祝穆撰　（宋）祝洙增訂　施和金點校　中華書局二〇〇三年版
《明一統志》（明）李賢、萬安等纂修　影印文淵閣《四庫全書》本
《（嘉靖）池州府志》（明）王崇纂修　上海古籍書店一九六二年版
《楚紀》（明）廖道南撰　《四庫全書存目叢書》影印明嘉靖刻本　齊魯書社一九九七年版（本叢書下同）
《楚寶》（清）周聖楷撰　《續修四庫全書》影印明崇禎十四年刻本
《（康熙）江南通志》（清）尹繼善等纂修　影印文淵閣《四庫全書》本
《（康熙）杏花邨志》（清）郎遂撰　《四庫全書存目叢書》影印清康熙刻本

《〔雍正〕湖廣通志》（清）邁柱等監修　（清）夏力恕等編纂　影印文淵閣《四庫全書》本
《〔雍正〕江西通志》（清）謝旻等監修　影印文淵閣《四庫全書》本
《〔雍正〕雲南通志》（清）鄂爾泰等監修　影印文淵閣《四庫全書》本
《〔乾隆〕清一統志》（清）和珅等纂修　影印文淵閣《四庫全書》本
《〔同治〕蘇州府志》（清）馮桂芬撰　《中國地方志集成》本　江蘇古籍出版社一九九一年版
《通典》（唐）杜佑撰　王文錦等校點　中華書局一九八八年版
《唐會要》（宋）王溥撰　中華書局一九五五年版
《文獻通考》（元）馬端臨撰　中華書局一九八六年版
《宋會要輯稿》（清）徐松輯　中華書局一九五七年版
《郡齋讀書志校證》（宋）晁公武撰　孫猛校證　上海古籍出版社二〇一一年版
《經籍考》（清）盧文弨撰《續修四庫全書》影印清鈔本
《四庫全書總目》（清）紀昀等撰　影印文淵閣《四庫全書》本
《蕘圃藏書題識》（清）黄丕烈撰　屠友祥校注　上海遠東出版社一九九九年版
《書目答問補正》（清）張之洞撰　范希曾補正　上海古籍出版社二〇〇一年版
《名臣碑傳琬琰之集》（宋）杜大珪編　影印文淵閣《四庫全書》本

《碑傳集補》閔爾昌録《近代中國史料叢刊》本 臺北文海出版社一九七三年版（本叢書下同）

《明文案》（清）顧炎武撰 清鈔本

《經學博采録》（清）桂文燦撰 中國書店一九八五年影印民國刻《敬躋堂叢書》本

## 二 子部

《述書賦》（唐）竇臮撰 影印文淵閣《四庫全書》本

《書畫跋跋》（明）孫鑛撰 影印文淵閣《四庫全書》本

《藝舟雙楫》（清）包世臣撰 《續修四庫全書》影印清道光《安吴四種》本

《夢園書畫録》（清）方濬頤編 《續修四庫全書》影印清光緒刻本

《壬寅銷夏録》（清）端方編 《續修四庫全書》影印清鈔本

《大唐新語》（唐）劉肅撰 許德楠、李鼎霞點校 中華書局一九八四年版

《酉陽雜俎》（唐）段成式撰 方南生點校 中華書局一九八一年版

《宣室志》（唐）張讀撰 張永欽、侯志明點校 中華書局一九八三年版

《雲谿友議》（唐）范攄撰 古典文學出版社一九五八年版

《資暇集》（唐）李匡乂撰　《叢書集成初編》本　中華書局一九八五年版（本叢書下同）
《封氏聞見記校注》（唐）封演撰　趙貞信校注　中華書局二〇〇五年版
《兼明書》（五代）丘光庭撰　《叢書集成初編》本
《南部新書》（宋）錢易撰　黄壽成點校　中華書局二〇〇二年版
《王氏談録》（宋）王洙撰　《叢書集成新編》本　臺北新文豐出版公司一九八三年版
《儒林公議》（宋）田況撰　《叢書集成初編》本
《青箱雜記》（宋）吴處厚撰　李裕民點校　中華書局一九八五年版
《塵史》（宋）王得臣撰　俞宗憲校點　上海古籍出版社一九八六年版
《愛日齋叢抄》（宋）葉寘撰　孔凡禮點校　中華書局二〇一〇年版
《西溪叢語》（宋）姚寬撰　孔凡禮點校　中華書局一九九三年版
《考古質疑》（宋）葉大慶撰　李偉國點校　上海古籍出版社一九八五年版
《容齋隨筆》（宋）洪邁撰　孔凡禮點校　中華書局二〇〇五年版
《揮麈録》（宋）王明清撰　中華書局一九六四年版
《學林》（宋）王觀國撰　田瑞娟點校　中華書局一九八八年版
《能改齋漫録》（宋）吴曾撰　上海古籍出版社一九七九年版

《緯略》（宋）高似孫撰《叢書集成初編》本
《史略》（宋）高似孫撰《叢書集成初編》本
《習學記言序目》（宋）葉適撰　中華書局一九七七年版
《野客叢書》（宋）王楙撰　王文錦點校　中華書局一九八七年版
《老學庵筆記》（宋）陸游撰　中華書局一九七九年版
《密齋筆記》（宋）謝采伯撰《叢書集成初編》本
《林下偶談》（宋）吴子良撰《叢書集成初編》本
《黄氏日抄》（宋）黄震撰　影印文淵閣《四庫全書》本
《困學紀聞（全校本）》（宋）王應麟撰　（清）翁元圻等注　欒保群、田松青、吕宗力校點　上海古籍出版社二〇〇八年版
《癸辛雜識》（宋）周密撰　吴企明點校　中華書局一九八八年版
《貴耳集》（宋）張端義撰　中華書局一九五八年版
《論學繩尺》（宋）魏天應撰　影印文淵閣《四庫全書》本
《隱居通議》（元）劉壎撰《叢書集成初編》本
《敬齋古今黈》（元）李治撰　劉德權點校　中華書局一九九五年版

《湛淵静語》（元）白珽撰　《叢書集成初編》本
《戒庵老人漫筆》（明）李詡撰　魏連科點校　中華書局一九八二年版
《四友齋叢説》（明）何良俊撰　中華書局一九五九年版
《疑耀》（明）張萱撰　《叢書集成初編》本
《留青日札》（明）田藝蘅撰　《續修四庫全書》影印明萬曆三十七年刻本
《正楊》（明）陳耀文撰　影印文淵閣《四庫全書》本
《譚輅》（明）張鳳翼撰　《續修四庫全書》影印明萬曆刻本
《剡溪漫筆》（明）孫能傳撰　《續修四庫全書》影印明萬曆刻本
《寒夜録》（清）陳弘緒撰　《續修四庫全書》影印清鈔本
《陸桴亭思辨録輯要》（清）陸世儀撰　《叢書集成初編》本
《日知録集釋》（清）顧炎武撰　（清）黄汝成集釋　欒保群、吕宗力校點　上海古籍出版社二〇〇六年版
《玉劍尊聞》（清）梁維樞撰　《續修四庫全書》影印清順治刻本
《義門讀書記》（清）何焯撰　崔高維點校　中華書局一九八七年版
《讀書記疑》（清）王懋竑撰　《續修四庫全書》影印清同治刻本

《柳南隨筆》（清）王應奎撰《續修四庫全書》影印清借月山房彙鈔本
《援鶉堂筆記》（清）姚範撰《續修四庫全書》影印清道光姚瑩刻本
《巢林筆談》（清）龔煒撰　錢炳寰點校　中華書局一九八一年版
《蛾術編》（清）王鳴盛撰　商務印書館一九五八年版
《茶餘客話》（清）阮葵生撰《續修四庫全書》影印清光緒鉛印本
《十駕齋養新録》（清）錢大昕撰　陳文和、孫顯軍校點　江蘇古籍出版社二〇〇〇年版
《札樸》（清）桂馥撰　趙智海點校　中華書局一九九二年版
《讀書脞録》（清）孫志祖撰　《續修四庫全書》影印清嘉慶刻本
《曉讀書齋雜録》（清）洪亮吉撰　《續修四庫全書》影印清道光二十二年刻本
《消暑録》（清）趙紹祖撰　《續修四庫全書》影印清道光刻本
《履園叢話》（清）錢泳撰　張偉點校　中華書局一九七九年版
《午風堂叢談》（清）鄒炳泰撰《續修四庫全書》影印清嘉慶刻本
《篛園日札》（清）成瓘撰　商務印書館一九五八年版
《懺摩録》（清）彭兆蓀撰《叢書集成續編》本
《退庵隨筆》（清）梁章鉅撰　《續修四庫全書》影印清道光刻本

《歸田瑣記》（清）梁章鉅撰　于亦時校點　中華書局一九八一年版
《癸巳存稿》（清）俞正燮撰　遼寧教育出版社二〇〇三年版
《蘿藦亭札記》（清）喬松年撰《續修四庫全書》影印清同治刻本
《冷廬雜識》（清）陸以湉撰　崔凡芝點校　中華書局一九八四年版
《課餘續録》（清）謝章鋌撰《近代中國史料叢刊》影印南昌使廨刻《賭棋山莊所著書》本
《湖樓筆談》（清）俞樾撰《續修四庫全書》影印清光緒二十五年刻《春在堂全書》本
《越縵堂讀書記》（清）李慈銘撰　由雲龍輯　中華書局二〇〇六年版
《霞外攟屑》（清）平步青撰　上海古籍出版社一九八二年版
《輶軒語》（清）張之洞撰　民國沔陽盧氏刊《慎始基齋叢書》本
《郎潛紀聞》（清）陳康祺撰　晉石點校　中華書局一九八四年版
《無邪堂答問》（清）朱一新撰　吕鴻儒、張長法點校　中華書局二〇〇〇年版
《蕉廊脞録》（清）吴慶坻撰《續修四庫全書》影印民國《求恕齋叢書》本
《純常子枝語》（清）文廷式撰《續修四庫全書》影印民國三十二年刻本
《康有爲學術著作選》康有爲撰　樓宇烈整理　中華書局一九八八年版
《國故論衡》章太炎撰　上海古籍出版社二〇〇三年版

《國學講演録》　章太炎撰　華東師範大學出版社一九九五年版
《藝文類聚》（唐）歐陽詢等編　汪紹楹校　中華書局一九六五年版
《元和姓纂》（唐）林寶撰　岑仲勉校記　郁賢皓、陶敏整理　孫望審訂　中華書局一九九四年版
《太平御覽》（宋）李昉等編　中華書局一九六〇年版
《太平廣記》（宋）李昉等編　中華書局一九六一年版
《册府元龜》（宋）王欽若等編　中華書局一九六〇年版
《新編分門古今類事》（宋）委心子撰　金心點校　中華書局一九八七年版
《古今姓氏書辯證》（宋）鄧明世撰　王力平點校　江西人民出版社二〇〇六年版
《群書考索》（宋）章如愚撰　影印文淵閣《四庫全書》本
《古今源流至論》（宋）林駉撰　影印文淵閣《四庫全書》本
《玉海》（宋）王應麟撰　江蘇古籍出版社、上海書店一九九二年影印清光緒九年浙江書局刊本
《説郛三種》（明）陶宗儀等編　上海古籍出版社一九八六年版
《問奇類林》（明）郭良翰撰　《四庫未收書輯刊》影印明萬曆三十七年黄吉士等刻增修本　北京出版社二〇〇〇年版（本叢書下同）

## 三　集部

《文選》（梁）蕭統編　（唐）李善注　中華書局一九八二年影印胡克家刻本
《六臣注文選》（梁）蕭統編　（唐）李善、吕延濟、劉良、張銑、吕向、李周翰注　韓國奎章閣藏本
《文苑英華》（宋）李昉等編　中華書局一九六六年版
《唐文粹》（宋）姚鉉編　影印文淵閣《四庫全書》本
《宋文鑑》（宋）吕祖謙編　齊治平點校　中華書局一九九二年版
《文章正宗》（宋）真德秀編　影印文淵閣《四庫全書》本
《兩宋名賢小集》（宋）陳思輯　影印文淵閣《四庫全書》本
《大雅集》（元）賴良編　影印文淵閣《四庫全書》本
《明文海》（清）黄宗羲編　中華書局一九八七年版
《全唐詩》（清）彭定求等編　中華書局一九六〇年版
《湖海詩傳》（清）王昶輯　《續修四庫全書》影印清嘉慶刻本
《古文辭類纂》（清）姚鼐編　《續修四庫全書》影印清道光刻本
《淮海英靈集》（清）阮元編　《叢書集成初編》本

《兩浙輶軒録》（清）阮元輯《續修四庫全書》影印清嘉慶刻本
《學海堂集》（清）阮元等選　清道光五年啓秀山房刻本
《兩浙輶軒續録》（清）潘衍桐輯　《續修四庫全書》影印清光緒刻本
《詩比興箋》（清）陳沆撰　上海古籍出版社一九八一年版
《江蘇詩徵》（清）王豫輯　清道光元年刻本
《閩詩録》（清）鄭傑編《續修四庫全書》影印清宣統三年刻本
《沅湘通藝録》（清）江標編校　《叢書集成初編》本
《晚晴簃詩匯》　徐世昌編　聞石點校　中華書局一九九〇年版
《敦煌變文集》　王重民等編　人民文學出版社一九五七年版
《全唐文補遺》　吴鋼主編　三秦出版社一九九四年版
《昭明太子集校注》（梁）蕭統撰　俞紹初校注　中州古籍出版社二〇〇一年版
《李太白全集》（唐）李白撰　（清）王琦輯注　中華書局一九七七年版
《顔魯公文集》（唐）顔真卿撰《四部叢刊初編》影印明錫山安氏館刊本　商務印書館一九二九年版（本叢書下同）
《九家集注杜詩》（唐）杜甫撰（宋）郭知達編　影印文淵閣《四庫全書》本

《杜詩闡》（唐）杜甫撰　（清）盧元昌注　《續修四庫全書》影印清康熙刻本
《杜詩詳注》（唐）杜甫撰　（清）仇兆鰲注　中華書局一九七九年版
《韓昌黎文集校注》（唐）韓愈撰　馬其昶校注　馬茂元整理　上海古籍出版社一九八六年版
《白居易集》（唐）白居易撰　顧學頡校點　中華書局一九七九年版
《劉禹錫集》（唐）劉禹錫撰　中華書局一九九〇年版
《甫里先生文集》（唐）陸龜蒙撰《四部叢刊初編》影印黄蕘圃校明鈔本
《白蓮集》（唐）釋齊己撰《四部叢刊初編》影印明鈔本
《孫明復小集》（宋）孫復撰　影印文淵閣《四庫全書》本
《蘇軾詩集》（宋）蘇軾撰（清）王文誥輯注　孔凡禮點校　中華書局一九八二年版
《蘇軾文集》（宋）蘇軾撰　孔凡禮點校　中華書局一九八六年版
《灌園集》（宋）吕南公撰　影印文淵閣《四庫全書》本
《嵩山文集》（宋）晁説之撰　《四部叢刊續編》影印舊鈔本　商務印書館一九三四年版（本叢書下同）
《丹陽集》（宋）葛勝仲撰　影印文淵閣《四庫全書》本
《楊萬里集箋校》（宋）楊萬里撰　辛更儒箋校　中華書局二〇〇七年版

《攻媿集》(宋)樓鑰撰 《四部叢刊初編》影印武英殿聚珍本
《水心先生文集》(宋)葉適撰 《四部叢刊初編》影印明刻黑口本
《滄洲塵缶編》(宋)程公許撰 影印文淵閣《四庫全書》本
《靈巖集》(宋)唐士恥撰 影印文淵閣《四庫全書》本
《史詠詩集》(宋)徐鈞撰 清嘉慶《宛委别藏》本
《鄭思肖集》(宋)鄭思肖撰 陳福康校點 上海古籍出版社一九九一年版
《莊靖先生遺集》(金)李俊民撰 《山右叢書初編》本
《紫山大全集》(元)胡祗遹撰 影印文淵閣《四庫全書》本
《桐江續集》(元)方回撰 影印文淵閣《四庫全書》本
《揭傒斯全集》(元)揭傒斯撰 李夢生點校 上海古籍出版社一九八五年版
《清容居士集》(元)袁桷撰 《四部叢刊初編》影印元刊本
《貞素齋集》(元)舒頔撰 影印文淵閣《四庫全書》本
《芳谷集》(元)徐明善撰 影印《豫章叢書》本 江西教育出版社二〇〇六年版
《西巖集》(元)張之翰撰 影印文淵閣《四庫全書》本
《道園學古録》(元)虞集撰 《四部叢刊初編》影印明景泰翻元小字本

《申齋集》　（元）劉岳申撰　影印文淵閣《四庫全書》本
《升庵集》　（明）楊慎撰　影印文淵閣《四庫全書》本
《宗子相集》　（明）宗臣撰　影印文淵閣《四庫全書》本
《弇州四部稿》　（明）王世貞撰　影印文淵閣《四庫全書》本
《處實堂集》　（明）張鳳翼撰　《續修四庫全書》影印明萬曆刻本
《長水先生文鈔》　（明）沈懋孝撰　《四庫禁燬書叢刊》影印明萬曆三十一年序刻本　北京出版社二〇〇〇年版（本叢書下同）
《玉茗堂全集》　（明）湯顯祖撰　《續修四庫全書》影印明天啓刻本
《鹿裘石室集》　（明）梅鼎祚撰　《續修四庫全書》影印明天啓三年玄白堂刻本
《數馬集》　（明）黄克纘撰　《四庫禁燬書叢刊》影印清刻本
《容臺文集》　（明）董其昌撰　《四庫禁燬書叢刊》影印明崇禎三年董庭刻本
《炳燭齋稿》　（明）顧大韶撰　《四庫禁燬書叢刊》影印清道光二十年鈔本
《袁宏道集箋校》　（明）袁宏道撰　錢伯城箋校　上海古籍出版社一九八一年版
《西樓全集》　（明）鄧原岳撰　《四庫全書存目叢書》影印明崇禎元年鄧慶寀刻本
《陳靖質居士文集》　（明）陳山毓撰　《四庫禁燬書叢刊》影印明天啓刻本

《黄石齋先生文集》(明)黄道周撰 《續修四庫全書》影印清康熙刻本
《甜雪齋文集》(明)單思恭撰 《四庫全書存目叢書》影印清鈔本
《甲秀園集》(明)費元禄撰 《四庫禁燬書叢刊》影印明萬曆刻本
《師竹堂集》(明)王祖嫡撰 《四庫未收書輯刊》影印明天啓刻本
《峚陽草堂詩文集》(明)鄭鄤撰 《四庫禁燬書叢刊》影印民國二十一年活字本
《大江草堂二集》(明)陳衎撰 明弘光元年陳涓等刻本
《嶠雅》(明)鄺露撰 廣東高等教育出版社一九九〇年版
《天問閣文集》(明)李長祥撰 《四庫禁燬書叢刊》影印民國《求恕齋叢書》本
《牧齋初學集》(清)錢謙益撰 (清)錢曾箋注 錢仲聯標校 上海古籍出版社一九八五年版
《牧齋有學集》(清)錢謙益撰 (清)錢曾箋注 錢仲聯標校 上海古籍出版社一九九六年版
《愚庵小集》(清)朱鶴齡撰 上海古籍出版社一九七九年版
《霜紅龕集校補》(清)傅山撰 陳監先校補 清宣統三年丁氏刻本
《南雷文定集》(清)黄宗羲撰 《四庫全書存目叢書》影印清康熙刻本
《嵞山集》(清)方文撰 《續修四庫全書》影印清康熙刻本
《兼濟堂文集》(清)魏裔介撰 魏連科點校 中華書局二〇〇七年版

《壯悔堂文集》（清）侯方域撰　《續修四庫全書》影印清順治刻增修本
《縮齋文集》（清）黄宗會撰　《四庫未收書輯刊》影印清鈔本
《尤太史西堂全集》（清）尤侗撰　《四庫禁燬書叢刊》影印清康熙刻本
《施愚山集》（清）施閏章撰　何慶善、楊應芹點校　黄山書社一九九二年版
《溉堂集》（清）孫枝蔚撰　《續修四庫全書》影印清康熙刻本
《居易堂集》（清）徐枋撰　《四部叢刊三編》影印清康熙刻本　商務印書館一九三六年版
《南沙文集》（清）洪若皋撰　《四庫全書存目叢書》影印清康熙刻本
《魏叔子文集》（清）魏禧撰　胡守仁、姚品文、王能憲校點　中華書局二〇〇三年版
《堯峰文鈔》（清）汪琬撰　《四部叢刊初編》影印林佶寫刊本
《已畦文集》（清）葉燮撰　《叢書集成續編》本
《二曲集》（清）李顒撰　陳俊民點校　中華書局一九九六年版
《讀書堂全集》（清）趙士麟撰　《四庫全書存目叢書》影印清康熙刻本
《曝書亭集》（清）朱彝尊撰　《四部叢刊初編》影印原刊本
《石臼集》（清）邢昉撰　《四庫禁燬書叢刊》影印清康熙刻本
《王士禛全集》（清）王士禛撰　袁世碩主編　齊魯書社二〇〇七年版

《虬峰文集》（清）李驎撰 《四庫禁燬書叢刊》影印清康熙刻本
《遂初堂集》（清）潘耒撰 《續修四庫全書》影印清康熙刻本
《今有堂詩集》（清）程夢星撰 《四庫全書存目叢書》影印清乾隆刻本
《青溪集》（清）程廷祚撰 宋效永校點 黃山書社二〇〇四年版
《樊榭山房集》（清）厲鶚撰 （清）董兆熊注 陳九思標校 上海古籍出版社一九九二年版
《一樓集》（清）黃達撰 《四庫未收書輯刊》影印清刻本
《紫竹山房詩文集》（清）陳兆侖撰 《四庫未收書輯刊》影印清嘉慶刻本
《全祖望集彙校集注》（清）全祖望撰 朱鑄禹彙校集注 上海古籍出版社二〇〇〇年版
《瀟湘聽雨録》（清）江昱撰 《續修四庫全書》影印清乾隆刻本
《抱經堂文集》（清）盧文弨撰 《四部叢刊初編》影印原刊本
《小倉山房詩文集》（清）袁枚撰 周本淳標校 上海古籍出版社一九八八年版
《勉行堂詩集》（清）程晉芳撰 《續修四庫全書》影印清嘉慶刻本
《勉行堂文集》（清）程晉芳撰 《續修四庫全書》影印清嘉慶刻本
《紫峴山人全集》（清）張九鉞撰 《續修四庫全書》影印清咸豐刻本
《畬經堂詩文集》（清）朱景英撰 《四庫未收書輯刊》影印清乾隆刻本

《蘭韻堂詩集》（清）沈初撰《四庫未收書輯刊》影印清乾隆刻本
《潛研堂集》（清）錢大昕撰　吕友仁標校　上海古籍出版社一九八九年版
《白華前稿》（清）吴省欽撰《續修四庫全書》影印清乾隆刻本
《存吾文稿》（清）余廷燦撰《續修四庫全書》影印清咸豐五年雲香書屋刻本
《靈巖山人詩集》（清）畢沅撰《續修四庫全書》影印清嘉慶四年經訓堂刻本
《響泉集》（清）顧光旭撰《續修四庫全書》影印清宣統二年顧氏刻本
《恩餘堂經進初稿》（清）彭元瑞撰《四庫未收書輯刊》影印清乾隆刻本
《恩餘堂策問存課》（清）彭元瑞撰《四庫未收書輯刊》影印清乾隆刻本
《拜經樓詩集續編》（清）吴騫撰　清嘉慶海昌吴氏刊《拜經樓叢書》本
《爨餘詩鈔》（清）徐步雲撰　清嘉慶二十二年刻本
《復初齋集》（清）翁方綱撰《續修四庫全書》影印清刻本
《經韻樓集》（清）段玉裁撰　鍾敬華點校　上海古籍出版社二〇〇八年版
《章氏遺書》（清）章學誠撰　吴興劉氏嘉業堂刊本
《存素堂文集》（清）法式善撰《續修四庫全書》影印清嘉慶十二年刻增修本
《更生齋集》（清）洪亮吉撰《續修四庫全書》影印清光緒三年洪氏授經堂增修本

《亦有生齋集》（清）趙懷玉撰　《續修四庫全書》影印清道光元年刻本
《簡莊文鈔》（清）陳鱣撰《續修四庫全書》影印清光緒刻本
《二初齋讀書記》（清）倪思寬撰《續修四庫全書》影印清嘉慶八年涵和堂刻本
《獨學廬初稿》（清）石韞玉撰《續修四庫全書》影印清寫刻獨學廬全稿本
《存悔齋集》（清）劉鳳誥撰《續修四庫全書》影印清道光十七年刻本
《朱少河先生雜著》（清）朱錫庚撰　清鈔本
《雕菰集》（清）焦循撰《續修四庫全書》影印清道光刻本
《揅經室集》（清）阮元撰　鄧經元點校　中華書局一九九三年版
《缾水齋詩集》（清）舒位撰《續修四庫全書》影印清光緒十二年邊保樞刻十七年增修本
《思適齋集》（清）顧廣圻撰《續修四庫全書》影印清道光二十九年徐渭仁刻本
《靈芬館雜著》（清）郭麐撰　清嘉慶道光間刻本
《桂馨堂集》（清）張廷濟撰《續修四庫全書》影印清道光刻本
《冬青館集》（清）張鑑撰《續修四庫全書》影印民國劉氏嘉業堂《吴興叢書》本
《小謨觴館詩文集》（清）彭兆蓀撰《續修四庫全書》影印清嘉慶十一年刻二十二年增修本
《養一齋文集》（清）李兆洛撰　《續修四庫全書》影印清道光二十三年活字印二十四年增修本

《夢陔堂全集》（清）黄承吉撰　清咸豐元年黄必慶彙印本
《頤道堂集》（清）陳文述撰《續修四庫全書》影印清嘉慶十二年刻道光增修本
《衎石齋記事稿》（清）錢儀吉撰《續修四庫全書》影印清刻本
《劉禮部集》（清）劉逢禄撰《續修四庫全書》影印清道光十年思誤齋刻本
《孟塗駢體文》（清）劉開撰《續修四庫全書》影印清道光刻本
《柏梘山房詩文集》（清）梅曾亮撰　彭國忠、胡曉明校點《中國近代文學叢書》本　上海古籍出版社二〇〇五年版
《青溪舊屋文集》（清）劉文淇撰《續修四庫全書》影印清光緒九年刻本
《甘泉鄉人稿》（清）錢泰吉撰《續修四庫全書》影印清同治十一年刻光緒十一年增修本
《借閒生詩》（清）汪遠孫撰《續修四庫全書》影印清道光二十年錢塘汪氏振綺堂刻本
《頤志齋文鈔》（清）丁晏撰《續修四庫全書》影印民國四年羅氏雪堂叢刻本
《悔過齋文集》（清）顧廣譽撰　清同治十年刻本
《補學軒文集》（清）鄭獻甫撰《近代中國史料叢刊》本
《殷齋詩文集》（清）張穆撰《續修四庫全書》影印清咸豐八年祁寯藻刻本
《二知軒文存》（清）方濬頤撰《續修四庫全書》影印清光緒四年刻本

《曾國藩全集》(清)曾國藩撰　唐文治整理　岳麓書社一九八九年版
《經德堂文集》(清)龍啓瑞撰　《續修四庫全書》影印清光緒四年龍繼棟京師刻本
《邃懷堂全集》(清)袁翼撰　《續修四庫全書》影印清光緒十四年袁鎮嵩刻本
《鍥不舍齋文集》(清)李祖望撰　民國江都李氏半畝園刻本
《柏堂集》(清)方宗誠撰　清光緒刻本
《通義堂文集》(清)劉毓崧撰　《續修四庫全書》影印清光緒十六年思賢講舍刻本
《尺岡草堂遺集》(清)陳璞撰　清光緒刻本
《賓萌集》(清)俞樾撰　《續修四庫全書》影印清光緒二十五年刻《春在堂全書》本
《春在堂雜文》(清)俞樾撰　《續修四庫全書》影印清光緒二十五年刻《春在堂全書》本
《庸盦筆記》(清)薛福成撰　《續修四庫全書》影印清光緒二十三年遺經樓刻本
《晴漪閣詩》(清)陳克劬撰　清光緒十三年刻本
《柔橋文鈔》(清)王棻撰　上海國光書局一九一四年鉛印本
《青學齋集》(清)汪之昌撰　一九三一年汪氏家刻本
《敬孚類稿》(清)蕭穆撰　《續修四庫全書》影印清光緒三十三年刻本
《王文敏公遺集》(清)王懿榮撰　《續修四庫全書》影印民國《求恕齋叢書》本

《于湖小集》（清）袁昶撰　《續修四庫全書》影印清光緒袁氏水明樓刻本
《淍于集》（清）張佩綸撰　《續修四庫全書》影印民國十五年張氏淍于草堂刻本
《錢隱叟遺集》　錢桂笙撰　民國十年武昌錢氏鉛印本
《奇觚廎詩集》　葉昌熾撰　《續修四庫全書》影印民國十五年刻本
《李審言文集》　李詳撰　江蘇古籍出版社一九八九年版
《左盦外集》　劉師培撰　民國廿三年寧武南氏校刊《劉申叔遺書》本
《全唐五代詩格彙考》張伯偉撰　江蘇古籍出版社二〇〇二年版
《文鏡秘府論校注》（日）遍照金剛撰　王利器校注　中國社會科學出版社一九八三年版
《詩話總龜》（宋）阮閲編　周本淳校點　人民文學出版社一九八七年版
《韻語陽秋》（宋）葛立方撰　《歷代詩話》本　中華書局一九八一年版
《歲寒堂詩話》（宋）張戒撰　《歷代詩話續編》本　中華書局一九八三年版（本叢書下同）
《苕溪漁隱叢話》　（宋）胡仔撰　廖德明校點　人民文學出版社一九六二年版
《唐詩紀事校箋》（宋）計有功撰　王仲鏞校箋　中華書局二〇〇七年版
《觀林詩話》（宋）吴聿撰《歷代詩話續編》本
《梅磵詩話》（元）韋居安撰《歷代詩話續編》本

《文章辨體序説》（明）吴訥撰　于北山校點　人民文學出版社一九六二年版
《文脈》（明）王文禄撰　《歷代文話》本　復旦大學出版社二〇〇七年版（本叢書下同）
《藝苑卮言》（明）王世貞撰　《歷代詩話續編》本
《藝圃擷餘》（明）王世懋撰　周維德集校　《全明詩話》本　齊魯書社二〇〇五年版（本叢書下同）
《文章四題》（明）屠隆撰　《歷代文話》本
《文壇列俎評文》（明）汪廷訥撰　《歷代文話》本
《詩藪》（明）胡應麟撰　上海古籍出版社一九七九年版
《豫章詩話》（明）郭子章撰　《全明詩話》本
《漢魏六朝百三家集題辭注》（明）張溥撰　殷孟倫注　人民文學出版社一九六〇年版
《歷代詩話》（清）吴景旭撰　中華書局一九五八年版
《詩筏》（清）賀貽孫撰　《清詩話續編》本　上海古籍出版社一九八三年版（本叢書下同）
《鈍吟雜録》（清）馮班撰　《叢書集成初編》本
《匏廬詩話》（清）沈濤撰　清刻本
《詩辯坻》（清）毛先舒撰　《清詩話續編》本
《吕晚邨先生論文彙鈔》（清）吕留良撰　《歷代文話》本

《師友詩傳録》（清）郎廷槐編　《清詩話》本　上海古籍出版社一九七八年版（本叢書下同）
《峴齋論文》（清）張謙宜撰　《歷代文話》本
《小瀨草堂雜論詩》（清）牟願相撰　《清詩話續編》本
《北江詩話》（清）洪亮吉撰　陳邇東校點　人民文學出版社一九九八年版
《退庵論文》（清）梁章鉅撰　《歷代文話》本
《野鴻詩的》（清）黄子雲撰　《清詩話》本
《隨園詩話》（清）袁枚撰　顧學頡校點　人民文學出版社一九八二年版
《四六叢話》（清）孫梅撰　李金松校點　人民文學出版社二〇一〇年版
《靈芬館詩話》（清）郭麐撰　《清詩話訪佚初編》本　臺北新文豐出版公司一九八七年版（本叢書下同）
《養一齋詩話》（清）潘德輿撰　中華書局二〇一〇年版
《文筆考》（清）阮福編　清道光刊《文選樓叢書》本
《睿吾樓文話》（清）葉元塏撰　《歷代文話》本
《縉山書院文話》（清）孫萬春撰　《歷代文話》本

《五百石洞天揮麈》（清）邱煒萲撰　《續修四庫全書》影印清光緒二十五年邱氏粵垣刻本

《梧門詩話》（清）法式善撰　《續修四庫全書》影印稿本

《越縵堂詩話》（清）李慈銘撰　《清詩話訪佚初編》本

《静居緒言》（清）佚名撰　《清詩話續編》本

《雪橋詩話全編》　楊鍾羲撰　雷恩海、姜朝暉校點　人民文學出版社二〇一一年版

《石遺室論文》　陳衍撰　《歷代文話》本

《涵芬樓文談》　吴曾祺撰　《歷代文話》本

《文學研究法》　姚永樸撰　《歷代文話》本

《六朝麗指》　孫德謙撰　《歷代文話》本

《文説》　劉師培撰　《歷代文話》本

《論文雜記》　劉師培撰　人民文學出版社一九五九年版

《文學述林》　劉咸炘撰　《歷代文話》本

## 四　文選學專著

《選學膠言》（清）張雲璈撰　《叢書集成續編》本

《選雅》　程先甲撰　清光緒《千一齋叢書》本

《文選李注義疏》　高步瀛撰　曹道衡、沈玉成校點　中華書局一九八五年版

《文選學》　駱鴻凱撰　中華書局一九八九年版

# 後記

鄭州大學文學院作爲「文選學會」的常務機構，一直把「文選學」作爲學術特色，尤其重視基礎問題和核心問題的研究，上世紀九十年代即著手規劃編纂「文選學研究集成叢書」，就是希望系統整理「文選學」的學術成果，研究「文選學」的基礎與核心課題。「文選資料彙編」是該叢書的重要組成部分。叢書規劃伊始，即聯絡各方學者共襄此事。南京師範大學江慶柏教授諳熟《文選》，歷數年艱辛，爬梳剔抉，做了重要的編纂工作，鄭州大學文學院的部分老師也分工查檢文獻，彙集了一些資料卡片。由於對「文選學」所涉及文獻資料之浩繁估計不足，對資料彙編的體例考慮不盡周密，這些初步的成果還達不到整理出版的規模，而此項重要的基礎工作一直未竟其功。

二〇一〇年九月，由鄭州大學文學院劉志偉教授牽頭，在多方共同努力下，我們重新開啟了彙編工作。首先完成的「賦類卷」已於二〇一三年八月出版，在「賦類卷」編纂經驗的基礎上，我們又著手其他數卷的編纂。對於「總論卷」，則在之前工作成果的基礎上，進一步搜集資料，調整體例，彙總編排，最後完成了全書編纂。「總論卷」的相關資料與「文選學」尤爲相關，但因較其他資料更爲分散，搜集、整理難度較大，雖然我們也付出了較大努力，但限於學力、時間，目前的成果總體上仍然比較疏略，希望讀者不吝批評指正！

需要特别説明兩點，一是「總論卷」是在江慶柏教授前期工作的基礎上編輯而成的，因此本書編者署江先生爲首。但最終成書僅由江先生檢閲一過，故書中舛誤之處，則江先生不負其責。二是本書也是國家社科基金重點項目《文選李善注校理》（14AZD074）的階段性成果，獲鄭州大學優勢學科及省優秀學者「文選學與活體文獻研究」經費資助。

最後，謹在此向各方參與、支持本書編纂的同仁致以誠摯的謝意！

《文選資料彙編·總論卷》編委會

二〇一六年十二月二十五日